Friedrich Gerstäcker

Unter Palmen und Buchen

Gesammelte Erzählungen

Friedrich Gerstäcker

Unter Palmen und Buchen
Gesammelte Erzählungen

ISBN/EAN: 9783743626744

Hergestellt in Europa, USA, Kanada, Australien, Japan

Cover: Foto ©Andreas Hilbeck / pixelio.de

Weitere Bücher finden Sie auf **www.hansebooks.com**

Inhaltsverzeichniß.

Eine Mesalliance.

Erstes Capitel.

Der Ball in Tanunda.

In Tanunda — einem kleinen, fast nur von Deut=
schen bewohnten Städtchen in Süd=Australien — war
Ball, und die ganze weibliche Bevölkerung des Orts
befand sich, wie bei all solchen Gelegenheiten, in einer
gelinden Aufregung. Kein Wunder auch; jede Dame
wünschte doch so anständig als möglich zu erscheinen;
wer aber dazu nicht alles Nöthige eigen besaß, ge=
rieth allerdings hier in Verlegenheit, denn in ganz
Tanunda existirte kein einziges Modemagazin.

Schmiede gab es genug, Sattler, Schuhmacher,
Schneider, Blechschmiede, Drechsler, Schreiner, und
wie die verschiedenen Handwerke alle heißen mögen,
aber nirgends in einem der Läden flatterten oder hin=
gen hinter großen eleganten Spiegelscheiben bunte
seidene Bänder oder künstlich gearbeitete Kränze; nir=
gends waren neu patentirte Schnürleiber und kost=

bar geftickte Unterröcke zur Schau ausgehangen —
worüber fich auch die praktifchen Landbewohner nur
luftig gemacht hätten.   Kurz es beftand keine einzige
Aushülfe für das fchöne Gefchlecht, feine Reize zu er=
höhen.   Nur ein Glück, daß die Natur felber mit=
leibiger war, als die profaifchen Menfchen, und ihren
Kindern braußen, auf taufend Blüthenbüfchen, ihre
fchönften und duftendften Gaben bot.

Und wenn die Damen in der Stadt nur wüßten,
wie viel hübfcher ein frifcher, natürlicher Blumenkranz
einem hübfchen frifchen Geficht fteht, als all der bunte
Flitterkram, den kunftfertige Hände zufammenbauen
— aber freilich gehören auch hübfche und frifche Ge=
fichter dazu, fonft ftechen die lebhaften Farben zu fehr
gegen den fahlen Teint der Wangen ab, und die Kunft
muß dann aushelfen, wo die Natur nicht mehr zu hel=
fen vermag.

In Tanunda wußte man wenig von Kunft; die
meiften dortigen Anfiedler gehörten überhaupt dem Ar=
beiterftande an, und hatten neben dem Gewerk oder
dem kleinen Handel, den fie in der Stadt trieben,
noch ihre Section Land außerdem.   Auch die Töchter
waren in dem fremden Lande, und rings von engli=
fchen Sitten umgeben, doch immer nur richtige
deutfche Bauermädel geblieben, die weder in ihren

Gewohnheiten noch in ihrer Tracht eine Aenderung trafen.

Merkwürdig ist überhaupt die Zähigkeit, mit welcher der deutsche Bauer an dem Alten hängt, und wie schwer er zu Neuerungen zu bringen ist. Selbst die Auswanderer, also doch solche, von denen man vermuthen sollte, daß sie gerade mit dem Alten gebrochen hätten, und jetzt bereit wären, in einer neuen Welt ein neues Leben zu beginnen, verrathen das in der sinnlosen Last, die sie in ein fremdes, weit entferntes Land hinausschleppen und oft, an Ort und Stelle angekommen, von der Hafenstadt aus bis zu ihrer Bestimmung, mehr Fracht dafür bezahlen, als der ganze Plunder werth ist. Aber n i ch t s lassen sie daheim, was niet- und nagellos ist, keine irdene Schüssel, keinen hölzernen Napf, keinen Besen, noch Scheuerlappen, ja ich weiß Beispiele, daß sie, besonders nach Australien, ihre irdenen Oefen mitgenommen haben. Kaum ist dann ein halbes Jahr vergangen, so steht dort drüben unter Eucalypten und Banksien ein Bauernhaus, das sich in Nichts von dem daheim verlassenen unterscheidet, mit denselben niederen Zimmern und Fenstern, denselben Tischen und Bänken, denselben alten verstaubten Bildern an den Wänden, denselben bemalten irdenen Schüsseln über dem Heerde, ja mit dem nämlichen dumpfen und ungesunden Ge-

ruch in der Stube — genau so wie daheim im Vater=
land.

Und der Bauer selber mit seiner Familie hat sich
— wie er sich auch vielleicht in seiner sonstigen Lebens=
weise ändern mußte — wahrlich nicht in irgend etwas
geändert, was ihn selbst betrifft. Er trägt noch, mitten
zwischen den Engländern und Amerikanern, ob auch
von ihnen hundert Mal ausgelacht und verspottet, den
nämlichen langen blauen Rock mit schmalem Kragen
und riesigen Leinwandtaschen wie daheim — denselben
ausgeschweiften Hut, wie er auf seinem Dorfe seit
Menschengedenken Mode war, dieselbe alte kurze Pfeife
als Begleiter, Zeitmesser, Sorgenbrecher und was
sonst Alles, unentbehrlich bei Arbeit und Müssiggang,
und nur in der Zeit am Tage unsichtbar, wo er Sonn=
tags in der Kirche sitzt, und die Pfeife dann, vorher
sorgfältig ausgegossen, in eine der Leinwandtaschen
spurlos verschwindet.

Auch die Frauen hängen hartnäckig an der heimath=
lichen Tracht und setzen anfangs die Eingeborenen
nicht wenig durch ihre kurzen Röcke, blauen Zwickel=
strümpfe und riesigen Bänder an den Hauben in Er=
staunen; aber zuletzt gewöhnt man sich auch an das
Sonderbarste und findet es nicht mehr auffallend.

Wunderbar gemischte Gesellschaft findet man aber

in folch deutschen Colonieen in fremden Welttheilen,
und Tanunda besonders leistete darin das Außeror=
dentlichste. Engländer gab es, wie gesagt, nur sehr
wenige in der Stadt, und die wenigen waren kein be=
sonderer Umgang für die Deutschen. Man würde
auch nie geglaubt haben, daß man sich in einer engli=
schen Colonie befände, wenn man durch die Stadt
ging und überall nur deutsche Schilder an den Häu=
sern, nur deutsche Trachten sah, nur deutsch reden hörte
— aber lieber Gott, wir wissen es ja schon gar nicht
anders, als daß wir Deutschen mit unseren tüchtigen
Arbeitskräften und unseren fleißigen und dabei gut=
müthigen und geduldigen Staatsangehörigen allen
anderen Ländern der Welt ihr Land urbar machen,
ihre Colonieen bevölkern und heben müssen. Wir selber
besitzen, ob unsere vaterländischen Schiffe auch in allen
Meeren der Welt getroffen werden, kein einziges eige=
nes transatlantisches Eigenthum, und kein Wunder
denn, daß wir es uns in jenen fremden Plätzen
wenigstens gemüthlich zu machen suchen.

In dem Ort waren denn auch zwei ziemlich gute
deutsche Wirthshäuser, das eine aber, das Tanunda=
Hotel, das besuchteste, und besonders hielten hier die
„Honoratioren“ ihre Zusammenkünfte, da der Wirth
nicht allein ein trinkbares deutsches Bier ausschenkte,

sonbern auch einen Stolz barein setzte, ächten Rhein=
wein zu verhältnißmäßig billigen Preisen in seinem
Keller zu haben.

Dort war heute Ball und der große Saal in der
ersten Etage schon so festlich geschmückt, wie es die be=
scheidenen Mittel in Tanunba nur erlaubten, und die
noch bescheidneren Ansprüche forderten, und dort be=
gannen schon Nachmittags um vier Uhr — um fünf
Uhr sollte die Musik „losgehen" — die wunderlichsten
Elemente sich zu sammeln, die je ein solches „Tanz=
vergnügen" besucht und sich barauf amüsirt hatten.

Das junge „Mannsvolk" der ländlichen Bevöl=
kerung war das erste auf dem Platze. Vorher mußte
einmal orbentlich getrunken werden, damit sie „Cou=
rage kriegten" und die „Mäbels" nachher konnten an=
kommen sehen, und bis es fünf Uhr schlug, hatte sich
einer von biesen schon so vollkommen angetrunken, baß
er Streit suchte und von den Uebrigen grabe in bem=
selben Augenblick hinausgeworfen wurbe, als die ersten
„Honoratioren" das Hotel betreten wollten.

Es war der Kaufmann Becher mit seiner jungen
Frau, einem allerliebsten kleinen Weibchen, sehr ein=
fach, aber doch sehr elegant gekleibet, denn sie hatte
anbere Zeiten gesehen, und man behauptete, baß sie
früher Kammerjungfer bei einer Gräfin gewesen wäre.

Jetzt merkte ihr freilich Niemand — als vielleicht in ihrem gewandten und anständigen Wesen, den früheren Stand an, denn sie galt allgemein in Tanunda für eine ebenso vortreffliche Wirthin wie Hausfrau, und hatte sich besonders gut in den Verkauf der Waaren gefunden.

„Holla," lachte Becher, ein gemüthlicher Norddeutscher, während seine junge Frau vor dem Tumult zurückschrak und sich fester an seinen Arm hing, „das muß doch wahr sein, in dem Australien ist Alles verkehrt. Bei uns in Deutschland werfen sie einander immer erst zum Schluß hinaus, hier fangen sie aber gleich damit an."

„Haben Sie keine Furcht, Madame Becher," rief sie aber einer der jungen Burschen an, „wir halten hier Ordnung, darauf können Sie sich verlassen. Der Tanz soll nicht gestört werden — nur immer anständig."

„Wir haben auch keine Furcht, Braunhofer," lachte Becher gutmüthig, indem er dem Eingang mit seiner Frau zuschritt, „denn daß Ihr hier vortreffliche Polizei haltet, habt Ihr eben erst noch bewiesen — der thut keinen Schaden mehr.— ah, Herr von Benner," wandte er sich dann an einen jungen Mann, der ebenfalls in diesem Augenblick von der anderen

Seite kam und das Hotel betreten wollte, „das ist Recht, daß Sie kommen, solche flotte Tänzer können wir brauchen."

„Werde doch keinen Ball in dem langweiligen Nest versäumen," lachte der junge Mann, indem er die beiden Gatten grüßte, — „Frack und Glacéhandschuh fallen freilich bei Unsereinem weg," schmunzelte er, als sein Blick auf Herrn Bechers Hände fiel, die allerdings in weißen und tadellosen „Glacées" prangten, wie denn auch die junge Frau nicht ohne solche erschienen war.

„Bei Unsereinem, Herr von Benner?" frug Becher.

„Nun," sagte der junge Mann mit einem bitter-ironischen und doch humoristischen Zug um die Lip-pen, „was für Ansprüche werden denn an einen Hand-langer bei dem Maurerhandwerke gemacht? Ich muß ja der Gesellschaft noch dankbar sein, daß sie mich zuläßt."

„Papperlapapp, mein lieber Freund," rief aber Becher, dem der Spott in der Bemerkung vollkom-men entging, gutmüthig aus, „hier in Australien haben wir die alten faulen Standesunterschiede ab-geschüttelt, und kehren uns den Henker daran, was Jemand arbeitet, wenn er sich sein Brod nur auf

ehrliche Weise verdient, denn das ist die Hauptsache."

„Danke Ihnen," sagte Benner mit demselben Lächeln, das aber diesmal der jungen Frau das Blut in
die Wangen trieb, denn sie fühlte, was der junge
Adelige damit meinte, wenn es ihr Mann auch mit der
alten wohlwollenden Herzlichkeit hinnahm und nicht
weiter beachtete.

„Bitte," rief er abwehrend aus, „gar nichts zu
danken. Sie stehen hier in Ihrem vollen Recht. Tanzen Sie nur flott und machen Sie sich besonders um
einige ältliche Damen verdient, dann sollen Sie einmal sehen, wie willkommen Sie sind." Und dem
jungen adlichen Handlanger vergnügt zulächelnd, betrat er mit seiner Frau das Haus und stieg die Treppe
hinauf.

Eduard von Benner, wie der junge Mann hieß,
gehörte einem der ältesten und edelsten Geschlechter
Deutschlands an; seine Verwandten bekleideten daheim
die höchsten Ehrenstellen und gehörten zu den reichsten
und vornehmsten Familien, ja gehören noch dazu,
während er hier, als Handarbeiter in dem fremden
Lande, mit saurem Schweiß sein Brod verdienen mußte.
Wenn er sich aber auch in diese Nothwendigkeit gefügt,
war ihm doch der alte trotzige Sinn geblieben, der ihn

schon baheim aus dem Vaterland getrieben, und ein spöttisches Lächeln zuckte um seine fest zusammenge- preßten Lippen, als der kleine vergnügte Mann an ihm vorüberschritt.

„Krämerseele," murmelte er vor sich hin, während er ihm mit unterschlagenen Armen nachsah, „weil Du die dicken arbeitsharten Fäuste in Glacéhandschuhen herumträgst, und Dir das rothseidene Schnupftuch hinten aus einer Fracktasche heraussieht, protegirst Du den Baron — es wäre bei Gott zum Todtschießen, wenn man nicht eben darüber lachen müßte. — Aber hol der Teufel die Grillen," setzte er mit zusammen- gebissenen Zähnen hinzu — „ich bin nun einmal in dies tolle Leben mitten hineingesprungen und will Euch be- weisen, daß ich die Kraft habe es durchzuführen. Eduard von Benner, Sohn des Regierungs-Präsiden- ten, Neffe des Kammerherrn, Enkel des allmächtigen Ministers Sr. Majestät — bah, so viel für all den Narrenkram, den sie daheim zum Ekel treiben, — haben sie's denn anders haben wollen, haben sie mich nicht mit Gewalt der tausend Thaler wegen zum Aeu- ßersten gezwungen? Jetzt mögen sie auch selber die Folgen tragen."

„Nun, Benner, so finster?" lachte eine fröhliche Stimme und eine Hand legte sich auf des jungen

Mannes Schulter. „Sie schneiden wahrhaftig ein Gesicht, das eher zu einem Trauermarsch, als zu dem eben da beginnenden lustigen Rutscher paßt."

„Ah, Doctor," nickte ihm der junge Mann zu, — „Sie noch hier? Ich glaubte, Sie wären nach Adelaide."

„Morgen früh," sagte der Doctor vergnügt, der aber auch nicht so aussah, als ob er einen Ball besuchen wolle, denn er trug Wasserstiefeln und einen kurzen braunen Rock — „Sie werden wohl schon davon gehört haben; meine Frau ist mir wieder einmal davon gelaufen, und ich will sehen, ob ich sie einfangen kann; aber den heutigen Abend möchte ich nicht versäumen."

„Sie nehmen's kaltblütig."

„Bah, was will man machen? — Verwünschte Noth, die man hier in Australien mit dem Frauenvolk hat. Ich habe in meinem Leben nicht so viel von weggelaufenen Frauen gehört, wie hier; es muß ordentlich in der trocknen Luft liegen. — Aber gehn wir nicht lieber hinauf? — Alles drängt schon der Musik zu —"

Er hatte Recht; während die Musik oben begann, kamen die Gäste in Masse von der Straße herein, und ein ganzer Trupp Bauermädel, die draußen, eine die Hand der anderen gefaßt, straßenbreit gegangen waren, brängten jetzt lachend und kichernd, ohne einander aber loszulassen, in die Hausflur, sich wie in einer Kette die Treppe hinaufziehend.

„Alle Wetter," rief der junge Baron Benner, „da sind prächtige Mädels drunter. Wie ist's, Doctor, wollen wir's riskiren?"

„Verdammt wenig zu riskiren," brummte der Doctor zurück, „aber zum Tanzen hab' ich keine Lust; unsere Skatpartie wird bald zusammenkommen, und dann bin ich für den Abend besetzt."

„Mit Ihren langweiligen Karten," lachte Benner, „da lob' ich mir den Tanz, denn bei dem kann man sich doch einmal tüchtig austoben — kommen Sie."

„Sie haben wohl noch nicht genug Bewegung, Herr Baron," lachte jetzt ein Anderer der vorüber Drängenden, der kleine Apotheker Schrader, — „Donnerwetter, ich sollte doch denken, daß das Back= steintragen den ganzen Tag Einem die Lust zum Springen benähme."

„Sie setz' ich noch mit auf meine Last oben drauf, Schrader," lachte aber Benner trotzig zurück, — „und spürt' es nicht einmal."

„Danke schön," lachte der Abgefertigte und hum= pelte die Treppe hinauf, während der junge Adlige

ärgerlich ein leifes, aber doch noch ziemlich vernehm=
liches „Pillendreher" hinter ihm drein murmelte.

„Sie, Schraber," redete diesen da ein anderer
dicker behäbiger Herr an, der ebenfalls mit ihm hin=
aufstieg, — einer der Capitaine eines in Adelaide=Port
liegenden Kauffahrteischiffes — „wer zum Henker war
denn der junge Mensch, den Sie da eben „„Baron""
anredeten? Das Gesicht kam mir so merkwürdig be=
kannt vor."

„Ah, Sie meinen den Herrn Baron von Benner,"
lächelte der Apotheker. „Während sich sein Papa da=
heim mit den Regierungssorgen des ganzen Staates
abquält, trägt sein Herr Sohn hier derweile Backsteine
für die einzelnen Theile desselben."

„Alle Wetter," rief der Capitain erstaunt aus,
indem er stehen blieb und Schraber's Arm faßte,
„das ist doch nicht der Sohn von unserem Regierungs=
Präsidenten?"

„Derselbe," nickte der Apotheker, — „aber kom=
men Sie, deshalb brauchen sie doch nicht stehen zu
bleiben: da passiren hier viel wunderlichere Geschichten,
als daß ein Sohn von einem Regierungs=Präsidenten
oder Minister, oder sonst was, Handlanger wird
und Backsteine die Leiter hinaufschleppt. — Sehen
Sie da oben den jungen Herrn mit dem pracht=

vollen ungarischen Schnurrbart und den lockigen Haaren?"

„Er sieht aus wie ein Offizier," nickte der Capitain.

„Ja wohl, war es auch," nickte der Apotheker, — „jetzt ist er beim Friedensrichter — einem englischen — Kindermädchen."

„Unsinn," lachte der Capitain.

„Unsinn?" sagte der Apotheker, — „hat sich was mit Unsinn. In Australien giebt's gar keinen Unsinn, und die merkwürdigsten Geschichten sind hier schon vorgefallen. Da ist dem Härtel, dem Wundarzt sein Mädel, wissen Sie, was die wurde, als den Vater der Schlag rührte? — Barbier!" Der Capitain lachte laut auf.

„Und was treibt der junge Benner hier?" sagte er, als sie jetzt mitsammen den Saal betraten und dem „Büffet" zuschritten, — „doch nicht wirkliche Handlangerdienste?"

„Wirkliche, ordinaire Handlangerdienste," bestätigte aber Schraber, „und was soll er sonst treiben? Derartige junge Herren haben im alten Vaterland gewöhnlich nichts weiter gelernt, als das ihnen regelmäßig gelieferte Geld so rasch und unregelmäßig als möglich wieder unter die Leute zu bringen. Wachsen sie dann heran, so giebt man ihnen irgend einen fetten und angenehmen Posten, bei einer Gesandtschaft, oder sonst wo, auf dem sie Nichts zu thun haben, und wenn sie der Staat dann eine Weile ernährt hat, erhalten sie für treue Dienste ein halbes Dutzend Orden und Pension. Hier in Australien aber heißt's: Friß Vogel oder stirb — arbeite oder hungere, denn umsonst wird hier Nichts gereicht. Was soll die Art aber nun arbeiten? Um selbst etwas fertig zu bringen, was ein anderer Mensch brauchen kann, dazu sind sie zu ungeschickt, und da bleibt ihnen dann zuletzt Nichts weiter übrig, als anzunehmen was sich gerade bietet, nur um das Bischen Leben zu fristen.

„Aber ist das nicht aller Ehren werth," sagte der Capitain, „wenn sie das wirklich thun?"

„Wenn sie nicht müßten, ja," lachte der Apotheker, „aber es bleibt ihnen keine andere Wahl. Der Knüppel ist eben an den Hund gebunden."

Ihr Gespräch wurde hier unterbrochen, denn der Tanz hatte begonnen, und die Paare kamen mit solcher Schnelligkeit, und in so rascher Reihenfolge angeflogen, daß die Zuschauer nur suchen mußten aus dem Weg zu kommen, um nicht überrannt zu werden.

Der junge Benner war übrigens mitten dazwischen, und hatte sich schon unter der Gruppe der Mädchen eine der flinksten Tänzerinnen herausgesucht, mit der

er sich lustig im Kreise schwenkte. Der frühere Lieutenant, ein Herr von Krowsky, hielt sich dagegen mehr
zu den Honoratiorentöchtern, und allerdings hatte man
hier die Wahl, denn der Ball glich wirklich weit eher
einer Art von Maskerade, als einem gewöhnlichen
Tanzvergnügen.

Alle Stände schienen vertreten, und vom feinsten
Ballcostüm an, das besonders ein junger, neu einge-
troffener Arzt zur Schau trug und mit seiner weißen
Weste und Cravatte, wie Strümpfen und Schuhen,
wie vollkommen tadellosen Frack Aufsehen erregte, bis
zu dem Bauer mit dem dreieckigen Hut, die kurze
qualmende Pfeife im Munde oder Doctor Polzig in
Wasserstiefeln, war Alles vertreten.

Ebenso bei den Damen; einige der jungen Mädchen und Frauen, unter ihnen Schrader's Tochter und
die Frau Becher, hatten wirklich geschmackvolle Ball-
toilette gemacht, mit der sie in jedem Casino hätten
erscheinen können. Nur die um die Taille gebundenen
weißen Taschentücher gaben Zeugniß der gemischten
Gesellschaft, da die wenigsten Herren Handschuh trugen. Die Bauermädchen dagegen verschmähten selbst
diesen Schutz gegen kleine Unbequemlichkeiten des Lebens, und ihre weißen großen Taschentücher an einem
Zipfel in den sonngebrannten arbeitstüchtigen Händen

haltend und hin und herschlenkernd, prangten sie in all
dem Schmuck ihres heimischen Dorfes, mit silbernen
Ketten und Ohrringen, mit großen Bändern auf den
Hauben, oder auch bunte Tücher um den bloßen Kopf
gebunden — aber Alle trugen Strümpfe, obgleich sie
die sonst nur Sonntags in der Kirche an die Füße
brachten, und Alle sahen vergnügt und glücklich aus.
Dazwischen aber bewegten sich auch die Handwerkers-
töchter in schlichten Kattunkleidern, mit natürlichen
Blumen im Haar, und manche schmucke, niedliche Gestalt war unter ihnen. Ja selbst die Dienstmädchen
hatten vollkommen freien Zutritt zu dem Ball und
manche „Honoratiorentochter" „schimmelte" an der
Wand, während sich ihre jugendfrischere Magd mit
den jungen Herren lustig im Kreise schwenkte.

Aber keine Unordnung fiel vor; wenn auch einmal
Einer der jungen wilden Burschen einen hellen Juchzer
mit „unse Kirmeß" in der Erinnerung an die hei-
mathlichen Freuden ausstieß; sie Alle wußten, daß sie
dabei auf Ordnung halten mußten. Der junge Braunhofer, ein Bauernsohn, hatte der Frau Becher nicht
zu viel versprochen, wenn er ihr sagte, sie solle keine
Furcht haben, und in harmloser Lustigkeit verbrachte
das fröhliche Völkchen seinen Abend.

Der englischen Gerichtsbarkeit war das ebenfalls

bekannt. Hatte das eine englische Wirthshaus im Ort einmal Tanzmusik, so mußte die ganze Polizei die Nacht auf den Beinen sein und war selbst dann oft nicht im Stande, einen Tumult zu verhüten. Hielten die Deutschen dagegen Ball, so sah man keinen Policisten auf der Straße oder in der Nachbarschaft, und nur zuweilen kam die Behörde selber mit der Cigarre im Munde und einem ganz vergnügten Gesicht, um ein wenig zuzusehen, oder wohl selber einen Tanz zu wagen.

Der junge Benner war übrigens an dem Tage einer der fleißigsten Tänzer gewesen, und dabei nicht etwa wählerisch in seinen Ansprüchen an Rang oder Stand. Am allermeisten tanzte er sogar mit einem jungen Mädchen, einer reizenden Blondine. Sie war ein bildhübsches Kind, aber nur eine Schusterstochter, die bei dem Apotheker Schraber in Dienst stand, und Madame Schraber selber fühlte sich so entrüstet darüber, daß sie ihm, als er auch sie einmal aufforderte, mit gerümpfter Nase den Rücken drehte und meinte, sie „wolle ihre Jette nicht berauben.“

Jetzt war Pause. Benner hatte seine Tänzerin zum Büffet geführt, wo sie ein Glas Punsch mitsammen tranken, und schlenderte dann Arm in Arm mit dem früheren Lieutenant Krowsky im Saal herum.

„Du scheinst Dich zu amüsiren," sagte dieser, der sich seinerseits ziemlich zurückgehalten hatte. Er war erst kurze Zeit in der Colonie und an das wunderliche Leben noch nicht gewöhnt.

„Und weshalb nicht?" lachte Benner, „zu was Anderem sind wir hier? Mir kommt Australien immer wie so eine Art unterseeische Stadt, wie eine Traumwelt vor, in die uns das Schicksal geworfen hat, und wir machen jetzt den hiesigen Meerweibchen den Hof, wie wir es früher den Baronessen und Comtessen gemacht haben.

„Ja," sagte Krowsky, „so würde ich es mir auch gefallen lassen, wenn ich die Gewißheit hätte, daß ich morgen früh in meinem Bett daheim wieder aufwachte, aber — hol' mich der Teufel, Benner, ich glaube, wir haben einen verflucht dummen Streich gemacht; daß wir uns hierher verloren, und ich wenigstens sehe noch gar kein Ende ab, wie wir wieder mit Ehren wegkommen wollen."

„Wieder wegkommen?" lachte Benner trotzig, „und wer denkt daran? Das frühere Leben haben wir abgeschüttelt — für Deutschland sind wir doch todt und begraben — die Oberwelt will uns nicht wieder und kann uns nicht gebrauchen, so jetzt denn mit beiden Füßen in dies tolle Treiben hineingesprun-

gen und durchgeschwommen — es kann eben Nichts
helfen."

„Ja, das ist Alles recht schön und gut," seufzte der
Lieutenant, „wenn nur eben die Erinnerung nicht
wäre."

„Bah!" lachte der junge Baron trotzig, — „Erinnerung! Kannst Du selber zurück? — Bist Du
im Stande, daheim wieder in die alten, einmal verlassenen Verhältnisse einzutreten?"

„Wenn ich's wäre, Benner, bei Gott, ich bliebe
keine Stunde länger in dem verwünschten Lande —
aber es geht nicht."

„Nun also," rief sein Kamerad, „den Kopf hoch
und diese holzköpfigen Bauern nicht merken lassen, daß
wir uns nur im Geringsten hier außer unsrer Sphäre
fühlen. Was die können, können wir auch, und ich
wenigstens will ihnen beweisen, daß ich mich nicht vor
dem australischen Leben fürchte — ich heirathe und
werde australischer Familienvater."

„Du bist verrückt," lachte Krowsky — „wen? eine
der reichen Bauerstöchter? Da kannst Du erleben,
daß Bauer Hinz oder Kunz dem Herrn Baron von
Benner kurz ab den Stuhl vor die Thür setzt, weil er
seine Tochter nicht will eine Mesalliance machen lassen,
— d. h. weil sie Geld hat und Du nichts."

„Und glaubst Du, daß ich mich dem aussetzen würde? — Ich will das Geld der lumpigen Bauern nicht; ich brauche es nicht und kann ihnen — und denen daheim beweisen, daß ich selber im Stande bin, meinen eigenen Hausstand zu gründen. — Ich heirathe des Schusters Tochter — meine Tänzerin."

„Du bist toll," rief Krowsky, — „des Apothekers Dienstmagd? Und glaubst Du, daß Deine Familie das zugeben würde?"

„Meine Familie?" lachte Benner bitter vor sich hin, „die hochadelige Sippschaft, wie sie die Nasen rümpfen und wüthen und schimpfen werden, und die Tante, die Staatsdame, hahaha! Könnte ich nur dabei sein, wenn sie's erführen — wie sie die Hände zusammenschlagen und in ihrem Kaffeeklatsch die entsetzliche Neuigkeit besprechen, daß der Sohn des Regierungspräsidenten, der Enkel des Ministers, ein Dienstmädchen geheirathet hat."

„Aus Dir spricht der Punsch heute Abend," sagte Krowsky ruhig, weil er ihn durch weiteren Widerspruch nur noch mehr in der tollen Idee zu bestärken fürchtete, — „morgen reden wir weiter darüber — da beginnt der Tanz wieder; ich habe die tolle Wirthschaft übrigens satt und werde nach Hause gehen und mich schlafen legen. Kommst Du mit?"

„Ich denke gar nicht d'ran," lachte Benner, „jetzt geht die Lust erst los, und ich bin bei meiner Braut auch auf den Cotillon engagirt."

„Benner, mach' keinen Unsinn," sagte Krowsky, „und setz' dem armen Mädel nicht etwa gar tolle Dinge in den Kopf — Du willst doch nicht ewig in Australien bleiben?"

„Will ich nicht?" rief Benner trotzig, „und glaubst Du, daß ich hier solche Arbeit verrichtete, wenn ich nicht fest entschlossen dazu wäre? Sobald ich Geld genug zusammen habe, um mir nur hundert Schafe zu kaufen, werde ich Stationshalter, und in zehn Jahren bin ich ein reicher Mann — aber da beginnt der Tanz." — Und während sich Krowsky, wirklich des Gewirres müde, der Thür zuarbeitete, um an die frische Luft zu kommen, suchte Benner seine Tänzerin wieder auf und gab sich mit wahrhaft ausgelassener Fröhlichkeit dem Vergnügen hin.

———

Zweites Capitel.

Jung gefreit; hat's Niemand gereut?

Wochen waren seit dem letzten Ball vergangen und Krowsky und Benner indessen oft zusammengewesen.

Beide bedurften auch einander gegenseitig, denn mit wem Anderen hätten sie sich aussprechen können, wer anders hätte sie verstanden oder ihre verschiedenen Lebensansichten getheilt? Aber nie kam der Lieutenant auf jene Andeutung zurück, die ihm Benner am Ballabend gemacht, und die er natürlich für ein nur im halben Rausch gethanes Prahlen hielt. Benner konnte sich solcher Art doch auch wahrlich nicht den Rückweg in die alte Heimath muthwillig und für immer abschneiden, was durch eine solche Heirath jedenfalls geschehen wäre, und je weniger deshalb darüber gesprochen wurde, desto besser.

Ihre Zusammenkünfte in der Woche waren auch wirklich sehr spärlich, und Beide zu sehr und anhaltend beschäftigt; Abends auch viel zu müde, um noch nach vollbrachter Arbeit lange aufzusitzen.

Und was trieben Beide, die daheim nur in der haute volée gelebt, nur in den ersten Cirkeln der Stadt ihre Gesellschaft gesucht und nie davon geträumt hätten, mit dem „gemeinen Mann" in anderer Art, als wie zwischen Dienern und Herren zu verkehren? Womit beschäftigten sie sich hier, nachdem sie, übersättigt von den mißbrauchten Genüssen des Lebens, die Geduld ihrer Verwandten ermüdet, in tollem Jugendtrotz eine neue Welt aufgesucht, um hier herüber wo möglich ihr altes Leben zu tragen? Waren die Träume erfüllt, mit denen sie sich die transatlantische Erde ausgemalt? waren ihre Ideale zur Wirklichkeit geworden? —

Der Apotheker Schraber hatte nicht Unrecht, wenn er behauptete, Herr von Benner sei Handlanger und Herr von Krowsky Kindermädchen geworden.

Benner war nicht im Stande gewesen, in Adelaide irgend eine ihm nur halbweg zusagende Beschäftigung zu finden, denn man konnte ihn eben zu nichts gebrauchen. Daß er eine leibliche Hand schrieb, genügte nicht — es wurde bei Jedem außerdem vorausgesetzt. Und seine übrigen Fähigkeiten zeigten sich sehr geringer Art. Er ritt allerdings ausgezeichnet und spielte vortrefflich Whist und Billard, aber zu alle dem brauchte ihn Niemand. Als das wenige mitgebrachte Geld endlich verzehrt war, wanderte er in Verzweiflung zu Fuß nach Tanunda und fand hier Arbeit bei einem deutschen Maurer, der gerade Tagelöhner brauchte. Er mußte eben leben und war zu stolz zum Betteln. Im ersten Vierteljahr ging es ihm freilich sehr knapp, aber bald arbeitete er sich hinein, so daß er schon im Stande war, eine einfache Mauer aufzuführen und sonstige kleine Arbeiten zu machen. Sein Lohn stieg damit, und da er Abends manchmal und regelmäßig Sonntags, für die deutsche Zeitung in Adelaide — allerdings um ein ſehr mäßiges Honorar corresponbirte, begannen ſich ſeine Ausſichten zu beſſern.

Von Krowsky lebte in ganz ähnlichen Verhält⸗ niſſen; nur hatte er ſich nicht dazu bequemen können, bei deutſchen Handwerkern in Arbeit zu gehen. Er wollte arbeiten, ja, ſo hart wie Einer, aber die deut⸗ ſchen Erinnerungen waren ihm noch zu friſch im Ge⸗ bächtniß, und da er ziemlich gut engliſch ſprach, fand er endlich im Haus des Friedensrichters ein Unter⸗ kommen. Dort wurde er theilweiſe mit der Feder be⸗ ſchäftigt, mußte aber auch im Garten mit anfaſſen, und die junge Frau des Richters, wenn ſie mit ihrem Mann ſpazieren ging, verwandte ihn gar nicht etwa ſo ſelten dazu, in der Zeit „ein wenig auf das Kind Acht zu geben.“ Krowsky war dabei wirklich ſehr gut⸗ müthiger Natur und hatte Kinder gern: daß er dann zu Zeiten das Kleine auf den Arm nahm und damit herum tanzte, war natürlich. Der Volkswitz bemäch⸗ tigte ſich aber auch raſch dieſer Thatſache und ein⸗ treffenden Fremden beſonders wurde mit Vorliebe er⸗ zählt, daß ſie hier einen öſterreichiſchen Offizier hätten, der Kindermädchen geworden wäre.

Es war wieder ein Sonntag Abend und Krowsky ging ungeduldig in ſeinem kleinen Zimmer auf und ab, da Benner verſprochen hatte, dort vorzuſprechen, aber er kam heute spät, und der junge Mann hatte eben seinen Strohhut aufgegriffen, um selber fortzugehen, als der Freund in der Thür stand und lachend ausrief:

„Du bist ungeduldig geworden, wie?“

„Du bist in der That länger geblieben, als ich dachte.“

„Und wenn Du wüßtest, wo ich gewesen bin,“ sagte Benner, „und was ich in der Zeit Alles gethan habe, würdest Du mir doch eingestehen müssen, daß ich mich wacker geeilt?“

„Und wo warst Du?“

„Beim Schuhmacher Peters.“

„Läßt Du bei dem jetzt arbeiten?“

„Natürlich werde ich bei meinem Schwiegervater arbeiten lassen,“ lachte Benner, „ich darf ihm doch die Kundschaft nicht aus dem Haus hinaustragen.“

„Deinem Schwiegervater? Mensch, bist Du toll?“ schrie Krowsky wirklich erschreckt.

„Die Sache ist abgemacht,“ sagte aber Benner in voller Ruhe, „ich habe bei ihm in aller Form um die Hand seiner Tochter Henriette angehalten, und wenn ihm auch im Anfang die Verwandtschaft zu vornehm war, willigte er zuletzt ein.“

„Er hat eingewilligt?“ rief der Lieutenant.

„Wundert Dich das?" lachte Benner. — „An=
fangs wollte er allerdings nicht. Er fragte mich, ob
es wahr sei, daß mein Großvater Minister gewesen
und mein Vater noch bei der Regierung wäre, und als
ich das nicht ableugnen konnte und wollte, schlug er
mir das Mädel rund ab."

„Weißt Du, daß der Schuhmacher der Vernünf=
tigere von Euch Beiden war?"

„Ich danke Dir. — Traust Du mir nicht zu, daß
ich weiß was ich thue?"

„Wenn Du die Schusterstochter wirklich heirathest,
nein," sagte Krowsky finster, — „und zu einem Spiel
ist das arme blutjunge Ding zu gut."

„Krowsky, Du pochst wirklich auf unsere Freund=
schaft."

„Weil ich Dir ehrlich die Wahrheit sage? Wie
alt bist Du?"

„Sieben und zwanzig Jahre! — Ich denke, ich bin
mündig."

„Leider!" seufzte der junge Offizier. „Und wie
willst Du mit der Frau je nach Deutschland zurück=
kehren?"

„Aber wer sagt Dir denn, daß ich das will?"
rief Benner heftig aus. „Meine Seele denkt nicht
daran. Mit meiner Familie bin ich fertig — meine

Mutter ist todt, mein Vater, ein starrer Büreaukrat und Geldmensch, hat mich mit kaltem Blut, mit eiserner Ueberlegung von seiner Schwelle verstoßen. Glaubst Du, daß ich ihm je wieder bittend nahen würde?" —

„Aber er selber kann Dich zurückrufen."

„Wenn Du ihn kenntest, würde Dir nie ein solcher Gedanke möglich scheinen. — Nein. — aber selbst wenn er es thäte, wenn ihn reute, wie er an dem einzigen Sohn gehandelt, es wäre jetzt zu spät, und er mag nun büßen, was er an mir verbrochen."

„Aber Benner," sagte Krowsky treuherzig, „Du sprichst da wahrhaftig wie ein Kind, das seinen Trotzkopf behauptet. Wen strafst Du denn damit am meisten, Dich selber oder ihn? Komm, überleg' Dir die Sache ordentlich, und Du wirst doch am Ende zu einem anderen Entschlusse kommen."

„Mein guter Krowsky," sagte der junge Mann, „Du wirst jetzt sentimental, und von einem anderen Entschluß kann keine Rede sein. Ich will und werde in Australien bleiben, denn ich sehe, daß Tausende von Menschen, denen wir Beide an Intelligenz bei Gott nicht nachstehen, hier ihr Glück machen und reich werden. Ich denke aber auch gar nicht daran, ein elendes Junggesellenleben die ganzen langen Jahre zu führen, — ich brauche Jemanden, der sich um mich bekümmert, weil ich das selber noch nie gethan habe, und meine kleine Henriette scheint mir dazu gerade das richtige Wesen; ich hätte keine bessere Wahl treffen können."

„Nun Gott gebe," sagte Krowsky mit einem Seuf= zer, „daß sie das Nämliche auch einmal später von Dir sagen kann. Wenn Du in Dein Unglück hinein= rennen willst, ich kann Dich nicht halten, aber meine Meinung ist, daß Du Dich für Lebenszeit unglücklich machst, und das Mädchen besser thäte, den ärmsten Schuhmachergesellen im ganzen Ort zu nehmen, als den Sohn des Regierungspräsidenten von Benner."

Benner sah finster vor sich nieder; er hatte von dem sonst so leichtherzigen, ja oft leichtfertigen Lieute= nant ein anderes Urtheil erwartet; aber das dauerte nicht lange — um seine Lippen zuckte ein spöttisches Lächeln und er sagte endlich:

„Krowsky, ich werde Dich ersuchen die Trauungs= rede zu halten, heißt das, wenn Du Dich je wieder einmal in eine so salbungsvolle Stimmung ver= setzen kannst. Jetzt komm, wir wollen ein wenig ausgehen, und nachher stell' ich Dich meiner Braut vor —"

„Im Hause des Apothekers Schraber?" spottete Krowsky, „sie wird gerade bei ihrer Arbeit sein."

„Aergere mich nicht," rief aber Benner; „es ver=

steht sich von selbst, daß sie den Platz noch heute ver-
läßt oder schon verlassen hat."

„Und wann soll die Hochzeit sein?"

„Sobald als möglich — ich bin das Leben satt
und will ein neues beginnen."

Krowsky antwortete nicht mehr; er sah, daß alle
Gegenvorstellungen doch nichts halfen, und nur auf-
seufzend und mit dem Kopf schüttelnd, nahm er seinen
Hut und folgte dem Freund, der ihm voran auf die
Straße hinausschritt.

Sie waren noch nicht weit gegangen, als ihnen der
Apotheker Schraber begegnete, den beiden jungen Leuten
zunickte und vorüber ging. Kaum hatten sie ihn aber
passirt, als er stehen blieb und zurückrief:

„Ach, Herr Benner, ich wollte Ihnen gern etwas
sagen."

„Mir, Herr Schraber?" fragte Benner, sich halb
nach ihm wendend, ohne Krowsky's Arm aber loszulassen.

„Ja — Sie entschuldigen — aber — ich wollte
Sie bitten, mein Mädchen, die Jette zufrieden zu lassen.
Es ist ein braves, ordentliches Kind und ihre Eltern
haben sie unter meinen Schutz gestellt."

„In der That, Herr Schraber," sagte Benner
lächelnd.

„In der That, Herr Baron," erwiderte der kleine Apotheker, durch den höhnischen Ton ebenfalls gereizt.

„Und kommen Sie jetzt von Hause oder gehen Sie dorthin?"

„Und weshalb, wenn ich fragen darf? Ich gehe nach Hause."

„Oh, bitte, dann sagen Sie doch Henrietten," fuhr Benner ebenso fort, „daß sie sich mit Einpacken ein wenig eilen möchte. Es wird nachher Jemand vorkommen, der ihre Sachen abholt."

„Ihre Sachen abholt?" rief der Apotheker, und blieb in größtem Erstaunen auf der Straße stehen.

„Guten Morgen, mein lieber Herr Schraber," sagte Benner, ihm vertraulich zunickend, und schritt mit Krowsky die Straße hinab, dem Hause des Schuh= machers Peters zu."

Dort herrschte heute keine sonntägige Ruhe, wie sonst immer an einem solchen Tag, wo Mutter und Tochter in die freichristliche Kirche gingen und der Vater indessen, der, wie er meinte, „vom Kirchengehen nichts hielt," in schneeweißen Hemdsärmeln behaglich hinten in seinem kleinen Garten saß, aus einem gro= ßen, nur Sonntags gebrauchten Meerschaumpfeifen-

kopf rauchte und dazu die eben eingetroffene Adelaide=
Zeitung laß.

Henriette, ein junges, wirklich bildhübsches Mäd=
chen, mit blonden Haaren und großen treublauen Au=
gen, saß in der Ecke und weinte; der Vater ging mit
großen Schritten im Zimmer auf und ab und qualmte,
daß der Dampf wie aus einer Locomotive hinter ihm
drein zog, und nur die Mutter, eine noch rüstige Frau,
mit einem klugen, nur etwas scharf markirten Gesicht,
saß am Fenster, strickte und schien die allgemeine Auf=
regung nicht zu theilen.

„Es thut kein Gut — es thut kein Gut," brummte
dabei der Mann zwischen den Zähnen durch, „Du wirst
sehen, Alte —"

„Jetzt sei endlich vernünftig," sagte aber die Frau,
„Du hast einmal eingewilligt, also ist die Sache abge=
macht, und daß die Kinder ihr Brod finden werden —
lieber Gott, hier in Australien hat Jeder sein Brod,
der nur arbeiten will, und ein verheiratheter Mann
noch viel eher, als ein lediger, denn er ist nicht aufs
Wirthshaus angewiesen, wo die ledigen Burschen das
gewöhnlich in e i n e m Tag verjubeln, was sie in sechsen
mit schwerer Arbeit verdient haben."

„Aber aus so vornehmer Familie — Du kennst
die Leute daheim nicht, Alte, und wenn —"

„Aber was haben wir mit den Leuten daheim zu thun?" sagte die Frau ungeduldig. „Wir sind hier in Australien, am anderen Ende der Welt, und wer da sitzt der braucht sich wahrhaftig nicht mehr um die deutschen Barone und Grafen und Minister zu kümmern — weiter fehlte gar nichts."

„Und wenn er wieder einmal dorthin zurückkehren will?"

„Dann wird ihm unser Kind auch keine Schande machen," sagte die Mutter mit Stolz auf das errö=thende Mädchen blickend. „Er kennt doch die Verhält=nisse daheim besser und genauer als wir, und wenn's ihm recht ist, dürfen wir auch damit zufrieden sein."

„Und wenn er sie sitzen läßt?" sagte der Vater störrisch.

„Das wird er nicht thun, Vater," sagte da das junge Mädchen mit fester, vertrauensvoller Stimme, — „er ist gut und brav, und auch guter und braver Leute Kind, — er wird ein armes Mädchen, das ihn lieb hat, nicht unglücklich und elend machen, wenn er ihr erst gesagt hat, daß er nicht ohne sie leben kann." —

„Na, denn in Gottes Namen und meinetwegen," rief der Vater in Verzweiflung aus, „gegen Euch Frauensleute ist doch nicht anzukommen, wenn Euch der

Dünkel einmal den Kopf verbreht hat — Baron, — Baron und Frau Baronin, nicht wahr? — ich erleb's noch, daß Du Dich so nennst."

„Lieber Vater!" bat Henriette.

„Und warum soll sie sich nicht Frau Baronin nen= nen?" rief da Benners lachende Stimme, der an der Thür die letzten Worte gehört hatte, und ins Zimmer sprang, „wie Jettchen? Klänge für Dich etwa der Ti= tel schlechter, als für irgend ein abgelebtes, pergament= häutiges Schreckbild der vornehmen Gesellschaft im alten Vaterland?"

„Mein lieber, guter Eduard," sagte das junge Kind, schüchtern auf ihn zugehend, während er sie in seine Arme schloß und herzlich küßte, „sei dem Vater nicht böse."

„Und weshalb, Schatz?" rief der junge Mann, „etwa weil er Dich Frau Baronin nannte? — Aber hier ist ein Freund, mit dem ich Euch bekannt machen möchte — Krowsky, wie gefällt Dir meine Braut?"

Krowsky hatte bis jetzt in der Thür gestanden und die Gruppe schweigend überschaut. Seine Blicke hafteten dabei vorzugsweise auf dem jungen Mädchen, und er mußte sich gestehen, seit langer Zeit kein so liebliches Wesen gesehen zu haben.

Sie war noch blutjung — fast in der That ein

Kind, und die Schüchternheit, mit der sie ihm in diesem Moment gegenüberstand, machte sie vielleicht noch
jünger erscheinen, als sie an Jahren zählte. Die
Wahl, wie er sie auch mit kälterem Blute sonst miß-
billigen mochte, stellte jedenfalls ein gutes Zeugniß für
Benners Geschmack aus — aber würde sich dieser,
selbst durch ein so liebliches Wesen, für seine ganze
Lebenszeit binden lassen?

Lieutenant Krowsky hatte sich s e i n e ganze Lebenszeit durch einen fast übergroßen Leichtsinn ausgezeichnet und daheim eine so tolle Jugend verlebt und so
viele Schulden dabei gemacht, wie vielleicht irgend ein
Lieutenant seines Alters in der ganzen Welt. Aber
das e i n e Jahr, das er in Australien zugebracht, schien
eine merkwürdige Veränderung in ihm bewirkt zu haben.
Wie er sich in diesem Lande keine lebenslängliche Existenz denken konnte, ohne zu verzweifeln, und mit heißer
Sehnsucht der Zeit dachte, wo er in das Vaterland
zurückkehren könne, glaubte er, daß auch alle anderen
Menschen, wenigstens Benner, so denken müßten, und
es war ihm dann ein recht wehes, schmerzliches Gefühl,
wenn ihm das Schicksal dieses armen, unschuldigen
und ahnungslosen Wesens vor die Seele trat. — Doch
was konnte er bei der Sache thun? Abgeredet hatte er
genug, aber nichts damit erreicht; Benner war fest

entschlossen, seinem Kopf zu folgen. — Du lieber Gott, wer weiß, ob er vor einem Jahr nicht noch das Nämliche gethan, und halb verlegen, halb gerührt, und jedenfalls mit weit mehr Herzlichkeit, als ihm sonst eigen war, ergriff er Jettchens Hand und sagte leise:

„Mein liebes Kind, ich will zu Gott hoffen, daß Sie sich immer so froh und glücklich fühlen, wie gerade heute, und daß nie ein Kummer oder eine Sorge die Rosen auf diesen Wangen bleichen mögen."

„Bravo, Krowsky," rief Benner lachend, „Du hast heut wieder Deinen salbungsreichen Tag und triffst nach beiden Seiten. Es steht Dir vortrefflich."

„Weißt Du, mein Junge," sagte Krowsky ernsthaft, „ein Bischen Salbung könnte Dir ebenfalls nicht schaden, denn Du thust einen verdammt wichtigen Schritt; aber daß ich auch fidel sein kann, will ich Dir auf Deiner Hochzeit beweisen, wozu ich mich hiermit feierlichst einlade."

Drittes Capitel.

Der Brief.

Anderthalb Jahre waren nach der beschriebenen Scene verflossen, und „Baron Benner" hatte wirklich

zum Erstaunen der ganzen Colonie nicht allein „Schraber's Dienstmädchen" geheirathet, sondern auch eine,
dem alten Schuhmacher gehörende Section Land be-
zogen, auf der er sich selber ein kleines Häuschen baute
und wacker zu wirthschaften anfing. Er schien in der
That nicht zu viel versprochen zu haben, als er damals
seinem Freund Krowsky sagte, er wolle ein neues Leben beginnen und mit dem alten vollständig und für
immer brechen. Mit eisernem Fleiße hatte er gearbeitet, keine Stunde versäumt, kein Wirthshaus dabei
betreten und sich in der kurzen Zeit mit zwei sehr glücklichen Ernten doch schon so viel verdient, daß er es als
Grundlage einer künftigen gesicherten Existenz betrachten konnte.

Seine junge Frau hing dabei mit schwärmerischer
Liebe an ihm, und Krowsky, der jetzt in Adelaide
wohnte, und nach Verlauf eines Jahres noch einmal
nach Tanunda hinauskam, um Abschied von Benners
zu nehmen, blieb ordentlich überrascht stehen, als ihm
das junge blühende Weibchen in all ihrer natürlichen
Grazie mit einem prächtigen Jungen auf dem Arm
entgegenkam und ihm, wie Purpur erröthend, die Hand
reichte.

Krowsky selber verließ Süd-Australien und ging
zu Schiff nach Neu-Süd-Wales; er sprach überhaupt

davon, Australien vielleicht bald ganz zu verlassen. Er hatte das Leben zum Ueberdruß satt und konnte sich nicht hineingewöhnen — es gab doch nur ein Deutschland.

„Und was hast Du dort drüben?" sagte Benner. „Bist Du im Stande, wieder in die alten Verhältnisse, in die alte Stellung, in die alten Bekanntschaften einzutreten? — Nein, nie. Mittellos, der Spott der früheren Kameraden werden? Bei Gott, das hielte ich nicht aus, und darfst Du denn, mit Deinem Namen — dürfte ich es? — dort arbeiten? Wir wären ausgestoßen aus der Gesellschaft, in die wir dort nun einmal gehören, und würden uns unglücklich und elend fühlen. Nein wahrlich, da bleib' ich lieber hier und gründe mir hier meine eigene Welt, meinen eigenen Kreis. — Geh mir mit Deutschland und seinen schaalen hohlen Begriffen von Stand und Rang, seinen Prätensionen und übertünchten gesellschaftlichen Formen — ich will nichts mehr davon hören."

Krowsky reiste am nächsten Tag ab, und Benner begleitete ihn bis nach Adelaide auf das Schiff, dann kehrte er nach Hause zurück und nahm das alte Leben wieder auf.

So vergingen noch wieder mehrere Monate; es

war in den letzten Tagen des Mai, und Benner mit seiner Flinte in das Maisfeld hinausgegangen, da sich die ersten Kakabuschwärme zeigten und die noch saftigen Maiskolben bedrohten. Die gefräßigen Vögel, ein Schwarm von vielleicht funfzig bis sechszig Stück, die in die benachbarten Gummibäume einfielen, machten auch gleich einen Angriff auf die leckere Beute, flüchteten aber, als sie den Mann aus dem Haus kommen sahen, wieder in die Wipfel der riesigen Bäume hinauf, wo sie ein Schrotschuß gar nicht erreichen, ihnen wenigstens keinen Schaden thun konnte. Dort saßen sie und kreischten und tobten, bis sie richtig den Hauptzug herbeilockten, der gerade von Osten herüberstrich und die Ansiedelungen aufsuchte.

Wie eine weiße mächtige Wolke kam er heran, viele Tausende dieser geselligen Vögel, und mit einem Lärm, der bei stillem Wetter auf Meilen weit hörbar war, fielen sie plötzlich in die benachbarten Bäume ein, daß diese wie beschneit aussahen, so waren sie von ihnen bedeckt.

Benner kannte aber schon die Lebensart der Kakabus und versuchte nicht, an sie auzuschleichen, sondern versteckte sich hinter einen im Feld stehenden alten und abgestorbenen Baum, wo er ruhig und regungslos stehen blieb, bis sich die ziemlich scheuen

Vögel endlich überzeugt zu haben glaubten, daß Alles da unten sicher sei. Jetzt löste sich der erste Schwarm aus den Wipfeln ab, vielleicht fünf= bis sechshundert, und strich lautlos in das Feld nieder, gerade über Benner's Kopf weg; da krachte der erste und gleich darauf der zweite Lauf mitten hinein in die Masse, und wie die erschreckten Thiere aufkreischend auseinanderstoben, stürzten zwölf oder vierzehn von ihnen todt oder geflügelt wie ein Regen in das Feld nieder.

Jetzt aber war es, als ob jeder der Vögel sein Bestes thue, den anderen zu überschreien; ein wahrer Höllenlärm entstand, und Hunderte, während die Verwundeten am Boden nicht weniger Spectakel machten, stießen von den Bäumen herab, wie um ihnen beizustehen, oder doch zu sehen, was da vorging.

Der junge Mann hatte indessen in aller Hast seine beiden Läufe wieder geladen, und wie Trupp nach Trupp mit wildem, ängstlichem Geschrei über den Platz wegstrich, suchte er sich wieder den zahlreichsten Schwarm aus und feuerte noch einmal hinein, wieder mit nicht=viel schlechterem Erfolg. Das war ihnen zu viel. Daß sie außerdem den Feind nicht sehen konnten, ängstigte sie. Die Gegend kam ihnen zu unsicher vor, von den Bäumen strichen sie ab, kreisten ein paar Mal hoch in der Luft und weit außer Schuß=

weite um den verdächtigen Platz und zogen dann in dichtgedrängtem Schwarm nach Westen hinüber.

Benner war noch damit beschäftigt, die Erlegten zusammenzusuchen und die Verwundeten vollends zu tödten. Die Kalabus haben zwar ein nichtswürdig hartes, dunkelrothes Fleisch und liefern einen nur sehr zweideutigen Braten, geben aber, wie die Ansiedler wenigstens behaupten, eine gute Suppe, und Henriette wußte die auch vortrefflich zuzubereiten. Da hörte er irgend wo im Feld braußen seinen Namen Rufen:

„Herr von Benner! — Herr von Benner!"

„Huhp!" antwortete er, um die Richtung anzugeben, in der er sich befand und richtete sich hoch auf.

„Huhp!" antwortete die Stimme wieder und irgend Jemand arbeitete sich durch den Mais durch nach ihm zu. — „Aber wo stecken Sie denn? Der Teufel kann Sie in dem Gewirr von Stöcken finden."

„Hier!" antwortete Benner wieder und gleich darauf tauchte das schweißgeröthete Gesicht des kleinen Kaufmanns Becher aus dem Blattdickicht auf und lächelte vergnügt, als er den jungen Mann bei seiner Arbeit entdeckte.

„Hallo!" rief er, „haben Sie aber hier eine Verwüstung im zoologischen Garten angerichtet. Herr der Welt! Was wollen Sie mit all den Kakadus machen?"

„Suppe," sagte Benner, „und wenn Sie nichts Besseres vorhaben, bleiben Sie bei uns zu Tisch."

„Danke Ihnen, angenommen!" rief Becher, sich mit einer englischen Flagge dabei die Stirn trocknend. Er hatte nämlich in Deutschland eine bedeutende Quantität baumwollener Taschentücher als solche Flaggen drucken lassen, aber in der deutschen Colonie doch nicht den Absatz dafür gefunden, den er vielleicht erwartete, und nun selber, um damit aufzuräumen, ein Dutzend davon in Gebrauch genommen. „Nach Tanunda käm' ich auch bei der Hitze gar nicht wieder zurück, ohne unterwegs zu schmelzen. Ist das ein Land, dies Australien — Alles verkehrt — rein Alles! Ich habe sogar die Compasse in Verdacht, daß sie heim- licher Weise nach Süden statt nach Norden zeigen, und selbst die Sonne hier im Westen auf und im Osten untergeht — im Stande wär' sie's. — Ha, passen Sie 'auf, da drüben sitzt noch einer — nehmen Sie sich in Acht, die Racker beißen wie die Teufel — mich hat einmal einer ausgezahlt."

Benner lachte, zog den bezeichneten Kakadu, der unter einem der dort überall als Unkraut wachsen= den Pelargonienbüsche saß, bei einer Flügelspitze vor und schlug ihn vollends todt. Dann raffte er seine, nicht unansehnliche Beute zusammen und machte sich bereit, damit nach Hause zurückzukehren.

„Aber was führt Sie bei der Hitze und Gluth hier in unsere abgelegene Gegend, mein guter Herr Becher?" fragte er, während er neben ihm her dem Haus wieder zuschritt. „Wollen Sie einen neuen Einkauf von Hühnern und Eiern machen, oder werfen Sie sich gar auf die Mehlspeculation, die uns die Preise in die Höhe treibt?"

„Diesmal nicht," sagte Becher, — „aber bitte, lassen Sie mich doch eine Partie von den Bestien tragen sie sind doch ordentlich todt?"

„Haben Sie keine Furcht, von denen beißt Keiner mehr. Hier, nehmen Sie die da, wenn Sie sich denn absolut nützlich machen wollen."

„Danke Ihnen — nein, ich bin nur Ihretwegen heute herausgekommen; ich habe einen Brief für Sie."

„Einen Brief? Für mich?" rief Benner, erstaunt stehen bleibend, „und woher?"

„Ja, ich weiß es nicht," sagte der kleine Mann, „er steckt in meiner Satteltasche im Haus — er ist vom ***schen Consulat aus Sydney und nach Adelaide geschickt, von wo er an mich weiter befördert wurde."

„An Sie?" sagte der junge Mann kopfschüttelnd; „aber was haben Sie denn mit dem ***schen Consulat zu thun?"

„Ja, sehen Sie," lächelte Becher etwas verschämt, „Sie wissen doch, daß ich aus Anhalt-Köthen bin, und da habe ich schon seit einiger Zeit das Anhalt-Köthensche Consulat für Tanunda bekommen, um die Interessen unserer Staatsangehörigen zu vertreten."

„Alle Wetter!" rief Benner, „da wird Ihnen verwünscht wenig Zeit für Ihre übrigen Geschäfte bleiben."

„Ach nein," meinte der kleine Mann, doch ein wenig verlegen, „eigentlich ist dies die erste Besorgung die ich bekommen, denn unserer Staatsangehörigen haben wir keinen einzigen in der ganzen Colonie. Aber wissen Sie, es hat doch auch manche Annehmlichkeit Consul zu sein und — meine Frau freut sich besonders darüber."

Sie waren indessen an das Haus gekommen, wo Benner's junge Frau schon, sie erwartend, mit dem Kind auf dem Arm, in der Thür stand und ihnen freundlich zuwinkte. Und wie jubelte der Kleine, als hm der Vater die erlegten Vögel zeigte und ihm dann einen Flügel zum Spielen abschnitt.

Becher war indessen geschäftig zu seiner Satteltasche gelaufen, um den Brief zu holen, der mit einem
großen, aber schon breitgeschmolzenen Consulatssiegel
verschlossen war, daß man das Wappen nicht einmal
mehr erkennen konnte. Die junge Frau betrachtete dabei
mit einem ihr selbst unerklärlichen beängstigenden Gefühl das große, wie amtliche Schreiben, das ihr Gatte
noch immer kopfschüttelnd in der Hand hielt.

„Was um Gottes willen kann nur das ***sche
Consulat an mich zu schicken haben," sagte er dabei,
als er die Adresse las. „Herrn Freiherrn Eduard von
Benner zu Adelaide in Süd-Australien — Freiherrn
— ja wahrhaftig, ein Freiherr bin ich im wahren
Sinn des Worts, wenn auch wohl nicht in der Art,
wie die Adresse meint — und von wem der Brief nur
sein kann?"

„Aber warum brechen Sie ihn denn nicht auf?"
sagte Becher, „da erfahren Sie ja gleich die ganze
Mordgeschichte."

„Mordgeschichte?" rief die Frau erschreckt.

„Oh Jemine," lachte Becher abwehrend, „so war
es ja nicht gemeint, — ich weiß ja gar nicht was d'rin
steht, nicht einmal wo er her ist. Vielleicht ist es ja
auch etwas recht Gutes, eine Erbschaftsangelegenheit
möglicher Weise, oder ein Lotteriegewinnst — wer

kann denn wissen, was in einem solchen Consulatsbrief
steht?"

Benner hatte das obere Couvert abgerissen und fand
einen anderen, schwarz gesiegelten Brief darin, der sein
eigenes Wappen trug.

„Von meiner Schwester," rief er erschreckt, wie
nur sein Auge auf die Adresse fiel.

Er war leichenblaß geworden, und Henrietten's
angsterfüllte Blicke hingen an seinen Zügen.

„Hm — sollte mir leid thun, wenn eine unglück=
liche Nachricht darin stände," meinte Becher gutmüthig
— „aber wer zum Henker kann so was vorher wissen.
Vielleicht ist's aber auch nur ein weitläufiger Ver=
wandter, der Sie in seinem Testament bedacht hat,
lieber Benner. — Famose Geschichte wenn so ein
alter reicher Onkel stirbt, von dem man nur erst durch
das Testament erfährt, daß er überhaupt gelebt hat."

Benner hörte gar nicht mehr was Jener sprach.
Er hatte den Brief in ungeduldiger Hast aufgerissen
und verschlang die Zeilen der bekannten, lieben Hand=
schrift mit den Blicken.

Endlich ließ er den Brief sinken und starrte still
und schweigend vor sich nieder.

„Darf ich wissen, was Dir so weh thut, Eduard?"
flüsterte Henriette und legte ihren Arm um seine Schulter.

Ja, mein Herz," sagte er leise, und ein paar große helle Thränen perlten ihm in den Bart. „Du darfst und mußt es wissen — bleiben Sie, lieber Becher — es ist überhaupt kein Geheimniß — der Brief enthält die Nachricht von dem Tode meines Vaters."

„Armer Eduard," sagte die junge Frau und schmiegte sich fester an ihn — „oh, wie leid mir das Deinet= wegen thut!"

„Aber ich denke, Benner," sagte der kleine Kauf= mann, in reiner Verzweiflung, nur irgend einen Trost zu finden, „Sie — Sie haben mit Ihrem Herrn Papa nicht immer ganz harmonirt?"

„Es war mein Vater," flüsterte der junge Mann, „und ich selber trage auch wohl viel — v i e l die Schuld jener unseligen Zwistigkeiten."

Er war auf einen Stuhl niedergesunken und barg das Antlitz eine Weile in der linken Hand. Endlich stand er auf; er sah sehr blaß aus, war aber vollkom= men ruhig, und Becher die Hand hinüberreichend, sagte er freundlich:

„Ich danke Ihnen, lieber Becher, daß Sie sich so viel Mühe meinethalben gegeben haben — lassen Sie mich jetzt einen Augenblick allein hinausgehen — es sind viele Dinge, die mir den Kopf kreuzen."

„Aber, bester Freund, ich komme lieber auf ein ander Mal wieder."

„Nein — nein — laß ihn nicht fort, Jettchen — nur sammeln möchte ich mich — der Schlag kam zu plötzlich — zu unvorbereitet — mein Vater war noch so rüstig, noch in seinen besten Jahren."

„So war er nicht lange leidend —"

„Er ist auf der Jagd erschossen worden."

„Du großer allmächtiger Gott," sagte sein Weib erschüttert, „das ist ja furchtbar."

„Ja, die verfluchte Jagd!" rief Becher leidenschaft= lich, „was da schon für Unglück geschehen ist! — und das nennen die Leute nun ein Vergnügen, mit ge= ladenen Büchsen im Walde nach allen Richtungen hin herumzuschießen, ob da Menschen stehen, oder nicht, wenn sie nur einen Hasen treffen. Na, ich danke."

„Willst Du allein gehen, Eduard?"

„Laß mich einen Augenblick, mein Herz — ich muß auch den Brief noch einmal ordentlich überlesen. Es steht so viel, so Verworrenes darin, daß mir der Kopf ordentlich schwindelt — ich bleibe gewiß nicht lange aus."

Er verließ das Zimmer, und Becher überlegte sich eben im Stillen, ob er nicht besser gethan, wenn er sei= nen ersten Consulatspflichten weniger treu nachgekom=

men wäre und den ominösen Brief mit der Post zugeschickt, oder durch einen expressen Boten besorgt
hätte! Er hatte auf einen vergnügten Tag gerechnet
und kam in ein Trauerhaus; es ließ sich aber jetzt nicht
mehr ändern. Seine Gutmüthigkeit trieb ihn auch
dazu an, die arme, sehr niedergeschlagene Frau zu
trösten, und in seinem Eifer, sie zu zerstreuen, erzählte
er ihr jetzt eine Unmasse von anderen, dem ähnlichen,
ihm bekannten Unglücksfällen. Da hatte ein guter
Freund von ihm einmal einen Schrotschuß in den
Unterleib bekommen und nur noch lange genug gelebt,
um seiner herbeigeeilten Frau Lebewohl zu sagen. Auf
einem Nachbardorfe war dem Pfarrer das eigene Ge-
wehr los und der Schuß durch die Hand gegangen,
und ehe sie abgenommen werden konnte, bekam der
Mann die Maulsperre und starb. — Und der Herr
von Pescow gar, der Gutsbesitzer, wo er zu Hause
war, der kommt Abends von der Jagd zu seiner Braut
— am nächsten Tage sollte die Hochzeit sein, und er
wollte nur noch einen Rehbock dazu schießen, und wie
er die Flinte in die Ecke stellt, geht sie los und trifft
ihn gerade durch den Kopf, daß er todt in die Stube
fällt. — Und dann Schulmeister Lettweilen, ein
seelensguter Mensch, wenn auch ein Bischen leichtsinnig —

Henriette ließ ihn nicht weiter erzählen; sie bat ihn, um Gotteswillen mit den Schreckensgeschichten aufzuhören — ihr würde ganz übel und weh dabei zu Muthe, und Becher, dem in diesem Augenblick gar nichts Anderes einfiel, war damit völlig auf's Trockene gesetzt. Aber die Frau hatte auch jetzt viel in der Küche zu thun, um das Essen herzurichten — die Kakabus könnten freilich für heute nicht mehr verwandt werden, denn sie bedurften ihre gehörige Zeit, um gahr zu werden. Becher setzte sich indessen in der Stube auf einen bequemen Rohrstuhl, wo er von der Hitze und dem langen ungewohnten Ritt heut' Morgen in der Sonne bald ermüdet einschlief.

Henriette fand ihn da, störte ihn aber nicht, sondern deckte nur so geräuschlos als möglich den Tisch, damit Eduard, wenn er wieder nach Hause kam, das Essen fertig und Alles bereit fände. Erst als sie ihn kommen sah, weckte sie Herrn Becher und konnte, trotz ihrer trüben Stimmung, kaum ein Lächeln unterdrücken, als sie das verdutzte Gesicht des kleinen, aus dem Schlaf auffahrenden Mannes sah, der mit weit geöffneten Augen ganz bestürzt um sich starrte und um's Leben nicht zu wissen schien, wo er sich eigentlich befand und was mit ihm vorgegangen. Erst nach und nach kam er wieder zu vollem Bewußtsein und versicherte jetzt die junge Frau ganz ernsthaft, er sei so müde gewesen, daß er „beinah' eingeschlafen wäre".

Benner war still, aber freundlich. Er ging, als er in's Zimmer trat, auf Henrietten zu, nahm sie in den Arm und küßte sie herzlich auf Stirn und Augen; aber er sprach nicht weiter über den Brief oder den Todesfall; ja, als Henriette ihn direct deshalb fragte, sagte er: „Laß das heute, mein Kind; der Schmerz ist für mich noch zu neu, um ihn ruhig zu besprechen. Morgen reden wir darüber; ja, Du sollst selber den Brief lesen und mir Deine Meinung sagen." Er wurde dann gesprächiger, ja selbst heiter und unterhielt sich lange mit Becher über die jetzigen australischen Zustände, über das Deportationswesen im Norden, über Mehl- und Wollpreise, selbst über die kleinlichen Religionsstreitigkeiten in Tanunba zwischen den Alt-Lutheranern und sogenannten „Weltkindern", d. h. solchen, die der freien, oder auch wohl gar keiner Gemeinde angehörten.

Es war spät, als Becher endlich den Heimritt aber jetzt in der Kühle des Abends, antrat, und es schien fast, als ob Benner allen weiteren Erörterungen zu Hause noch selber so lange als möglich aus dem Weg gehen wollte, denn er sattelte sein eigenes Pferd und begleitete den kleinen Mann fast bis Tanunba hinein. Erst als sie die Lichter des Städtchens schon von weitem sehen konnten, wandte er sein Thier und kehrte langsam nach Hause zurück.

———

Viertes Capitel.

Ein schwerer Entschluß.

Am nächsten Morgen wachte Henriette wie gewöhnlich um fünf Uhr auf; aber ihr Gatte hatte sein Lager schon verlassen und als sie angekleidet in die Stube trat, saß er dort — den Brief vor sich, den Kopf in die Hand gestützt, sinnend am Fenster und sah gedankenvoll in den sonnigen Morgen hinaus.

Sie ging leise zu ihm, legte ihren Arm um seine Schulter und sagte herzlich:

„Guten Morgen, Eduard! Grübelst Du noch immer über den bösen Brief? Ach, mir thut's ja auch weh, Schatz, daß Du Deinen Vater verloren hast, wenn ich ihn auch nimmer gekannt habe, und wenn er so weit fort wohnte."

Benner zog sie nieder zu sich und küßte sie, dann sagte er leise:

„Setz' Dich da her zu mir und lies einmal den Brief."

„Erst muß ich den Kaffee kochen," wehrte aber die Frau ab, „denn wenn der kleine Schlingel nachher munter wird, läßt er mir keine Ruh', — komm', lies ihn mir derweil vor."

Benner seufzte tief auf.

„Willst Du nicht?" fragte sie treuherzig.

„Geh', Kind — thu' Deine Arbeit erst," sagte der Mann, „wir müssen dann Ruhe haben, um Manches zu bereden."

Die junge Frau schüttelte mit dem Kopf — sie hatte nie geglaubt, daß ihr Mann so traurig über den Tod eines Vaters sein würde, dem er immer nur Lieblosigkeit und Härte vorgeworfen — aber doch freute sie's. „Er hat ein gutes, braves Herz," sagte sie bei sich, „und nun der Alte gestorben ist, trauert er um ihn, als ob er den liebsten und besten Verwandten verloren hätte."

Aber nicht gewohnt, lange über irgend Etwas nachzugrübeln, ging sie rüstig an ihre Arbeit, und während sie den Kaffee kochte, besorgte sie auch das indeß aufgewachte Kind und trat dann mit diesem auf dem Arm, in der rechten das Brett mit dem Frühstück haltend, in's Zimmer zurück.

Er nahm ihr das Kind ab und auf den Schooß, herzte und küßte es und setzte es dann auf den Boden nieder, um erst zu frühstücken. Während dessen wurde auch kein Wort gesprochen, denn die Frau wollte ihn absichtlich in seinen Gedanken nicht stören. Das war ein Schmerz, der eben austoben mußte, und wogegen keine Trostworte halfen. Hatte er seine bestimmte Zeit, so gab er sich von selber, und Sonnenschein kehrte wieder in das Herz des Menschen zurück, so oft auch noch dann und wann flüchtige Wolken vorbeigingen, und ihren Schatten darüber werfen mochten.

„Und nun, Eduard," sagte sie, als das Frühstück beendet war und Eduard seine Tasse zurückschob, — „laß mich den Brief haben, den ich lesen sollte, denn ich muß nachher gleich wieder an die Arbeit. Heute giebt's viel zu thun — nach dem letzten Regen wächst uns das Unkraut fast über dem Kopf zusammen, und man findet sich nachher gar nicht mehr durch."

Eduard reichte ihr das Schreiben, ohne ein Wort dabei zu sagen, stand dann auf und ging, während sie las, mit verschränkten Armen und raschen Schritten in dem kleinen Gemach auf und ab.

Henriette studirte ein wenig an dem Brief, denn es dauerte einige Zeit, bis sie sich in die fremde Hand=schrift hineingefunden hatte, aber es ging doch zuletzt, und nur leise nickte sie manchmal mit dem Kopf oder schüt=telte auch wohl, wenn ihr der Inhalt sonderbar erschien.

Eduard unterbrach sie mit keiner Sylbe, aber dann und wann flog sein Blick wie scheu nach ihr herüber, als ob er fürchte, daß sie über irgend etwas erschrecken würde. Der Brief schien jedoch kein solches Gefühl in ihr hervorgerufen zu haben; sie blieb ruhig und unbefangen, und als sie geendet, faltete sie ihn wieder zusammen und sagte herzlich:

„Deine Schwester muß ein recht braves Frauenzimmer sein, Eduard, sie schreibt gar so lieb und gut und meint's auch sicher so. Ich wollt', ich könnt' sie einmal sehen und ihr die Hand drücken. — Das muß ein schwerer Schlag für sie gewesen sein. Ist sie denn verheirathet?"

„Ja."

„So — und wen hat sie? — Was ist ihr Mann?"

„Ein Graf von Galaz."

„Ein Graf? Sieh mal an, da ist sie gewiß eine recht vornehme Frau — wer weiß, ob sie da Etwas von mir armem Ding wissen möchte, und es ist vielleicht recht gut, daß wir so weit auseinander wohnen."

„Und hast Du nicht weiter gelesen, Jettchen?"

„Ei gewiß, Alles bis zum Ende, wo sie schreibt: Deine Dir ewig treue Schwester Alexandrine."

„Hast Du da nicht gelesen, daß sie mich bittet, der

Erbschaft wegen nach Deutschland zu kommen?" sagte Eduard und sah erstaunt zu ihr auf.

„Ei sicher — zweimal schreibt sie's ja sogar, aber was versteht so eine Frau davon; die hat wohl nimmer einen Begriff von der Reise, daß sie da meint, Einer könnte, der paar Thaler wegen, von daheim weg und über's weite Meer hin und zurück. Da kostete ja allein die Reise mehr, wie die ganze Sache vielleicht werth wäre. Laß sie's schicken; der Vater hat ja auch im vorigen Monat eine Erbschaft von 500 baaren Thalern geschickt gekriegt — wenn der deßhalb hinüber gegangen wäre, nicht einen Pfennig davon hätt' er wieder mit zurückgebracht."

„Aber mein liebes Herz," sagte Benner, „es handelt sich hierbei nicht um ein paar hundert Thaler, sondern um viele Tausende — um ein großes Vermögen, das mein Vater, der bei seinem jähen und unerwarteten Tod ohne Testament gestorben ist, nur seinen beiden Haupterben, mir und meiner Schwester, hinterlassen hat. Mehre Rittergüter sind dabei, viel baares Geld und Silber, liegende Gründe dazu, ein paar Häuser in der Residenz, und Gott weiß, was sonst noch für Dinge, die meine persönliche Gegenwart nicht allein meinet-, sondern auch meiner Schwester wegen dringend nöthig machen."

„Aber Du denkst doch nicht etwa daran, nach Deutschland zurückzugehen?“ sagte Henriette, als ihr plötzlich der erste Gedanke an eine solche Möglichkeit kam, und fast unbewußt und erschreckt setzte sie das Kaffeegeschirr wieder auf den Tisch zurück, das sie eben aufgenommen hatte, um es hinauszutragen.

„Es wird nicht anders zu ordnen sein, mein liebes Kind,“ sagte Benner, während er an's Fenster trat und hinaussah. Er mochte in dem Moment seines Weibes Auge nicht begegnen.

„Nicht anders zu ordnen sein, Eduard?“ rief aber Henriette, und sie fühlte ordentlich, wie ihr jeder Tropfen Blut zum Herzen zurückströmte, — „und das sagst Du so ruhig und gleichmüthig, als ob es nur eine Trennung von wenigen Tagen wäre?“

„Aber wie kann ich es ändern, Jettchen?“ sagte Benner, indem er sich nach ihr umdrehte und selber über das Aussehen der Frau erschrak — „ängstige Dich doch nicht deshalb; all unsere Noth und Sorge und Arbeit hat ja auch jetzt dafür ein Ende, denn wir sind selber damit reich geworden — die Zeit geht ja auch vorüber.“

„Wir waren so glücklich bei der Arbeit, Eduard!“

„Ja, mein liebes Herz, aber wir werden jetzt noch glücklicher werden.“

Die Frau hatte sich auf einen Stuhl gesetzt und

faltete die Hände im Schooße — sie konnte nicht länger stehen, so zitterten ihr die Knie und selbst das Kind
achtete sie nicht, das zu ihr hingekrochen war und an
ihrem Kleid zupfte.

„Noch glücklicher, Eduard?" sagte sie leise. „Oh,
Gott weiß wie ich zu ihm gebetet habe, daß er uns so
erhalten möge — noch glücklicher! — wir wollen nicht
freveln, daß uns der Himmel nicht dafür straft und
uns nimmt, was wir haben."

„Aber was für trüben Gedanken giebst Du Dich
hin, mein Herz," sagte Benner, — „anstatt daß Du
Dich des neuen Glückes freuen solltest, klagst Du, als
ob uns ein Unglück betroffen hätte. Ist das recht,
oder selbst nur vernünftig?"

„Und droht uns nicht ein Unglück, Eduard?" sagte
die Frau weich. „Oh Herr Schrader hat es mir wohl
oft gesagt: ein Jahr wird er bei Dir bleiben, vielleicht
zwei, dann geht er fort, und Du sitzest mit Deinem
Kinde allein in Australien."

„Schrader ist ein Esel," sagte Benner ärgerlich,
„der alberne Tropf sucht ordentlich was darin, den
Leuten Unglück zu prophezeihen, und wenn Einer bei
ihm ein Loth Brustthee holt, so zuckt er schon die Achseln
und räth ihm, sich sehr in Acht zu nehmen, weil er
sichtbare Anlagen zur Schwindsucht hätte."

Die Frau erwiderte nichts weiter, sie saß still und in einander gebrochen auf ihrem Stuhl und starrte vor sich nieder, und erst als der Kleine zu schreien anfing, weil sich die Mutter gar nicht um ihn kümmern wollte, hob sie ihn zu sich empor und drückte ihn leidenschaftlich an die Brust.

„Sei vernünftig, Jettchen," sagte da endlich Benner bittend, „überleg' Dir Alles genau — ja, besprich es mit Deinem Vater, und er wird mir selber zugestehen müssen, daß ich nicht anders kann. Ich muß nach Deutschland, denn was hier auf dem Spiele steht, ist zu bedeutend, um es aus Furcht vor einer kurzen Trennung zu gefährden. — Denke Dir auch," fuhr er nach einer Pause fort, in der ihm Henriette noch immer nichts erwiderte, „wie allein und verlassen meine Schwester jetzt solchen verwickelten Geschäften gegenübersteht. Schon ihretwegen müßte ich hinüber."

„Ich verstehe das Alles nicht," sagte die arme Frau kopfschüttelnd, — „ich glaubte, Deine Schwester wäre an einen Grafen verheirathet, und dann steht sie doch nicht allein und verlassen."

„Aber jener Graf hat doch nichts mit unserer Familienangelegenheit zu thun —"

„Und gehört er nicht mit zu Eurer Familie? — sei mir nicht böse, Eduard," brach sie aber rasch ab, als sie die tiefe Falte bemerkte, die sich über seine Stirn zog, — „mir ist das Herz so voll und schwer, und der Kopf thut mir so weh, ich weiß kaum noch, was ich rede — Also Du willst wirklich nach Deutschland zu=rückgehen und Weib und Kind in Australien lassen?"

„Und glaubst Du, daß ich mit leichtem Herzen gehe?" fragte Benner zurück. „Wenn es nicht wäre, daß ich für Euch gerade eine sorgenfreie Zukunft be=reiten könnte, ich bliebe wahrlich da. Mir wird der Abschied weh genug thun, sei versichert, Kind, und die ganze Nacht hat mich der Gedanke schon gequält."

Die Frau schwieg und sah still und sinnend vor sich nieder, endlich flüsterte sie leise: „Wie Gott will!" nahm ihr Kind auf und ging hinaus.

Das war ein trüber und schmerzlicher Tag in der kleinen, sonst so glücklichen Familie, und wenn die Frau auch nicht klagte, oder selbst nur mit einem Wort weiter die beabsichtigte Trennung erwähnte, gab es ihr doch immer einen Stich durch's Herz, sobald der Kleine in wilder Kindeslust aufjubelte und die Mutter umklammerte.

Den Nachmittag ritt Benner in die Stadt. — Er wollte selber mit Henriettens Eltern sprechen, ihnen den Brief zeigen und ihren Rath hören — obgleich er über seinen Entschluß mit sich im Reinen war — aber es würde die Frau beruhigen, wenn die Eltern selber sagten, daß er nach Hause müsse, um Alles in Ordnung zu bringen — in zwölf bis vierzehn Monaten konnte er ja auch recht gut wieder zurück sein.

Zwölf bis vierzehn Monate, Du großer Gott, wie leicht spricht der Mund eine solche Zeit aus, wie rasch verfügt das Menschenherz über einen solchen Zukunftsraum, während ihm doch das Schicksal seiner nächsten Lebensstunde verborgen ist. Aber wir hoffen und harren, bauen Pläne und fassen Entschlüsse, und wenn die vorgesteckte Zeit naht — was ist aus unseren Plänen und Entschlüssen geworden — wo sind wir selber?

Es war eine eigene Berathschlagung in der kleinen Stadt zwischen dem Baron Benner, dem Erben einer halben Million, und den beiden alten Leuten, dem Schuster und seiner Frau. Der Alte saß bei seiner Arbeit, auf dem niederen Schemel, den alten Buschschuh irgend eines derben Bauern unter dem Knieriem, und Ahle und Draht herüber- und hinüberziehend, die Frau selber wirthschaftete dabei in der Stube herum, eine unausweichliche Tasse Kaffee für den lieben Gast und Schwiegersohn herzurichten — aber beide hielten mitten in ihrer Arbeit inne, als Benner ihnen mit kurzen Worten den Inhalt des gestern empfangenen Schreibens mittheilte und ihnen zugleich verkündete, daß er jetzt ein bedeutendes Erbe in Deutschland zu erwarten habe.

„Viele tausend Thaler?" — Die Frau schlug die Hände über dem Kopf zusammen, und der Schuster schüttelte den seinen still vor sich hin. Er glaubte nie an große Zahlen, und das Ganze kam ihm zu plötzlich und auch zu unwahrscheinlich vor, als daß er sich gleich hätte vollständig hineindenken können. Das Einzige, was ihm klar war, daß der Baron nach Deutschland zurück und seine Frau hier allein lassen wollte, gefiel ihm nicht. — Wenn er nun dort blieb? — Aber die Frau sah weiter — viele Tausend Thaler als Erb= schaft, was hätte sich mit denen nicht hier in Australien anfangen lassen, und was für eine vornehme Frau konnte dann ihre Tochter werden. Benner hatte sie im Augenblick auf seiner Seite, und der Alte gab auch endlich nach. Was konnte er auch dagegen machen, wenn sein Schwiegersohn ihm sagte, daß er hinüber müsse, aber recht war's ihm noch immer nicht, und er vergaß ganz Ahle und Draht, schob sich sein schwar= zes, fettiges Käppchen auf's eine Ohr und kratzte sich in tiefen Gedanken den Kopf.

Das Resultat der Berathung gestaltete sich denn auch so, wie es Benner vorhergesehen. Die Eltern

erklärten sich einverstanden mit der Reise, und ihr
Schwiegersohn mußte ihnen nur versprechen, keine Zeit
daheim zu versäumen, sondern so rasch als irgend
möglich wieder zurückzukehren, schon der Leute wegen,
die sicher genug ihre boshaften Bemerkungen darüber
nicht unterließen und die arme junge Frau zu sehr ge-
kränkt hätten.

Noch etwas Anderes blieb für ihn in Tanunda zu
ordnen, — er brauchte nämlich Reisegeld und wollte
seinen Schwiegervater nicht darum bitten; aber Becher
war augenblicklich bereit, ihm dasselbe vorzuschießen.
Er betrachtete es gewissermaßen als Consulatssache,
denn der Brief, der die Erbschaft anzeigte, war durch
ihn gekommen, und er versicherte Benner, er würde
es ihm übel genommen haben, wenn er sich in dieser
Sache an irgend Jemand Anderen gewandt hätte. In
einer halben Stunde war Alles geordnet, und zufällig
lag auch gerade ein fast segelfertiges englisches Schiff
in Port Adelaide, das nur noch Wasser einnehmen
mußte, und spätestens übermorgen früh mit der ein-
setzenden Ebbe auslief. Wenn er mitgehen wollte,
mußte er morgen Nacht schon jedenfalls an Bord sein.

Benner ritt in einer eigenthümlich aufgeregten
Stimmung nach Hause zurück und sonderbarer Weise
war es in diesem Augenblick weniger der Abschied von

Frau und Kind, an den er dachte, sondern mehr noch, weit mehr die Aussicht, bald, in wenigen Monden schon, wieder die alte Stätte seiner Jugend zu betreten, die er nie geglaubt hatte wiederzusehen, — noch einmal den Kreis der Freunde aufzusuchen und in ihrer Mitte zu verkehren. Auch die Sehnsucht nach der Schwester beschäftigte ihn, und so ganz füllten diese Bilder seine Gedanken, daß er plötzlich und un= erwartet vor seinem eigenen Hause hielt und gar nicht wußte, wie er diesmal so rasch dorthin gekommen.

Und morgen Abend schon wollte er fort? Die Frau wurde leichenblaß, als er es ihr sagte, aber sie erwi= derte kein Wort; nur fester drückte sie das Kind an ihre Brust und ging dann schweigend an ihre Arbeit, um dem Gatten Alles herzurichten, was er zu seiner langen Reise brauchte.

Was aus ihr selber in der Zeit wurde? — sie dachte nicht einmal daran; nur bei ihm waren ihre Gedanken, nur bei ihrem Kinde und dem Schmerz der Trennung, und doch that sie sich Gewalt an, daß sie es Eduard nicht merken ließ — hätt' es ihm selber ja doch den Abschied schwerer gemacht, und er konnte es ja nicht mehr ändern — er mußte fort.

Den Abend verbrachten sie zusammen in ihrem Gärtchen und ihr Gatte theilte ihr jetzt mit, daß er

sein kleines Grundstück für die Zeit seiner Abwesenheit und um den halben Ertrag an einen jungen
Bauerssohn, den er bei Becher traf, verpachtet habe.
Sie selber sollte indessen zu ihren Eltern ziehen, bis er
zurückkäme. Mit der ersten Post schon versprach er ihr
aber Geld zu senden, daß sie sich ein eigenes kleines
Quartier miethen und ihre Wirthschaft führen könne.
Mit der zweiten Post folgte er dann vielleicht schon
selber nach.

Morgens kam der Vater noch heraus, um Manches zu bereden und der Tochter Sachen auf seinem
Wagen mit nach Tanunda zu nehmen — gegen Abend
sollte ihn die kleine Familie dorthin begleiten und
Abends um neun Uhr fuhr die Post ab, mit der er
nach Adelaide gehen konnte und dann zur rechten Zeit
im Hafen eintraf.

Das war ein schwerer, recht schwerer Tag für die
arme Frau, und sie ging wirklich wie in einem Traum
herum. Sie that Alles was nöthig war, aber willen-
los, maschinenartig, und wäre am liebsten mit ihrem
Kind in einen Winkel gekrochen, um sich nur einmal
— nur ein einziges Mal recht herzlich auszuweinen.
Aber das ging nicht, sie mußte Stand halten; ihr
Eduard wäre ihr ja sonst vielleicht noch am letzten
Tag böse geworden. Auch konnte sie sich keine Minute

mehr von den wenigen Stunden, die sie noch beisammen bleiben sollten, von ihm trennen.

So fuhren sie zusammen nach Tanunda, und so langsam ihr sonst die Stunden manchmal hingegangen, so rasch, so entsetzlich rasch flog der heutige Tag an ihr vorüber. Es war Abend geworden, sie wußte selbst nicht wie, und der Zeiger auf der alten, im Zimmer ihrer Mutter hängenden Schwarzwälder Uhr lief ordentlich von Zahl zu Zahl.

Um neun Uhr ging die Post. Das Gepäck war schon Alles aufgegeben. Vor acht Uhr schon hatte die Mutter noch einmal den Tisch gedeckt, zum letzten Abendbrod, und Henriette saß neben dem Gatten, das Kind auf dem Schooß, den Kopf an seine Schulter geschmiegt, und zuckte nur immer zusammen, wenn die Uhr wieder zum Schlagen aushob. — Und jetzt sollten sie essen? — Oh, wie hätte sie einen Bissen über die Lippen bringen können.

Die Mutter hatte Rouladen gebraten. Eduard aß sie gern — Du lieber Gott, er wollte sich nicht ein= mal mit zum Tisch setzen, so weh war ihm zu Muthe, und als er endlich dem dringenden Nöthigen der Frau nachgab, quoll ihm der Bissen im Munde.

Und es schlug halb — es schlug drei Viertel auf Neun — er rückte mit dem Stuhl.

„Du gehst in zwei Minuten zu der Post hinüber,“ flüsterte ihm die Frau zu und schmiegte sich ängstlich an ihn an.   „Sie fahren ja nicht ohne Dich fort.“

„Mein liebes, liebes Weib!“

„Und willst Du recht viel an uns denken, Eduard, — an mich und Dein Kind?“

„Tag und Nacht — Tag und Nacht, Lieb.“

„Und nicht gar so lange fortbleiben?“

„So rasch ich möglicherweise kann, kehr' ich zurück. — Sorge Dich nur nicht um mich — wie bald ist ja der Weg zurückgelegt.“

„Wie bald? Oh, mein Himmel, und fünf Monat hin und fünf Monat zurück nennst Du b a l d — mir werden es eben so viele Jahre werden.“

„Meine liebe, liebe Henriette!“ — und sie hielten sich fest und lange umschlungen.

„Kinder, es wird Zeit — es ist in zwei Minuten neun Uhr,“ sagte da der Alte.   „Eduard, mit Gott! Machen Sie, daß Sie fortkommen, wir wollen indessen schon auf die Kinder Achtung geben.“

Fester klammerte sich die Frau an ihn an. Der Augenblick war gekommen, vor dem sie so lange gebebt, und erst jetzt erfaßte sie die Angst, das bittere Weh des Scheidens.

„Leb' wohl, mein Herz — sei stark; ich kehre ja bald zu Dir zurück."

„Küsse noch einmal unser Kind," flüsterte sie, — „der kleine Bursch ist eingeschlafen; er ahnt ja nicht, daß er den Vater verlieren soll."

„Er verliert ihn nicht, Herz," sagte Eduard, indem er sich über das Kind bog und es küßte, während ein paar heiße Thränen auf seine Locken fielen — „und nun leb' wohl!" rief er, sich rasch und entschlossen aufrichtend, — „bleibt hier — geht nicht mit zur Post — macht mir den Abschied nicht schwerer, als er schon ist — Gott schütze Dich, mein süßes, süßes Lieb — Dich und das Kind — leb' wohl — leb' wohl!"

Noch einmal preßten seine Lippen in glühendem Kuß die ihrigen — noch einmal drückte er Vater und Mutter die Hand — draußen in der anderen Straße blies der Postillon, ein Engländer, aber mit den so oft gehörten Melodien längst vertraut, das alte Volkslied: „Muß i denn, muß i denn, zum Städtle 'naus," — Henriette warf ihre Arme um seinen Nacken und hielt ihn fest und innig umschlungen. — Die erbarmungslose Uhr schlug neun, es war die Abschiedsstunde, und ihr Antlitz in den Händen bergend, sank sie neben dem Sopha, auf dem ihr Kind schlief, in die

Knie. — Sie hörte, wie die Thür geöffnet wurde und
sich schloß — sie hörte rasche Schritte draußen — dann
war Alles still, und das Einzige, was ihr blieb, das
Gefühl ihres Jammers — ihres Verlassenseins.

* * *

Fünftes Capitel.

Nach Deutschland zurück.

Im Hause der Gräfin Galaz herrschte heute ein
geschäftiges Treiben — Zimmer wurden hergerichtet
und mit Blumen geschmückt, Boten nach verschiedenen
Seiten ausgesandt, und die Gräfin selber befand sich
in lebhafter, aber jedenfalls freudiger Aufregung.

Die Gräfin Alexandrine, die Schwester des jungen
Eduard von Benner und etwa vier oder fünf Jahr
älter als ihr Bruder, war eine jener Erscheinungen,
die man, obgleich man sie keine blendende Schönheit
nennen konnte, auf den ersten Blick liebgewinnen mußte,
eine so ruhige Sanftmuth, eine so Herzen erobernde
Freundlichkeit war über ihre Züge ausgegossen, und
auf wem auch immer das blaue Auge ruhte, er fühlte
dessen Zauber und konnte ihm nicht widerstehen.

So hatte sie ihrem Gatten das Haus zu einem
Paradiese umgeschaffen; so war sie die Wohlthäterin

unb der Schutzgeist aller benachbarten Armen geworben unb selbst die Dienerschaft betete sie an unb suchte
ihr Alles an ben Augen abzulesen.

Die Gräfin Alexandrine hatte zwei Kinder —
eine Tochter von elf unb einen Knaben von fünf Jahren, unb lebte mit biesem unb ihrem Gatten still unb
zurückgezogen auf Schloß Galaz. Sie liebte bas wilde
Treiben der Residenz nicht, unb der Graf selber jagte
viel lieber in seinen Wälbern unb fischte in seinen
Seeen, als baß er sich der steifen Etikette des Hofes
fügte. Manchmal freilich konnte er sich ihr nicht ganz
entziehen, unb auch gerabe jetzt war er schon wieber
seit mehren Tagen borthin befohlen worben, um an
einigen Hofjagben Theil zu nehmen, unb gerabe jetzt
vermißte ihn bie Gräfin so schmerzlich, ba sie ihren
Bruder zurückerwartete, der schon vor mehren Tagen
in der Residenz eingetroffen sein mußte unb sie trotzbem
noch nicht aufgesucht hatte. Heute Morgen aber war
ein Brief von ihm angelangt, heute kam er gewiß unb
eine eigene Unruhe hatte die sonst so stille unb ruhige
Frau erfaßt, bie sie in keinem Zimmer rasten ließ unb
immer wieber hinaus auf ben Söller trieb, um nach
ihm auszuschauen.

Enblich — enblich wirbelte weit auf ber Straße
braußen ber Staub auf, unb die Töne eines munteren

Hornes schallten herüber — es war eine Extrapost. Alexandrine winkte draußen auf dem Balcon mit ihrem Taschentuch — das Zeichen wurde erwidert, und wenige Minuten später rasselte der Wagen in den Hof, und die lange getrennten Geschwister lagen sich in den Armen.

„Mein lieber, lieber Eduard," sagte die Schwester, als sie endlich oben mit ihm auf ihrem Zimmer saß, seine Hand in der ihren hielt und ihm in die Augen sah, — „oh, Gott sei Dank, daß wir Dich wieder haben aus der weiten fremden Welt — daß Du f r ü h e r zurückgekommen wärst," setzte sie leise und wehmüthig hinzu.

„Und der Vater ist im Zorn gegen mich geschieden?" sagte Eduard scheu.

„Nein — nein," rief Alexandrine rasch, „gerade in der letzten Zeit sprach er oft von Dir und bereute, daß er vielleicht zu hart gegen Dich gewesen. — Ich würde auch schon früher an Dich geschrieben haben, aber wir hatten keine Ahnung, in welchem Welttheil selbst Du Dich befändest, und erst n a c h des Vaters Tod erzählte ein in der Residenz weilender Fremder, daß er einen Eduard von Benner in Süd-Australien getroffen habe. Nur auf das unbestimmte Gerücht hin schickte ich Dir den Brief. — Böser, böser Bruder, daß Du nicht einmal mir, Deiner Alexandrine, ein Lebenszeichen geben konntest, und daß fremde Menschen es mir bringen mußten."

„Meine theure Schwester!"

„Wie wir uns hier nach Dir gesehnt, in jener Schreckenszeit — aber jetzt bist Du ja wieder da — bist wieder bei uns und gehst nie und nimmer wieder fort."

„Meine gute Alexandrine."

„Und wie braun und sonnverbrannt Du geworden bist — fast wie ein Indianer und was für harte Hände Du bekommen — oh, Du hast gewiß schwere und böse Arbeit thun müssen, Du störrischer, trotziger Mensch Du!"

„Schwere Arbeit in der That."

„Und so allein hast Du indessen unter den fremden kalten Menschen leben können, mit Niemandem der Dich liebte und für Dich sorgte — das besonders hat mir das Herz so schwer gemacht, und wie oft sind mir, wenn ich an Dich dachte, die Thränen in die Augen gekommen! Oh, es muß schrecklich da draußen sein — ganz schrecklich — mag die Natur auch in allen ihren Reizen prangen."

Eduard schwieg und sah scheu und seufzend vor sich nieder, denn er wagte nicht der Schwester zu ge-

stehen, daß er verheirathet sei — mit w e m er sich ver=
heirathet habe — wenigstens jetzt noch nicht. Er mußte
erst selber ruhiger und gefaßter sein — mußte s i e
ruhiger finden, um dann mit ihr seinen künftigen Le=
bensplan zu überlegen.

„Und doch wäre ich kaum so rasch nach Deutsch=
land zurückgekommen," sagte er endlich, „wenn Du
in Deinem Brief nicht gar so dringend darauf bestan=
den und mir geschrieben hättest, daß meine Gegen=
wart hier unumgänglich nöthig sei."

„Verzeih' mir die kleine List," lächelte da herzlich
Alexandrine, „meine Liebe zu Dir dictirte den Brief,
und ich mußte Dich wieder hier, wieder bei uns
haben. Die Geldangelegenheit, Du lieber Gott, das
hätten wir auch ohne Dich arrangiren können, und
haben es in der That schon gethan, denn mein Mann
hat die ganze Sache, und wie Du Dich fest darauf
verlassen kannst, Dein Interesse besonders dabei wah=
rend, geordnet."

„So war es n i c h t nöthig?"

„Und r e u t es Dich, Daß Du gekommen bist,
Eduard?" sagte sie mit leisem Vorwurf in dem Ton.

„Nein — nein, Alexandrine!" rief er herzlich, sie an
sich pressend — „wie kannst Du das glauben!—Wüß=
test Du nur, wie oft ich selber mich nach Euch gesehnt!"

„Oh, wie gern glaub' ich Dir das, Eduard," erwiderte sie, seine Hand drückend, — „armer, armer Wanderer, der, so weit in die Welt hinausgeschleudert, Alles zurücklassen mußte, was ihm lieb und theuer war, und nichts dafür wiederfand, als fremde, gleichgültige Menschen. — Aber jetzt, Gott sei Dank, ist das anders," setzte sie rasch und lebhaft hinzu, als sie sah, wie sich ein Ausdruck von Schmerz über seine Züge stahl, dem sie freilich eine ganz andere Deutung gab, „jetzt bleibst Du bei uns! Du bist älter und vernünftiger geworden, Du hast Welt und Menschen kennen, Du hast an einer bestimmten Thätigkeit Freude gewinnen lernen, und hier, in unserer Mitte, wird Dich ein ganz besonderer Eifer treiben, das, was Du draußen erfahren, bei uns zu verwerthen. Unsere Güter liegen nicht so weit von einander entfernt, Bennerberg, unsere Geburtsstätte, wirst Du Dir gewiß zum Wohnsitz wählen, Dein Herz hing ja immer an dem alten Ort; dann nimmst Du Dir ein Weib, und Du wirst sehen, daß auch die Heimath ihre Vorzüge hat, ja, daß sie von keinem anderen Land der Erde übertroffen werden kann."

„Glaube auch ja nicht," fuhr sie rasch und gesprächig fort, als sie sah, wie sich ein wehmüthiger Zug um seine Lippen stahl, „daß es uns hier, auf dem Lande, an einem geselligen Leben fehlt — wir halten vorzügliche Nachbarschaft. Da ist Graf Sponneck, — Du mußt Dich ja auf den alten, etwas stolzen Herrn noch besinnen, mit einer ganz liebenswürdigen Familie und zwei reizenden Töchtern — da ist Baron Bromfels, der auf Bromfels lebt, da ist der alte Comthur Benthausen, der jetzt, zu seinen Enkeln gezogen, ordentlich wieder aufzuleben scheint, da sind noch eine Menge prächtige Familien, alle zu den besten des Landes zählend, die Dich mit offenen Armen empfangen werden."

„Ich bin dieser Gesellschaft so entwöhnt," sagte Eduard verlegen.

„Du wirst Dich rasch wieder hineingewöhnen," lächelte seine Schwester, „an Deinem Aeußeren sieht Dir auch wahrlich Niemand an, daß Du die vielen Jahre in der Wildniß gelebt hast — oh, Eduard, wie froh ich bin daß Du nur wieder da bist, und Du böser, häßlicher Bruder konntest drei volle Tage in der Residenz bleiben, ohne zu mir zu eilen. Nicht eine Stunde hätte ich es dort ausgehalten, wenn ich an Deiner Stelle gewesen wäre."

„Liebes Kind," sagte Eduard lächelnd, „ich glaube, Du würdest noch längere Zeit gebraucht haben, wenn Du so ausgesehen hättest, wie ich. Bedenke, daß ich

aus Australien, daß ich aus dem Busch kam und der
kurzen Zeit nothwendig bedurfte, um mich nur wie=
der anständig kleiden zu können. Ich war vollkommen
abgerissen und muß Dir noch besonders danken, daß
Du mir in Deinem letzten Brief den Namen Deines
Banquiers aufgegeben."

„Armer Bruder — so hast Du vielleicht gar Noth
gelitten, während wir hier im Ueberfluß geschwelgt."

„Laß das, mein Herz," sagte Eduard, „was ich
gelitten, war eine nur zu gerechte Strafe für began=
genen Leichtsinn. Wollte Gott," setzte er mit einem
Seufzer leise hinzu, „daß ich damit mein vergangenes
Leben abschließen könnte."

„Das ist geschehen," rief die Schwester herzlich,
indem sie ihn umarmte, „kein Wort des Vorwurfs von
u n s e r e r Seite soll Dich je verletzen, Eduard, —
kein Blick, kein Gedanke Dich kränken. Du bist wieder
der Unsere, und daß Du es bleiben wirst, dafür bürgt
mir Deine Liebe zu uns. Aber da kommen die Kin=
der, die sich lange schon auf Dich gefreut — jetzt
scheuch' die Wolken von Deiner Stirn; das junge
Völkchen darf Dich nicht traurig sehen, und heute
Abend kehrt auch mein Mann zurück — oh, daß Du
endlich, endlich wieder bei uns bist."

Von diesem Augenblick an wurde dem wieder Heim=

gekehrten nicht mehr viel Zeit zum Ueberlegen gelassen, denn jede Stunde brachte Neues, brachte eine frische Erinnerung aus der Jugend, und als Graf Galaz endlich zurückkehrte, begrüßte er den wiedergewonnenen Schwager mit solcher Herzlichkeit, daß sich dieser nicht anders als heimisch in seinem Hause fühlen konnte.

Eduard ging in dieser ersten Zeit wie in einem Traum umher, nur immer mit der Furcht, daß er erwachen könne. Und er hatte sein Weib und Kind daheim vergessen? — Nein! Aber dies ganze wunderbare Leben, das ja seine Jugendzeit ausgefüllt, und von dem er schon für immer — Gott weiß es, wie schweren — Abschied genommen, übte einen solchen Zauber auf ihn aus, daß er sich dem Genuß desselben auch mit vollen, dürstenden Zügen hingab, und gewaltsam Alles aus seiner Seele, aus seiner Erinnerung bannte, was ihm diese Stunden hätte trüben oder stören können.

Dazu kam noch, daß er gleich in den ersten Tagen eine Beschäftigung fand, wie sie seiner ganzen Erziehung angemessen war. Er mußte die jetzt ihm gehörenden Güter und Grundstücke revidiren, und wieder im Sattel auf einem Vollbluthengst, mit einem Reitknecht hinter sich und an Graf Galaz' Seite,

durchritt er die fruchtbaren Fluren und besuchte
die alten lieben Plätze seiner Jugend, die jetzt sein
Eigenthum geworden, seine Heimath aufs Neue bil=
den sollten.

Wieder und wieder tauchte dabei der Gedanke an
sein Weib in ihm auf, aber wie war es möglich, sie
in diesen Rahmen zu fassen — und wären außerdem
die Eltern in Australien geblieben, wenn ihre Tochter
nach Deutschland zurückging und ein Schloß bezog?

„Was fehlt Dir, Eduard, Du bist so nachdenkend
geworden," sagte der neben ihm reitende Graf, der
ihn schon eine Weile schweigend beobachtet hatte.

„Oh, nichts — nichts, Rudolph," erwiderte sein
Gefährte, indem er aber doch leicht erröthete, „nur
der Uebergang von so verschiedenen Lebensbahnen war
ein wenig zu rasch, zu jäh; kein Wunder, daß ich mich
noch nicht so in Alles finden kann, was mich hier um=
giebt, daß es mir ungewohnt, fremd vorkommt."

„Gewiß, gewiß," nickte ihm sein Schwager zu, —
„aber an das Bessere gewöhnt man sich leicht wie=
der, und Du sollst einmal sehen, Eduard, wie rasch
Du Dich in das Alles hineinleben wirst. In drei,
vier Monaten schon wird Dir Deine überseeische Ex=
pedition wie ein Traum vorkommen, aus dem Du
glücklicher Weise zu einer behaglichen und erfreulichen

Wirklichkeit erwacht bist. Schüttle deshalb die trüben Gedanken ab, Kamerad, sie taugen nichts für den sonnigen Tag und besonders nicht für die freundlichen Augen, die uns dort entgegenwinken."

„Dort? — wo?" sagte Eduard überrascht."

„Der Park hier," sagte der Graf, „gehört dem alten Comthur Benthausen, der da bei seinen Enkelkindern lebt, und eine liebenswürdigere Familie möchtest Du kaum auf der ganzen weiten Welt finden, als diese hier. Wir dürfen nicht vorbeireiten, denn der alte Herr würde es mir nie vergeben, wenn ich Dich nicht zu ihm gebracht hätte. Wir haben die letzten Monde viel von Dir gesprochen."

„Aber kommen wir ihnen jetzt gelegen?"

„Denen? Immer, und wenn es Morgens um acht Uhr wäre, denn dann träfen wir die Damen schon auf ihrem Morgenspaziergang im Park — halt, hier rechts — wir reiten hier gleich durch die kleine Pforte."

Einer der Reitknechte war schon abgesprungen, um das schmale, eiserne Thor zu öffnen, das fast versteckt unter dichten Festons von Epheu und wildem Wein lag, und gleich darauf tauchten sie in den kühlen Schatten eines herrlichen Parkes ein, der mit reizenden Gruppen mächtiger Buchen, Eichen, Tannen,

Kiefern und Birken, mit üppigen Grasflächen und von murmelnden Bächen durchschnittenen Gebüschen wechselte.

Auch die schmalen Kieswege waren vortrefflich gehalten und bald, auf einem von diesen hintrabend, erreichten sie das von Blüthenbüschen umgebene Herrenhaus, reich im englischen Styl gebaut, das wie ein kleines Feenschloß hier mitten in dem künstlichen Wald lag und durch seine Staffage noch mehr Feenhaftes erhielt.

Die Familie war gerade bei ihrem Frühstück auf einer Terrasse vor dem Hause; die Damen in leichter Morgentoilette, die Herren in weißen Röcken und Strohhüten; die Terrasse selber wurde von dem Park durch ein offenes gewölbtes, mit rankenden Rosen und Passionsblumen bewachsenes Spalier abgeschlossen, das die kleine dahinter befindliche Gesellschaft wie in dem lebendigen Rahmen eines Bildes zeigte — dazu die aufwartenden Diener in Livree und davor ein paar zahme Stück Wild, die wahrscheinlich gewohnt waren, ihr Frühstück aus den Händen ihrer schönen Pflegerinnen zu erhalten. Eduard zügelte unwillkürlich sein Pferd ein, um den zauberisch lieblichen Anblick noch länger zu genießen, und Graf Galaz hielt an seiner Seite und nickte ihm lächelnd zu.

„Nicht wahr, unser Deutschland ist doch schön?" sagte er freundlich; „ein lieblicheres Bild, als das da vor uns, läßt sich nicht denken, und wenn Du die Menschen erst kennen lernst, wirst Du Dich gar nicht mehr von unserer Gegend trennen wollen."

Ein Windspiel, das auf der Terrassentreppe lag und bis jetzt mit seinen klugen Augen das dicht zu ihm hinangekommene Wild beobachtet hatte, spitzte plötzlich die Ohren und schlug an. Es hatte die fremden Pferde bemerkt, und der alte Herr am Tisch nahm rasch sein neben ihm liegendes Doppelglas heraus und sah hindurch.

„Galaz!" rief er fröhlich aus, als er den Freund erkannte, — „heran Mann, Ihr kommt gerade zur rechten Zeit — heran mit Euch, heran!"

Die beiden Reiter sprengten, der freundlichen Einladung folgend, etwas weiter vor, saßen dann ab und gaben den aus den Sätteln springenden Reitknechten die Zügel, während die ganze Gesellschaft, um sie zu begrüßen, ihnen entgegenkam. Und wie herzlich wurden sie von den lieben Menschen aufgenommen.

Also das war der Australier, von dem man so viel in der letzten Zeit gesprochen — und wie braun er auch aussah — dem hatte die Sonne den Teint schön verbrannt. „Und wie viel und schön der erzählen könnte, wenn er wollte," flüsterten sich die jungen Damen zu und errötheten tief, als sie daran dachten, daß er die Worte vielleicht gehört haben könnte.

Die Herren mußten mit Theil am Frühstück nehmen, und Eduard kam neben die älteste Enkelin des alten Comthurs, die Baronesse Hedwig, zu sitzen, ein liebes, herziges Kind von vielleicht neunzehn Jahren, heiter und aufgeweckt dabei, nicht selten mit einem Anflug von neckischem Humor und doch so hold und sittsam und von unbeschreiblichem Liebreiz.

„Und wissen Sie, daß wir uns schon recht um Sie geängstigt haben," sagte sie mit offener und natürlicher Herzlichkeit, „als uns Gräfin Alexandrine mittheilte, daß sie an Sie geschrieben hätte und immer kein Brief, keine Antwort kommen wollte."

„Der Weg ist so entsetzlich weit, mein gnädiges Fräulein," erwiderte der junge Mann, ordentlich verlegen dem holden Wesen gegenüber, „und den ersten Brief, den ich möglicher Weise senden k o n n t e, brachte ich selber mit nach Europa."

„Das ist allerdings die sicherste Beförderung," lächelte Hedwig, „wenn auch nicht immer die bequemste. Wie man aber nur so weit von zu Hause weggehen kann, begreif' ich nicht; mir thut das Herz schon weh, wenn ich nur einmal auf drei Tage von daheim fort bin."

„Aber jetzt bleibt der junge Herr bei u n s? nicht
wahr?" rief der alte Comthur über den Tisch herüber.
„Das weiß der liebe Gott, was jetzt in die Leute ge=
fahren ist," setzte er dann, zu Galaz gewandt und ohne
Eduards Antwort abzuwarten, hinzu, „aber alle Welt
läuft nach Amerika, und wen hier irgend der Schuh
wo drückt, der packt seinen Koffer einfach und setzt sich
in der liebenswürdigen Absicht auf ein Schiff, da drü=
ben in Amerika Bäume auszureißen und ein reicher
Mann zu werden. Denken Sie sich, Galaz, heute
Morgen bekomme ich einen Brief von meinem Schwa=
ger, dem General. Sein Junge ist auch fort, der
Fritz, — ein tüchtiger, wackerer Kerl sonst, mit Kopf
und Herz auf dem rechten Fleck, — aber was thut er?
— vergaffte sich da in ein armes Mädel, eine Schnei=
derin oder Wäscherin, Gott weiß was, und wie der
General natürlich seine Zustimmung nicht geben will,
hat er nichts Eiligeres zu thun, als mit ihr auf ein
Schiff und nach Amerika zu gehen."

„Der Fritz?" rief Graf Galaz erstaunt, „es ist
doch kaum möglich — ein Aristokrat von ächtem Fleisch
und Blut zwischen die Yankees — er k a n n sich dort
nicht wohl und heimisch fühlen."

Der alte Herr zuckte die Achseln — „er wird
m ü s s e n," sagte er, „denn er würde es mit einer

solchen Mesalliance hier ebenfalls nicht gekonnt
haben."

„Aber lieber Freund," sagte Galaz, „Mesallian=
cen sind jetzt ordentlich Mode geworden, und altad=
liche Geschlechter o h n e Capital verbessern leider nur
zu häufig ihre Umstände durch eine reiche Banquiers=
oder Kaufmannstochter."

„Leider, leider," nickte der Comthur, „aber sie
bekommen dann doch meistens Frauen, die schon in
der Welt gelebt haben, und mit denen sie sich kön=
nen sehen lassen. Eine elegante Erscheinung und die
nöthige Tournüre übertüncht Manches — aber eine
Näherin und ohne einen Heller Vermögen —"

„Es ist die alte Geschichte," sagte Galaz, „eine
Hütte und ihr Herz — das verwünschte Romanlesen
steckt dem jungen Volk zu sehr in den Köpfen, und sie
bedenken nicht, daß die Romane immer gerade d a
aufhören, wo i h r Leben anfangen soll —"

„Da haben Sie Recht, Herr Graf," rief die mun=
tere Hedwig, „das ist auch das Einzige, was i c h so
oft an den Romanen bedaure, daß der Autor Alles
für abgemacht hält, sobald sich die Liebesleute be=
kommen haben, und da fängt ja doch das Interesse
erst an. In einen B r a u t st a n d können wir uns Alle
hineindenken, in einen Ehestand nicht — besonders

wenn er nach solchen entsetzlichen Schwierigkeiten und mit so verschiebenen Elementen geschlossen wird, wie das in Romanen fast immer der Fall ist."

„Sieh, sieh, meine kleine Hedwig," lächelte Galaz, „ich hätte gar nicht geglaubt, daß Sie so neugierig wären."

„Wir sind Alle neugierig, nicht wahr, Großpapa?" rief Hedwig, „und so möchte ich um's Leben gern wissen, was für Abenteuer und Fährnisse mein schweigsamer Nachbar in dem schrecklichen Australien erlebt hat — und was es dort für Damen und Toiletten giebt, aber er erzählt mir gar nichts," setzte sie mit komischem Bedauern hinzu.

Eduard fühlte wie roth er wurde, — „mein schweigsamer Nachbar," — Du lieber Gott, wo hatte seine Erinnerung in dem Augenblicke geweilt, und wie schmerzlich ihn selber das Gespräch berührt, wenn auch Keiner der Anwesenden ben wahren Grund vermuthen konnte.

„Aber die australischen Damen, mein Herz," sagte der Großvater, „machen, so viel ich weiß, gar keine Toilette, und Herr von Benner wird sich auch wohl nicht um bie bekümmert haben."

„Sie machen mir meinen jungen Freund ganz verlegen," lachte Graf Galaz, „übrigens muß ich Ihnen bestätigen, mein gnädiges Fräulein, daß es in der That außerordentlich schwer hält, ihn zum Erzählen zu bringen; indirect hab' ich es wenigstens schon verschiedene Male umsonst versucht."

„Man glaubt gewöhnlich," sagte Eduard, der seine Befangenheit gewaltsam abschüttelte, „daß Jemand, der ein fremdes Land besucht, auch immer viel Abenteuerliches müsse zu berichten haben, und wie viel Tausende wandern aus, ohne nach Jahre langem Aufenthalt, selbst in einer fremden Welt, mehr oder Merkwürdigeres erlebt zu haben, als was sie auch erlebt hätten, wenn sie daheim geblieben wären. Ich bin Einer von diesen Unglücklichen, die dazu verurtheilt bleiben, ihren alltäglichen Lebensgang fortzusetzen, wo sie sich auch befinden, und wenn ich ein Abenteuer erzählen wollte, müßte ich eins erfinden."

„Aber mein bester Herr von Benner," sagte Hedwig, „glauben Sie nicht, daß wir die Erzählung irgend eines haarsträubenden Abenteuers erwartet haben; im Gegentheil, die schenk' ich einem Jeden, denn es ist das eine Aufreizung der Nerven, die viel mehr angreift, als erquickt, — nein, irgend ein friedliches ethnographisches Bild jenes wilden Landes, die Beschreibung irgend einer dortigen Häuslichkeit, am

liebſten Ihrer eigenen, würde für mich von weit grö=
ßerem Intereſſe ſein.“

„Mein gnädiges Fräulein —“

„Aber Kinder,“ kam der alte Comthur hier dem
jungen Mann zu Hülfe, „wie könnt Ihr nur erwar=
ten, daß Benner ſich hier zu Euch zum erſten Mal
zum Frühſtück niederſetzen und dann augenblicklich an=
fangen ſoll, zu erzählen. Das geht ja doch auf keinen
Fall und iſt gegen Menſchennatur. Wollt Ihr von
Jemandem etwas erzählt haben, ſo erzählt ihm ſelber
erſt etwas, nachher thaut er auf und Ihr bringt ihn
in Gang. So vom Platz weg geht das nicht, wie bei
einer Spieluhr, die man nur aufzuziehen braucht.
Benner bleibt jetzt jedenfalls in unſerer Nachbarſchaft
und wird uns, wie ich ſicher hoffe, öfter beſuchen.
Dann benutzt Eure Zeit, und wenn Ihr es geſchickt
anfangt, zweifle ich keinen Augenblick, Ihr werdet
Alles aus ihm herausbekommen.“

„Wenn ich nicht fürchten muß den Damen läſtig
zu fallen, mach' ich gewiß von dieſer freundlichen Ein=
ladung Gebrauch,“ ſagte Eduard.

„Läſtig fallen,“ rief aber der Comthur — „man
ſollte wahrhaftig glauben, er hätte Deutſchland keinen
Augenblick verlaſſen, ſo geläufig ſind ihm noch die
faden, nichts meinenden Höflichkeitsformeln — läſtig

fallen, junger Freund — ein Australier und lästig fallen — da sehen Sie sich einmal die Gesichter der Damen an."

Das Gespräch wurde jetzt allgemein, aber Eduard fand überall so viel Herzlichkeit, so viel freundliches und unbefangenes Entgegenkommen, daß er auch selber mehr aus sich herausging. Im Anfang war ihm das Gefühl gekommen, als ob er nicht in diesen Kreis gehöre, als ob er ein Eindringling sei in diese Cirkel, wenn ihn auch seine Geburt zu dem Verkehr mit ihnen berechtigte — aber das verschwand. Die dunkle Wolke, die auf seinem Leben lag, lichtete sich mehr und mehr in dem auf ihn einwirkenden Sonnenschein dieses geselligen Kreises; er plauderte und erzählte, und als er endlich, um seinen Weg mit dem Schwager fortzusetzen, Abschied von dem alten Herrn und den Damen nahm, gelobte er ihnen mit Hand und Mund, seinen Besuch recht bald zu wiederholen.

Sechstes Capitel.

In der Heimath.

Eduard von Benner befand sich, so lange er in dem Kreis dieser liebenswürdigen Familie weilte, in einer Art von künstlich hervorgerufener Erregung,

die ihn der Vergangenheit wie Zukunft entrückte und
seine Augen nur an der erfreulichen Gegenwart schwel=
gen ließ. Er hatte mit Hedwig und den anderen jun=
gen Mädchen gelacht und ihnen eine Menge Dinge
von den australischen Wunderlichkeiten erzählt, von
den sonderbaren Eingeborenen, von dem frembartigen
Baum= und Pflanzenwuchs, von den ganzen Eigen=
thümlichkeiten des Landes, dem die kleine Gesellschaft
mit der gespanntesten Aufmerksamkeit lauschte.

Jetzt war der Zauber von ihm genommen. Er
ritt wieder mit seinem Schwager den breiten, sonnge=
brannten Weg hinab, der nach dem nächsten Dorf
und Rittergut hinüberführte; aber all die alten pei=
nigenden Gedanken stürmten auf ihn ein und plagten
sein Herz mit ihren Zweifeln und Vorwürfen, denn
das Geheimniß seiner Ehe lag wie ein Alp auf seiner
Seele.

Und weshalb hatte er überhaupt ein Geheimniß
daraus gemacht? Weshalb seiner Schwester nicht gleich
bei seiner Ankunft die unumwundene, doch nicht mehr
zu umgehende Wahrheit gesagt? — Wieder und wie=
der legte er sich die Frage vor, und immer fehlte ihm
die Antwort, weil er sich scheute, sie sich selber zu ge=
stehen — er habe sich seines braven Weibes g e s c h ä m t.
Und m u ß t e es Alexandrine denn nicht erfahren? Mußte

er benn nicht einmal das doch thun, gegen das er sich jetzt noch sträubte: ein volles Geständniß seines bisherigen Lebens abzulegen, und verschlimmerte er nicht seine Schuld noch durch Verzögerung? —

Wenn er es nun jetzt gleich that, seinem Schwager Alles mittheilte, was ihn bedrückte, sein Herz frei und leicht machte? Aber er wagte es nicht. So oft ihm das Wort auch schon auf den Lippen lag, er vermochte nicht, es auszusprechen, denn er fürchtete die Vorwürfe des strengen Mannes. — Aber seine Schwester wollte er zur Vertrauten machen, sobald er zurück nach Galaz kam; sie sollte, sie mußte Alles wissen, und ihm dann rathen, was er zu thun habe. Sie war ja auch so gut und lieb und hing an ihm mit ganzer Seele, ihr durfte er sagen was ihn bedrängte, und ihrem Ausspruch wollte er sich dann fügen.

„Bist Du ein wunderlicher Mensch," sagte da Galaz, der an seiner Seite ritt, „eben noch da drin bei Deinen schönen Zuhörerinnen Feuer und Flamme und gar nicht wegzubringen, daß wir jetzt in der heißen Mittagssonne den Weg reiten müssen, den wir hätten in der Morgenkühle zurücklegen können, und nun auf einmal bleich und in Dich gekehrt, Deinem Pferd die Sporen einsetzend, daß ich kaum Schritt mit Dir halten kann, und auf keine meiner Fragen

unb Zurufe achtenb. Deine Erinnerungen haben Dich
wohl so lebhaft in Deine „„Mallcy - unb Salzbusch-
Scrubs"" zurückversetzt, baß Du ganz in Gebanken
hinter einem eingebilbeten Dingoe ober Känguruh
herfetzeft?"

„Sei mir nicht böse, Rubolph," sagte Ebuarb,
rasch babei sein Pferb einzügelnb; „Du hast Recht,
ich war wirklich mit meinen Gebanken fern, aber nicht
in Australien, wie Du zu glauben scheinst, soubern
hier bei Euch. Ich kann Dir gar nicht sagen, wie
wunberbar für mich ber rasche Uebergang von jenem
trostlos wilben Leben zu biesem mit Genüssen gesät-
tigten ist, unb es giebt noch Stunben, wo es mir vorkommt, als ob ich von einem Zauber befangen sei, ber
nicht wahr unb wirklich sein könne unb — ich fürchte
mich bann orbentlich vor bem Erwachen."

„Ich glaube Dir's," sagte Graf Galaz gutmüthig,
„ich glaube Dir's — Dein langes einsames Leben
bort, bann bie fünfmonatliche Seereise auf einem
Schiff, wo Du, wie Du uns erzählt, ber einzige
Passagier gewesen, bas Alles mußte bazu bienen Dich
von ber Welt abzuschließen, Dich ihr zu entfremben;
aber babon werben wir Dich hier balb kuriren, bas
sei versichert. Es wirb nicht lange bauern, unb Du
fühlst Dich wieder so heimisch bei uns, wie bis jetzt

unter Deinen ewigen Gumbäumen — Aber da sind wir an Ort und Stelle," — unterbrach er sich selber — „das hier ist das Vorwerk, das ich Dir zeigen wollte, und nun laß uns Schritt reiten, damit sich die Thiere wieder ein wenig abkühlen; wir sind fast ein wenig zu rasch hierher gejagt."

Von jetzt an nahm die Gegenwart und die auf= gesuchte Oertlichkeit ihre ganze Aufmerksamkeit viel zu sehr in Anspruch, als daß Eduard noch länger hätte seinen trüben Gedanken nachhängen können; und wahr= lich, er suchte ein solches Grübeln nicht, das ihm, je länger es dauerte, je peinlicher wurde. Er wollte vergessen — wenigstens für jetzt. — Was später kom= men mußte, kam ja doch.

Erst gegen Dunkelwerden kehrten sie nach Haus zurück, aber auch hier fand sich keine Gelegenheit un= gestört mit der Schwester sprechen zu können, denn es war Besuch angekommen, der einige Tage blieb und ein ruhiges Beisammensein unmöglich machte. Er konnte nicht einmal die Abreise desselben erwarten, denn er mußte jetzt selber wieder auf einige Zeit in die Residenz, um seine Geldangelegenheiten mit dem dortigen Banquier zu ordnen und ihm seine Namens= unterschrift zu geben.

Von der Residenz aus aber schrieb er einen langen

Brief nach Hause an sein Weib — schrieb ihr, daß
er noch aufgehalten werde und nicht so rasch zurückkehren könne, als er geglaubt, und schickte ihr in Wech-
seln auf Adelaide eine nicht unbedeutende Summe
Geld, damit sie sich indessen dort jede Bequemlichkeit
verschaffen könne, die ihr bis dahin gefehlt. Auch für
Becher wies er das ihm zur Reise geborgte Geld an,
und fühlte dadurch sein Herz erleichtert — war er
doch vor der Hand, soweit er dies vermochte — seinen
Verpflichtungen nachgekommen.

In der Residenz wurde er länger aufgehalten, als
er gedacht — so viele alte Freunde fand er ja dort,
und mit ein oder dem Anderen erst zufällig zusam-
mengetroffen, konnte und durfte er doch auch die Uebrigen nicht vernachlässigen — man hätte es ihm mit
Recht übel genommen. Außerdem mußte er sich auch
vollkommen neu equipiren. Mit seiner Toilette war
es noch immer ziemlich schlecht bestellt, denn nach seiner Ankunft hatte er sich doch nur eben das Noth-
wendigste angeschafft. Das Alles nahm Zeit weg,
und die Zeit flog hier in Europa so entsetzlich rasch;
er wußte oft selber nicht, wo so ein Tag geblieben.

Endlich kehrte er nach Galaz zurück, aber die Gast-
lichkeit der Insassen schien kein ruhiges Leben, wenigstens in der Sommerzeit, zu gestatten. Er fand den

alten Comthur mit Hedwig und zweien ihrer jünge-
ren Schwestern zum Besuch dort, und wurde mit Jubel von der kleinen Gesellschaft empfangen.

Und wie lieb und gut war Hedwig gegen ihn —
wie lernte er hier in diesen wenigen Tagen ihr stilles
Wirken kennen und schätzen. — Und wie talentvoll
war sie dabei — was für reizende Skizzen hatte sie
in der kurzen Zeit gemalt, und welche zum Herzen
sprechenden Melodieen entlockte sie den Tasten, wie
seelenvoll klang ihre Stimme, wenn sie dazu sang.
Eduard saß dann stumm und regungslos in einer
Ecke des Zimmers, und lauschte wie fernem Orgel-
klang den lieben Tönen — so weich — so weh war
ihm dabei ums Herz, und ankämpfen mußte er gegen
sich, um die aufsteigenden Thränen zu bezwingen.

Was es war, das ihn so bewegte? er mochte sich
selber keine Rechenschaft darüber geben — er wußte
es nicht, aber während es sein Herz mit süßer Wehmuth füllte, überkam ihn eine Angst dabei — eine
Angst vor sich selber, die ihm die kalten Tropfen auf
die Stirn preßte. Er mußte endlich aufstehen und
das Zimmer verlassen, weil er sich zu verrathen fürchtete, und Alexandrine nur, die ihn schweigend beobachtet hatte, folgte ihm mit ihrem Blick.

Liebte er Hedwig? — Sie wünschte und hoffte

es, denn erst dann durfte sie fest darauf rechnen, den ruhelosen Geist für immer in ihre Nähe zu bannen.— Aber weshalb dann diese Unruhe, dieser augenscheinliche Schmerz in seinen Zügen. Sie wußte, daß er nicht verzagt war — nie im Leben! Nagte ein anderer Gram an seinem Herzen?.

Hedwig hatte den Kopf gewandt, als er das Zimmer verließ und ihm nachgesehen. Und mitten im Gesang ging er fort. Sie endete ihr Lied und sagte lachend:

„Deinen Bruder, Alexandrine, habe ich hinausgesungen."

„Aber ich glaube," sagte die Gräfin, „es kann nur schmeichelhaft für Dich sein, denn er schien mir tief ergriffen."

„Du brave Schwester Du," lachte das junge Mädchen, „wie wacker Du seine Parthie nimmst — aber ich werde nachher ein Kreuzverhör anstellen und sehen, ob er die nämlichen Entlastungsgründe — wie Großpapa sagt — vorbringen wird, die seine Vertheidigerin aufgestellt hat."

Alexandrine bat sie jetzt, ein munteres Lied zu singen, und das junge Mädchen willfahrte gern, neigte ihr ganzes Wesen doch auch viel mehr dem Heiteren, als Ernsten und Schwermüthigen zu. Sie sang einige

reizende österreichische Lieder , deren Dialekt sie voll=
ständig mächtig war , und lächelte dabei still vor sich
hin, als sich die Thür wieder leise öffnete und Eduard
zu seinem verlassenen Sitz zurückglitt. Er hatte sich
unbemerkt geglaubt und dabei nicht beachtet, daß ein
großer, unfern von dem Instrument stehender Spiegel,
jede seiner Bewegungen der nur zu aufmerksamen
Sängerin verrieth.

Als sie endlich schloß und von ihrem Sitz auf=
stand, kam auch Eduard mit den übrigen herbei, um
ihr seinen Dank auszusprechen.

„Nun, Herr von Benner," sagte sie und bemühte
sich vergebens dabei ernsthaft zu bleiben, — „was
hat Ihnen nun besser gefallen, mein schwermüthiges
elegisches Lied vorher oder die heiteren Melodieen
jetzt?"

„Mein gnädiges Fräulein," erwiderte Eduard,
dem nicht entgehen konnte, daß Muthwillen hinter
der Frage lauerte — „glauben Sie mir auf mein
Wort, daß ich noch nicht lange genug wieder im Vater=
lande bin, um mich einem solchen Genuß unbefangen
hinzugeben. Alte wehmüthige Erinnerungen tauchen
mit den lange — o so ewig lange nicht gehörten lieben
Klängen zugleich in meinem Herzen auf — Remi=
niscenzen aus einer vergangenen — verlorenen Zeit

unb ich weiß bann selber nicht, ob ich aufjubeln —
ob ich trauern soll."

„Unb siehst Du, Hedwig, baß ich Recht gehabt?"
rief Alexanbrine, inbem sie mit Herzlichkeit bes Bru=
bers Hanb ergriff.

„Unb haben Sie sich bas erst braußen überlegt?"
lächelte aber biese, nicht gewillt ihn so leicht burch=
schlüpfen zu lassen.

„Zürnen Sie mir nicht, mein gnäbiges Fräu=
lein," bat ba ber junge Mann, „wollte ich Ihnen bie
Ursache meiner Bewegung sagen, Sie würben mich
vielleicht nicht einmal verstehen."

„Sie können auch grob werben," neckte bas junge
Mäbchen.

„Danken Sie Gott, baß Sie es nicht verstehen
können," lautete aber bie ernste Antwort. „Das Ver=
stänbniß ist mit schwerem Leib erkauft unb theuer —
entsetzlich theuer, benn wir zahlen es gewöhnlich mit
ben besten Jahren unseres Lebens.

Hedwig erschrak orbentlich vor bem büstern Aus=
bruck in seinen Zügen unb lenkte freunblich ein.

„Aber Herr von Benner, ich habe Sie ja nicht
böse machen wollen; zürnen Sie nicht meinem tollen
Muthwillen, ber Sie vielleicht verletzte, wo — er nur
ein wenig necken sollte —"

„Mein liebes gnädiges Fräulein," erwiederte Benner, „glauben Sie um Gottes Willen nicht, daß Jemand Ihnen zürnen könnte —"

„Also auch zu schmeicheln verstehen Sie? —
Sie sind vielseitig."

„Nein," sagte Eduard treuherzig, „das habe ich
glücklicherweise, mit mancher anderen unnützen Eigen-
schaft, da draußen in der Welt abgeschliffen — ich
kann nicht heucheln und wie ich mich gebe bin ich."

„Wollte Gott, alle Menschen könnten das von sich
sagen," seufzte Hedwig — „es wäre besser auf der
Welt."

Alexandrine hatte ihren Bruder, während er sprach,
still und schweigend beobachtet, jetzt da die Unterhaltung eine zu ernste Wendung zu nehmen schien, trat
sie an's Instrument und fiel rasch in eine muntere
Weise ein, die bald alle trüben und schwermüthigen
Gedanken zerstreuen mußte. Hedwig jubelte auch gleich
wieder auf, und in wenigen Minuten hatte sie den
bösen Geist beschworen, der die Fröhlichkeit des kleinen Kreises stören wollte. — Aber im eigenen Herzen
war es der Schwester trotzdem nicht so leicht zu Muthe,
denn Eduards ganzes Benehmen verrieth, daß ihm
irgend etwas — was es auch sei, die Seele drücke —
und weshalb gestand er ihr das nicht? War es wirk-

lich erwachende Liebe für das junge, reizende Mäd=
chen — aber weshalb da dieser kummervolle, schmerz=
liche Zug um den Mund? War das eine Quelle der
Sorge und hätte es nicht eher das Gegentheil, eine
Quelle der Freude und des erwachenden Glückes sein
müssen?

Die jungen Damen blieben noch bis spät in die
Nacht bei ihnen, und Alexandrine beschloß ihren Bruder
an diesem Abend scharf und heimlich zu beobachten, ob sie
etwas weiteres an ihm entdecken könne, wo nicht aber,
ihn morgen direct zu fragen, was ihm fehle, denn
fehlen mußte ihm etwas, und ihm ihre Hülfe anzu=
bieten. Sie war ja so glücklich ihn wieder zu haben,
und konnte ihn da nicht traurig sehen, wo gerade Alles
zusammentraf, um ihn mit dem früher verlorenen
Leben wieder auszusöhnen.

Durch die heiteren Weisen angeregt, schien er auch
wirklich seinen trüben Gedanken entzogen zu sein, und
als sich nach Tisch die kleine Gesellschaft noch auf der
Terrasse versammelte, wurde er sogar heiter und ge=
sprächig.

Es war auch ein lauschiges Plätzchen zum Erzäh=
len, diese Terrasse in der Blüthenzeit des Jahres.
Breit und geräumig, mit feinem Kies bestreut, umzog

sie eine niedere steinerne Baluſtrade, auf den Pfeilern mit Vaſen beſtellt, in denen breitblättrige ſtachliche Aloepflanzen üppig wucherten. In der Mitte derſelben war ein Baſſin von weißem Marmor angebracht, aus dem ein kleiner Springbrunnen emporſtieg, gerade hoch genug, um durch ſein leiſes melodiſches Plätſchern die Stille zu unterbrechen, und doch das Geſpräch nicht zu ſtören. Auf den Marmortiſchen brannten Windlichter in hohen geſchliffenen Gläſern und warfen ihren matten Schein auf die umhergepflanzten Blüthenbüſche, während von dem mit eiſernen Stäben umzogenen Portal des Gartenſalons blühendes Jelängerjelieber niederhing, die Luft mit ſeinem Wohlgeruch erfüllte und zahlreiche große, prächtig farbige Nachtfalter anzog, die darum her und oft über die Lichter ſurrten.

Und weit da draußen lag der Park mit ſeinen duftenden Wieſen und ſeinem breiten Waſſerſpiegel des Teichs, in den der Mond ſein Licht niederſtrahlte, und auf dem noch ſilberblitzende Schwäne herüber und hinüber zogen, während ein leiſer Luftzug über die paradieſiſch ſchöne Gegend ſtrich.

Unten im Park ſchlug eine Nachtigall, und die kleine Geſellſchaft war aufgeſtanden und an die Terraſſe getreten, um den lieben Tönen zu lauſchen —

jetzt schwieg sie, und lautlos schauten sie Alle in die stille herrliche Nacht hinaus.

„Und ist es auch so schön bei Ihnen in Australien, Herr von Benner?“ sagte die Hedwig, die an seiner Seite stand — mit leiser Stimme — „haben Sie auch dort solche Nächte, einen solchen Himmel, solche Scenerie?“

„Nein, mein Fräulein,“ erwiederte Benner bewegt — „für den Australier vielleicht, aber nicht für uns, deren Seele noch am deutschen Boden hängt. — Es giebt doch nur eine Heimath, und wo die ein solches Paradies umschließt, wer kann es dem Menschenherzen da verdenken, wenn es an ihr mit allen Fasern hängt.“

„So sehnen Sie sich nicht dorthin zurück?“

Eduard schwieg — die Frage traf ihn tief ins Mark, denn Alles was den Menschen an dies Leben bindet: Weib und Kind lag ihm dort, und hätte ihn mit allen Banden der Seele zurückziehen müssen.

„Es ist eine merkwürdige Thatsache mit uns armen Sterblichen,“ sagte er endlich, „daß wir einen Platz, auf dem wir lange gelebt — ob es uns dort gut gegangen — ob wir Leid oder Weh erfahren — lieb gewinnen, und mit Wehmuth von ihm scheiden. Ja den Gefangenen sogar soll ein solches Gefühl ergreifen, wenn er aus seiner Zelle scheidet, aus der er sich lange, lange Jahre mit blutendem Herzen heraus- gesehnt. Wird ihm aber die Freiheit endlich, und darf er den Schauplatz seines Jammers verlassen, so erfüllt ihn ein Gefühl der Wehmuth, von den Mauern jetzt für immer Abschied zu nehmen, die so oft seine Seufzer und Thränen gesehen.“

„So war Ihnen Australien ein Gefängniß?“ sagte das junge Mädchen mit tiefem Gefühl — „o bitte, erzählen Sie uns einmal, wie Sie die letzte Zeit dort gelebt, was Sie gethan und getrieben, wer mit Ihnen verkehrt und was Sie ertragen. Für uns, die wir Sie jetzt kennen, ist das ja Alles, selbst die größte Kleinigkeit von Interesse.“

„Auch uns hast Du eigentlich noch Nichts von Deinem dortigen Leben erzählt,“ bat jetzt auch Alexan- drine — „von den Menschen dort wohl, den wilden und zahmen, von den Pflanzen und Thieren — aber nie von Dir selber. Du bist hier unter lauter Freun- den, lege einmal eine offene Beichte ab.“

Alles drang jetzt in ihn, seine Schicksale zu erzäh- len — aber so heiter und unbefangen Eduard auch vorher wieder geplaudert hatte, jetzt zog er sich scheu in sich selbst zurück. Er gab ausweichende Antwor- ten — er sei dazu nicht in der rechten Stimmung —

es wäre auch zu einförmig, um die Gesellschaft zu
unterhalten — kurz er wich aus, und da man fühlte,
daß er es nicht gern that, hatte man Takt genug, nicht
weiter in ihn zu bringen.

Das Gespräch drehte sich jetzt um alltägliche Gegenstände, und erst gegen elf Uhr fuhr der Wagen
des alten Herrn vor, der die Familie zurück auf ihr
Schloß brachte.

<hr>

Siebentes Capitel.

Das Geständniß.

Eduard von Benner hatte eine schlaflose Nacht;
er fühlte, daß er so nicht länger fortleben, daß er nicht
länger das Geheimniß seiner Ehe gegen seine Schwester, gegen seinen Schwager wahren könne und dürfe.
Ihnen wenigstens mußte er gestehen, was ihm auf
der Seele lastete, was ihm die Heimath, das Glück,
das ihn hier umgab, zu einem täglichen Vorwurf
machte, und ihn zuletzt doch noch zwingen würde, nach
jenem entsetzlichen Land zurückzukehren. Ober hätte er
wagen dürfen seine Frau, seine Schwiegereltern,
die Schuhmachersleute in diese Kreise einzuführen?
— Es war nicht möglich, das sah er vollkommen ein,
und was anders blieb ihm übrig als sein verfehltes

Leben nun auch durchzuführen, wie er es selber sich gestaltet hatte — was konnte er thun, um diesem Zwitterdasein entzogen, von ihm befreit zu werden?

Oh, wohl fielen ihm jetzt die Warnungen seines früheren Freundes Krowsky ein, der ihn so oft und dringend abgemahnt, den Schritt zu thun — wohl bereute er jetzt bitter, ihm damals nicht gefolgt zu sein und hartköpfig auf seiner tollköpfigen Idee beharrt zu haben — es war zu spät — der Würfel gefallen und er mußte das Unvermeidliche jetzt tragen und — elend sein.

Elend? er wagte nicht dem Gedanken zu folgen, wenn er an sein liebes, braves Weib da draußen dachte — wie treu sie an ihm hing, wie ihre ganze reine, unschuldige Seele nur ihm gehörte, nur für ihn sorgte und mühte, und er? worüber grübelte — worüber sann er? Er barg das Antlitz in den Händen, so erfaßte ihn ein Gefühl von Scham und Reue und dennoch — dennoch fehlte ihm die Kraft sich aufzuraffen, und das zu thun, was ihm sein Gefühl für Recht gebot — was er thun mußte, wenn er sich nicht selbst verachten sollte.

Ermüdet vom vielen Denken schlief er endlich ein, aber der nächste Morgen brachte ihm keine Linderung, ja vermehrte nur das Qualvolle seines Zustandes, weil es ihn der Entscheidung näher brachte. Er fühlte aber auch — heute Morgen mit kaltem Blute sowohl, wie gestern Abend in der Aufregung, in welche ihn Hedwigs Gegenwart versetzt, — daß er mit seiner Schwester offen sprechen müsse. In welchem Licht wäre er ihr sonst später erschienen, wenn sie — was auf die Länge der Zeit unvermeidlich blieb — das Verhältniß doch erfuhr, in dem er stand.

Es wurde ihm entsetzlich schwer zu dem Entschluß zu gelangen, aber er sah auch keine Möglichkeit, ihm länger auszuweichen, und mit dem fast ebenso unbehaglichen Gefühl des Zwangs, zog er sich endlich an und ging zum Frühstückstisch hinüber.

Sein Schwager und seine Schwester erwarteten ihn schon; die Kinder frühstückten immer mit ihrer Bonne zeitiger im Garten — und Alexandrine sah dem Bruder auf den ersten Blick an, daß ihn etwas bedrücke oder daß er sich vielleicht leidend fühle. Seine Züge hatten einen überwachten Ausdruck — die Augen lagen ihm tief in den Höhlen, auch seine Wangen waren auffallend bleich. Bei dem Frühstück blieb er ziemlich einsilbig; auf die Frage, ob ihm etwas fehle, gab er eine ausweichende Antwort — etwas Kopfschmerzen, Nichts weiter. Die Schwester ließ es dabei bewenden. Graf Galaz erzählte ihm von einem

Paar prächtigen Pferden, die ihm heute Morgen zugeschickt worden und die sie nachher probiren wollten.
Eduard hatte den Wunsch geäußert, ein Gespann zu
kaufen — er ging ziemlich theilnahmlos darauf ein.

Die Diener kamen herein, und trugen das Früh-
stücksgeschirr hinaus. Die Drei waren allein.

„Nun, hast Du jetzt Lust, Eduard," sagte der Graf,
„so will ich anspannen lassen. Der Himmel ist heute
umzogen und ein prächtiger Tag zum Fahren."

„Eduard", sagte da Alexandrine herzlich und ergriff seinen Arm — „Dir liegt etwas auf der Seele
— was es auch sei — Wende Dich nicht ab, und
denke daß Du keine treueren Freunde auf der Welt
hast, als uns — Schütte Dein Herz aus; sag uns,
was Dich drückt, und sei versichert, daß Du von uns
die innigste, aufrichtigste Theilnahme, und wenn nöthig
auch Hülfe und Beistand zu gewärtigen hast."

„Es ist wahr, Eduard," bestätigte auch der Graf,
„etwas muß in Dir nicht richtig sein. Entweder liegt
Dir irgend eine Krankheit in den Knochen — Du hast
Dich vielleicht noch nicht wieder genug acclimatisirt,
und dafür habe ich es bis jetzt gehalten, oder —
Alexandrine hat Recht und irgend eine Sorge, ein
Kummer nagt Dir am Herzen. Ich brauche Dir nicht
zu sagen, wie gern ich Dir helfen möchte — wenn

Du überhaupt Hülfe brauchst. Aber drückt Dir wirklich etwas die Seele, dann auch herunter damit, daß
Du uns wieder ein freundliches, unbekümmertes Gesicht zeigst. Es thut mir weh, Dich so zu sehen."

Benner saß, den Arm auf den Tisch gestützt, mit
niedergeschlagenen Augen da. Er hatte ja zu ihnen
reden, ihnen Alles gestehen wollen was ihn quälte,
jetzt aber, da der Augenblick nahte, fehlte ihm wieder
der Muth, denn er wußte ja nur zu gut wie der
Theil der Gesellschaft, zu welchem die Seinigen gehörten, in dem sie lebten und wirkten, seine Stellung
beurtheilen würde. Aber er konnte auch nicht mehr
zurück — schon durch sein halbverlegenes Schweigen
hatte er eingestanden, daß wirklich nicht Alles mit ihm
sei wie es solle, daß ihn irgend etwas peinige —;
Schweigen hieß jetzt den ihm liebsten Menschen das
Vertrauen weigern, und sich plötzlich gewaltsam empor-
raffend, sagte er scheu:

„Ja, Alexandrine — ja, Rudolph, Ihr habt Recht
— ich hatte in der That bis jetzt vor Euch ein Geheimniß — und daß ich es hielt mag Euch beweisen,
wie ich selber das Drückende meiner Lage fühle. Aber
es soll nicht länger so zwischen uns sein, und dann
rathet mir was ich thun — wie ich handeln soll."

„Mein guter Eduard!"

„Hört mich. — In Australien, abgeschnitten von Allem an dem bis jetzt mein Herz hing, freundlos, freudlos, allein und verlassen und auf meiner Hände Arbeit angewiesen, mit meinem Vater entzweit, also auch jede Rückkehr nach Europa verlegt und unmöglich gemacht, trieben mich Trotz und Verzweiflung zu einem Schritt, der mich für immer an Australien fesseln sollte — ich heirathete."

„Du bist vermählt?" rief Alexandrine erstaunt, fast erschreckt aus.

„Vermählt — ja," sagte Eduard bitter und leise vor sich hin, „mit der Tochter eines Schuhmachers, die, als ich sie kennen lernte, bei einem deutschen Apotheker — in Diensten stand —"

Alexandrine erwiederte kein Wort — sie war todtenbleich geworden, und ihre Gestalt zitterte — sie mußte sich auf den Stuhl niedersetzen, neben dem sie stand.

„Jetzt wißt Ihr Alles," fuhr er dann leise fort — „mein Weib ist gegenwärtig mit unserem Kind bei ihren Eltern in Tanunba und erwartet mit Sehnsucht meine Rückkehr nach Australien. — Meine dort übernommene Pflicht zwingt mich, dahin zurückzukehren, denn — ich darf Euch hier keine Schande machen."

„Oh Eduard, Eduard, hast Du denn gar nicht

mehr an uns gedacht?" klagte ihn seine Schwester; „mußtest Du Dich denn mit Gewalt von Allem losreißen, was Dir noch lieb und theuer war auf der Welt — hatten wir das um Dich verdient?"

„Es ist zu spät darüber jetzt zu klagen," sagte ihr Bruder finster — „was ich mir aufgebürdet, muß ich tragen, und wie es mein Herz auch hier nach Deutschland ziehen und hier halten mag, mein selbstgeschaffenes Schicksal zwingt mich in jenen fernen Welttheil zurück."

Graf Galaz hatte in der ganzen Zeit kein Wort gesprochen. Er stand mit der Schulter an den Pfeiler der Gartenthür gelehnt, die Arme untergeschlagen, die Augen, so lange Eduard sprach, fest und forschend auf diesen geheftet. Jetzt schaute er still und überlegend vor sich nieder.

„Und ist das Dein fester Wille?" sagte er endlich leise.

„Was Anderes soll ich — kann ich thun?"

„Laß uns Zeit zum Ueberlegen Eduard," erwiederte der Graf ruhig, „denn die Sache ist in der That zu wichtig, um über's Knie gebrochen zu werden. — Ich will es mir indessen überdenken — ich will mit Deiner Schwester darüber reden, ich — muß mir selber erst klar darüber werden, denn ich kann

Dir gestehen, Du hast uns überrascht — ich war auf etwas Derartiges nicht vorbereitet."

Eduard wollte etwas erwiedern, aber er vermochte es nicht. Er ging auf Graf Galaz zu und drückte ihm die Hand, küßte seine Schwester und verließ dann rasch das Zimmer. Draußen befahl er sein Pferd zu satteln, und ritt gleich darauf hinaus in den Wald.

Auch Galaz blieb nicht daheim — er ließ sich die neu gebrachten Pferde einschirren, und ging indessen, während Alexandrine auf dem Sopha saß und still weinte, mit raschen Schritten im Saale auf und ab — aber keins von ihnen sprach ein Wort. Erst als der Diener meldete es sei vorgefahren, und dann wieder die Thür schloß, trat er zu seiner Gattin und sagte herzlich:

„Sorge Dich nicht, Alexandrine; es kann noch Alles gut werden — lasse mir nur Zeit zum überle= gen — Dein Bruder ist in treuen Händen, sei ver= sichert."

„Mein guter Rudolph, oh, der arme, arme Eduard!"

„Banne die trüben Gedanken, Schatz, ich bin bis um 12 Uhr wieder zurück; bis dahin wird auch Eduard vielleicht da sein, und wir halten dann Familien= rath."

„Und was denkst Du, daß er möglicher Weise thun kann?"

„ Noch weiß ich Nichts, Kind — gar Nichts. Der Kopf wirbelt mir nur von dem Gehörten; das muß erst klar werden und sich sichten; alles Andere findet sich ja dann leicht. Leb wohl indessen, und laß mich wieder ein freundliches Gesicht sehen, wenn ich zurück komme."

Ein freundliches Gesicht — Du großer Gott, der armen Frau war das Herz recht voll und schwer, als sie ihr Gatte verlassen hatte, denn wohl sorgte sie sich um den Bruder, den sie so — wenigstens für sie in Deutschland — verloren glaubte. — Und was konnte ihr Gatte dabei thun? — Das Band lösen, das ihn dort fesselte? — Scheidung? — aber was hatte das arme Weib verbrochen, die vielleicht mit aller Liebe an ihm hing. — Der Kopf schmerzte sie vom vielen Sinnen, und sie mußte sich gewaltsam aufraffen. Sie wollte sich beschäftigen — sie wollte lesen — es ging Alles nicht — an was konnte sie anders denken, als an das, was jetzt ihr ganzes Herz erfüllte. Erst in der Musik fand sie zuletzt eine Erleichterung, um die langen, langen Stunden hinzuweilen, die noch zwischen jetzt und der Entscheidung lagen.

Um ein Uhr kehrte Graf Galaz zurück, gleich nach

ihm, fast mit ihm zugleich, Eduard. Er sah bleich und angegriffen aus und drückte, als er in's Zimmer trat, seiner Schwester bewegt die Hand.

„Eduard," sagte d½ der Graf, „es bedarf keiner weiteren Vorrede, denn daß uns Beide Dein künftiges Schicksal, seit dem Augenblick wo Du uns Dein Geheimniß entdecktest, ausschließlich beschäftigt hat, versteht sich von selbst. Es bleiben Dir aber nur zwei Wege, das seh' ich ein, und wenn es Dir irgend möglich wäre, würde ich Dir rathen, den einen einzuschla=gen, denn natürlich möchten wir Dich doch gern in unserer Nähe behalten."

„Und der ist?" fragte Eduard leise und scheu.

„Scheidung," erwiederte ruhig der Graf, „und zwar nicht allein Scheidung Deiner selbst, sondern auch Deiner Frau wegen."

„Meiner Frau?"

„Allerdings. Du kannst nicht daran denken nach Australien zurück zu gehen. Wie ich Dich jetzt hier kenne, nach Allem was ich von Dir gesehen, würdest Du Dich dort namenlos elend fühlen. Auch die Ver=bindung selber läge Dir jetzt wie eine Last auf, und hinderte Dich an all Deinen Bewegungen. Früher ja, in Deinem tollköpfigen Sinn, mit dem Vaterland vollständig zu brechen, hast Du das nicht so gefühlt —

ja im Gegentheil erweckte vielleicht gerade die Grün=
dung eines eigenen Heerdes, mit einer Frau, die Deine
Arbeit theilen mußte — Dein Selbstgefühl, und Du
fandest darin einen Ersatz für das Aufgegebene. Jetzt
ist das anders. Kehrtest Du jetzt in jene Verhält=
nisse zurück, so würdest Du Dich elend fühlen und
damit Dein armes Weib auch elend machen — und
wolltest Du sie herüber kommen lassen — sage Dir
selbst, ob Du mit der Verwandtschaft hier bei all
unseren Freunden einen Verkehr halten könntest. Jetzt
empfängt Dich Alles mit offenen Armen, aber dann
— der Stand, die geringe Bildung Deiner Frau
würde sich augenblicklich verrathen, und hat sie nur
ein klein wenig Gefühl, so müßte sie sich selber un=
glücklich fühlen, wenn sie sieht, daß sie Dich durch
das Zusammenleben mit Dir unglücklich macht."

„Und der andere Weg?" frug Eduard mit einem
tiefen Seufzer.

„Der andere," sagte der Graf, „ist der, daß Du
Deine Frau herüber kommen läßt und mit ihr auf
Dein Gut in Schlesien ziehst, um dort, abgeschlossen
von der Welt, zu leben. — Dann freilich bist Du für
uns verloren, und, einen gelegentlich kurzen Besuch
abgerechnet, würden wir wenig von einander zu sehen
bekommen. Aber selbst dort bleibst Du dem ausge=

setzt, daß sich die benachbarten Gutsherren von Dir zurückziehen — die Männer weniger als die Frauen, denn jeder Stand, mein Freund — wir ändern nun einmal die Welt nicht — hat seinen Stolz, und hält auf seine Rechte."

„Und sind solche Vorurtheile nicht thöricht? — schlecht?" rief Eduard bewegt aus.

„Sie haben ihre Berechtigung," erwiederte ruhig der Graf. „Ich selbst halte die Menschenrechte des gemeinen Arbeiters so hoch, als meine eigenen, aber — ich verkehre trotzdem nicht gesellschaftlich mit ihm, weil sein Bildungsgrad dem meinen nicht behagt, weil seine Angewohnheiten und Sitten mir nicht in meinem gewöhnten Leben zusagen — nicht etwa aus dem Grund, weil ich ihn geringer achtete. Erstlich kann ich mich nicht mit ihm über das unterhalten, was mich interessirt, dann raucht er einen sehr schlech= ten Tabak und spukt in die Stube — lauter Dinge, die mir fatal sind und mir Ekel verursachen. Er ge= braucht auch kein Eau de Cologne — obgleich er es manchmal nöthig hätte; kurz, ich fühle mich nicht in seiner Gesellschaft behaglich und ihm geht es mit mir genau so. Glaube auch um Gottes Willen nicht, daß unser Stand allein dieses Vorurtheil hat; bis zu den untersten Schichten der menschlichen Gesell=

schaft triffst Du das nämliche — „Gleich und gleich gesellt sich gern" ist ein altes vortreffliches Sprich= wort und wir müssen dafür büßen, wenn wir es ver= nachläſſigen. Folgst Du also meinem Rath, so setzt Du Dich in Güte mit der Familie auseinander. Du haſt die Mittel, sie vollſtändig und reichlich zu ent= ſchädigen, ja ihnen für Sorgen und Noth, die sie viel= leicht bis jetzt gehabt, einen Wohlſtand zu ſchaffen. Das biſt Du ihnen auch ſchuldig und wirſt nicht knausern."

„Und sein Kind?" rief die Alexandrine, die bis jetzt mit ängſtlich erregten Zügen den Worten des Gatten gelauſcht hatte — „oh, wie hart, wie grauſam Ihr Männer seid! Und das arme Weſen, das ihm ihre Liebe gegeben, ihm ihr ganzes Leben geweiht hat, gilt Euch nichts weiter, als daß man ihr Schmerz und Sehnſucht mit G e l d — mit einem „Wohlſtand" abkaufen könne?"

„Und weißt Du einen anderen Ausweg, Alexan= drine?"

„Wäre es denn nicht möglich die Frau zu uns herauf zu ziehen?" rief bittend die Gräfin, „sollte Eduard so tief gegriffen haben, seine Gattin aus dem rohſten, unformbarſten Material zu wählen?"

Eduard schwieg und ſah ſeufzend vor sich nieder.

„Also wirklich," ſtöhnte die Schweſter, „aber so

beschreib' uns Deine Frau," rief sie plötzlich, von einer
neuen Hoffnung belebt — „Du hast uns noch kein
Wort über sie gesagt — beschreib' sie, wie sie ist —
wie Du sie lieben lerntest — wie sie Dein Herz ge=
wann. Sie mag von niederem Stande sein," fuhr sie
lebendig fort, „und doch hat man Beispiele, daß sich
gerade Frauen in selbst ungewohnte Verhältnisse leicht
und ungeahnt rasch hinein fanden. — Sie hat doch ein
hübsches, freundliches Gesicht?"

„Lieb und gut," sagte Eduard bewegt, „ihre Züge
sind nicht grob oder bäuerisch, eher fein, ja fast edel —
ihre Hände, trotz der harten Arbeit, die sie gethan,
weiß und zart. Sie hat blondes Haar und treue blaue
Augen und ist schlank und hoch von Wuchs."

„Wo stammt sie her?"

„Ihr Geburtsort ist Landau. Aber täusche Dich
nicht, Alexandrine," setzte er hinzu, „aus einem Kinde
läßt sich ein ander Wesen formen, nicht aus einer er=
wachsenen Frau. Sie kennt Nichts von der Welt, als
daß sie zur Arbeit von Jugend auf bestimmt war; sie
hat Schreiben und Lesen gelernt, und ein klein wenig
Rechnen: dies, mit ihrem Katechismus, bildete ihre
einzige Erziehung. Sie singt wie eine Lerche, aber
lachte laut auf, als ich ihr die ersten Noten zeigte und
ihr erklären wollte, daß das Töne wären. — Auch in

anderer Weise hab' ich es versucht — es that mir im Herzen weh, sie so in Unwissenheit hinleben zu sehen; ich verschaffte mir Bücher und wollte sie zum Lesen bringen — aber umsonst. Ja, kleine fade Geschichten und Schnurren las sie wohl einmal und lachte herzlich darüber, aber sie bekam es rasch wieder satt, warf das Buch fort, sagte das sei Faullenzen, und sprang singend an ihre Arbeit."

Alexandrine hatte ihm schweigend zugehört, und während er sprach, haftete ihr Auge ernst und wehmüthig an seinen Zügen.

„Und nun?" sagte sie, während sich ein tiefer Seufzer ihrer Brust entrang — „was hast Du selbst beschlossen, denn Dir vor Allen gebührt die Entscheidung für Deinen künftigen Lebensweg."

„Ich weiß es selber nicht," stöhnte Eduard — „ich fühle, daß Rudolph Recht hat, und doch zieht mich mein Herz dorthin zurück, wo ich nie wieder glücklich werden kann. Wollte Gott, ich wäre todt."

„Das ist der Ausruf feiger Verzweiflung," sagte der Graf kalt, „schäme Dich, Eduard, in Deine Seele hinein. Erst im Unglück beweist sich der Mannesmuth, im Sturm der tüchtige Seemann, und wer da zaghaft das Ruder aus den Händen läßt, verdient nichts Besseres, als daß er eben zu Grunde geht."

„Aber was soll ich thun?"

„Sei ein Mann."

„Und mein Kind?"

„Vom achten Jahre an gehört es dem Vater. Sie wird es Dir auch nicht vorenthalten, wenn ihr des Kindes Wohl am Herzen liegt. Ist es Knabe oder Mädchen?"

„Ein lieber, herziger Knabe, der der Mutter sprechend ähnlich sieht."

„Und von dem soll sie sich trennen?" sagte Alexandrine bewegt.

„Noch lange nicht, mein Herz," erwiederte ihr Gatte — „noch viele Jahre soll sie es bei sich behalten, bis sie selber anfängt, sich um seine Erziehung zu sorgen. Dann erst übernimmt der Vater dieselbe, und enthebt sie dadurch einer Last und Verantwortlichkeit."

„Einer Last," wiederholte die Frau wehmüthig — „oh wie wenig versteht Ihr Männer doch das Herz einer Mutter. — Einer Last — als ob uns ein Kind eine Last sein könnte. Aber Eines bedenke wohl, Eduard — was Du auch thust, handle nie, daß es Dir zu einem Vorwurf für Dein späteres Leben wird."

„Aber Alexandrine," rief ihr Gatte.

„Gott ist mein Zeuge," sagte die Gräfin bewegt, „wie glücklich es mich machen würde, Eduard bei uns zu behalten, aber — ich möchte dieses Glück nicht mit der Ruhe seines Gewissens erkauft haben."

„Und soll er sein Weib unglücklich machen," rief ihr Gatte, „indem er sie in Kreise und Verhältnisse führt, in denen sie sich elend fühlen muß? Willst Du die Verantwortung tragen, wenn sie ihn selber anklagt, sie aus ihrer Sphäre gerissen zu haben?—"

„Oh mein Gott!" stöhnte die Frau.

„Ueberlaßt mir das Ganze," sagte der Graf freund= lich, „ein Dritter ist da immer weit besser im Stande ruhig und kaltblütig zu handeln, als die dabei Be= theiligten. Was ist ihr Vater für ein Mann, Eduard?"

„Ein ehrlicher braver Handwerker," erwiderte Benner, „bieder und derb, aber auch natürlich roh und rücksichtslos, doch mit viel praktischem Verstand, so= weit es eben sein Geschäft und auch den Ackerbau be= trifft. Er hat in seiner Jugend hart gearbeitet, um etwas vor sich zu bringen, und da er das erreicht, scheint sich sein Fleiß, anstatt das Gewonnene zu genießen, verdoppelt zu haben."

„Er liebt das Geld?"

„Mein Himmel, es ist für alle diese Leute das

höchste Ziel — nicht etwa des Geldes selber wegen,
sondern weil sie Alles damit erreichen können. Der
alte Peters ist nicht schlimmer und nicht besser, als die
Uebrigen, aber so herzlich ich Dir für Deine treue
Liebe danke, Rudolph, in dieser Sache mußt Du mir
selber das Handeln überlassen."

„Du willst selber schreiben?"

„Laß' mir Zeit — es darf nicht übereilt werden
— ich kann mein Weib nicht so bitter kränken, mich
nicht so rasch, so plötzlich von ihr trennen."

„Und was willst Du sonst thun?"

„Ihr schreiben, daß ich noch nicht hier abkommen
könne, daß vielleicht noch längere Zeit vergehen würde,
ehe ich im Stande wäre, zu ihr zurückzukehren, ja daß
es vielleicht die Umstände nöthig machten, noch Jahr
und Tag hier auszuharren."

„Das bleibt eine Galgenfrist, denn die Zeit ver-
fliegt."

„Laß' sie sich erst an die Trennung gewöhnen,"
bat Eduard — „laß mich selber erst klar mit mir werden. Daß es ihnen indessen da drüben an nichts fehlt,
soll meine Sorge sein."

„Du bist noch unentschlossen?"

„Ja — Du weißt nicht, mit welcher Liebe Henriette an mir hängt. Was geschehen muß, mag die

Zeit bringen, aber ich bin nicht im Stand ein Band freiwillig und so rasch zu lösen, das ich selber geknüpft und in dem ich mich einst glücklich fühlte."

„Und hast Du wirklich noch eine Idee, wieder nach Australien zurückzukehren?" fragte Graf Galaz erstaunt.

„Ich weiß es nicht," erwiderte unentschlossen der junge Mann — „jetzt nicht — nicht in nächster Zeit — ich bleibe bei Euch — ich könnte jetzt nicht einmal fort, wo mir so viel zu ordnen, einzurichten bleibt. Laß' mir Zeit, Rudolph, ich bitte Dich dringend darum."

„Ich dränge Dich nicht," sagte der Graf ruhig — „besser für alle Theile wäre es freilich, so rasch als möglich zu einem Verständniß zu kommen, denn Nichts ist peinlicher, als eine solche Ungewißheit, ein solches Schwanken. Aber ich bin auch damit einverstanden, daß Du Dich noch erst ein wenig mehr in unsere Verhältnisse einlebst. Was dann geschehen muß, geschieht doch. Uebrigens versteht es sich von selbst, daß wir der Welt gegenüber Nichts von der Sache erwähnen; wir wollen nicht muthwillig ihre Vorurtheile herausfordern."

Achtes Capitel.

Der Besuch.

Eduard von Benner hatte sich dadurch sein Loos erleichtert, daß er sich offen gegen seine Verwandten ausgesprochen; er brauchte jetzt kein Geheimniß vor ihnen zu verbergen, aber in der Sache selber war freilich noch immer Nichts damit geändert — gebessert worden. Nur Zeit hatte er gewonnen — Zeit um zu grübeln und zu brüten und unentschlossen zwischen dem zu schwanken, wohin ihn die Pflicht zog, und dem, wozu ihn die Verhältnisse, seine ganze gesellschaftliche Stellung in der Welt trieben.

Er vergaß aber dabei nicht sein Weib und Kind, und hielt wenigstens insofern Wort, daß er für ihr materielles Wohl sorgte. Er schickte Geld hinüber und entschuldigte sein Zögern. Er erhielt auch Antwort, obgleich er noch in keinem Brief seine Adresse hinübergesandt. Der gefällige Becher vermittelte das stets durch seine „Consularverbindungen". Der Brief kam richtig an — aber er konnte sich nicht darüber freuen. Wohl gab er ihm Kunde, daß sich Frau und Kind gesund befanden und nach ihm mit treuer Liebe sehnten, aber — er war entsetzlich unorthographisch geschrieben und auf grobem Schreibpapier, die Oblate mit einem Six pence zugedrückt — Er verbrannte den Brief, damit er nicht zufällig in andere Hände fiele.

Arme Henriette, und so viele, viele Mühe hattest Du Dir gegeben, diese Zeilen zusammen zu bringen, und so viele heiße Thränen dabei geweint, und Dich doch so sorgfältig dabei gehütet, daß keine von allen auf das Blatt fiel, um Deinem Eduard keinen Kummer zu bereiten.

Und die Zeit verging — Schon waren 18 Monate verflossen, seit er deutschen Boden wieder betreten hatte, und in seinem Verhältniß zu Australien keine andere Veränderungen eingetreten, als daß seine Geldsendungen reichlicher — seine Briefe aber dahin spärlicher und kürzer wurden.

In dieser Zeit, während er sich den geselligen Freuden der Nachbarschaft mit Leib und Seele hingab, ward ein Unterschleif entdeckt, den sein Verwalter auf dem schlesischen Gut gemacht hatte, und es war nöthig geworden, die Sache dort selber an Ort und Stelle zu untersuchen und in Ordnung zu bringen. Da zu dem Gut nicht unbedeutende Jagd gehörte, so entschloß sich Graf Galaz ihn zu begleiten, und ihre Abwesenheit wurde auf vier bis sechs Wochen festgestellt.

Gräfin Alexandrine blieb in dieser Zeit allein auf Schloß Galaz zurück und es war am zweiten Tag, nachdem sie ihr Gatte und Bruder verlassen hatten, als der Haushofmeister in ihr Zimmer trat und meldete, es sei ein Mann und eine Frau draußen, die den Herrn Baron von Benner zu sprechen wünschten.

„Ein Mann und eine Frau?"

„Ja ein alter Mann, ein wunderlicher Kauz, und eine junge nette Frau — Bauersleute jedenfalls —"

„Von Bennersberg vielleicht," sagte die Gräfin — „es wird irgend eine Klagesache sein. Sie müssen jetzt warten bis mein Bruder zurückkehrt — wollen sie ihm aber schreiben, so werd' ich den Brief befördern."

„Halten zu Gnaden, Frau Gräfin," sagte der alte Mann, „sie sind nicht von Bennersberg; ich glaubte es anfangs auch und frug sie darnach; sie sehen aber fremdländisch aus, und der Alte sagte immer statt ja auf englisch yes.

Die Gräfin erschrack. Ein plötzlicher Gedanke durchzuckte sie, aber wäre es möglich gewesen? Sie mußte sich abwenden, um ihre Bewegung zu verbergen, trat an's Fenster und sah hinaus. Der alte Diener wartete ruhig bis sie wieder mit ihm sprach.

„Ich will sie doch einmal selber sprechen, Cornelius," sagte sie endlich — „wer weiß denn was sie wollen. Führt sie zu mir herein, und daß wir, so lange sie bei mir sind — nicht gestört werden."

„Sehr wohl, Frau Gräfin." Die Thür schloß sich wieder hinter ihm und Alexandrine blieb in heftiger Aufregung zurück. Wenn Eduards Frau — aber war es denkbar, daß sie die weite Reise gewagt haben sollte — wie kam sie nur auf den Gedanken — und doch wieder — ein alter Bauer der englische Wörter gebrauchte — wenn nun der Vater — Draußen wurden Stimmen laut — „Also Frau Gräfin wird sie genannt?" hörte sie Jemanden sagen, dann öffnete sich geräuschlos die weite Thür und die Gemeldeten traten, während der Haushofmeister ehrfurchtsvoll auf die Gräfin zeigte, und die Thür dann wieder hinter ihnen schloß, in das hohe, durch schwerseidene Gardinen halbverhangene Gemach.

Der alte Bauer war auch wohl draußen noch ziemlich unbefangen gewesen, denn er „wollte Nichts betteln," wie er zu dem Haushofmeister sagte, und hätte mit dem Herrn von Benner „nur ein Wort zu reden." Anders wurde ihm aber doch zu Muthe, als er in das prachtvolle, halb dunkle Gemach auf den weichen Teppich trat, auf dem er seine eigenen Schritte nicht mehr hörte, und ihm jetzt unwillkürlich das Gefühl kam, er ginge absichtlich so leise, um Niemanden zu stören. Und dann die hohe schöne Frau, die ihm gegenüber stand, und deren großes klares Auge so forschend auf ihm und seiner Begleiterin haftete. Draußen hatte er auch genau gewußt, was er sagen wollte — hier drinnen fiel's ihm nicht gleich wieder ein. Seine Begleiterin schien aber noch viel mehr verlegen, als er selber, denn ängstlich und verstört hielt sie sich hinter ihm, und seinen Rockschooß mit der linken Hand fest, und da er selbst vollkommen still schwieg, flüsterte sie ihm scheu zu:

„Sprecht Ihr, Vater — ich bring kein Wort über die Zunge.“

„Wer seid Ihr, Freund, und was wollt Ihr von mir,“ sagte da Alexandrine mit ihrer weichen und doch so volltönenden Stimme. Das gab dem Alten sich selber wieder — es war doch ein menschlicher Laut, und mit einer Art von Kratzfuß, der aber auf dem Teppich hängen blieb, erwiederte er:

„Mit Verlaub, Frau Gräfin, von Ihnen Nichts; nur den Herrn von Benner wollten wir sprechen.“

„Meinen Bruder?“

„Yes“ erwiederte der Mann, „der alte Herr da draußen — wahrscheinlich Ihr Mann — sagte uns schon, daß Sie die Frau Schwester wären, er meinte aber, er wäre nicht zu Hause — der Herr von Benner nämlich, und da — da wollten wir nur fragen, wann er wieder kommt, Frau Gräfin." —

„Und kann ich es nicht an ihn ausrichten," sagte Alexandrine, die sich Gewalt anthun mußte ruhig zu bleiben — „er ist verreist, und es kann vier bis sechs Wochen dauern, ehe er wieder kommt —"

„Alle Teu — bitte um Entschuldigung," sagte der Mann erschrocken, „es fuhr mir nur so heraus — das ist aber eine schöne Bescheerung. Nun sind wir den weiten schmählichen Weg hergekommen —"

„Und woher, wenn ich fragen darf," hauchte die Gräfin, aber so leise, daß er die Worte kaum verstand.

„Woher? — ih, man blos vom anderen Ende der Welt," sagte der Bauer — „von Australien."

„Von Australien! — und das — das ist Euere Tochter?"

„Na, Sie wissen's ja wohl schon, Frau Gräfin," sagte der Alte jetzt treuherzig — „wenn Sie die Schwester vom Eduard sind, so müssen wir ja verschwägert sein — s'ist seine Frau, die Jette, die's vor Jammer und Sehnsucht nicht mehr da draußen aushalten konnte."

Alexandrinens Blick haftete fest auf den schüchter-

nen aber jetzt todtenblassen Zügen der jungen, bild-
hübschen Frau.

„Und Du bist den weiten, weiten Weg gekommen,
um ihn aufzusuchen?“ sagte sie endlich gerührt —
„Du armes, armes Kind!“

„Na nu?“ rief der Alte erschreckt — „es ist — es
ist ihm doch nicht etwa was passirt?“

„Nein, beruhigt Euch — er ist wohl und gesund,“
sagte Alexandrine.

„Na und sonst?“ frug der alte Schuhmacher mißtrauisch. „Die Jette hat’s nicht mehr daheim gelitten
— vor Spott und Neid konnt’ sie es nicht mehr aushalten, und wenn ich hier,“ fuhr er sich in dem Zimmer
umschauend fort, „die vornehme Wirthschaft sehe, so,
so kommts mir beinah auch so vor, als ob die Nachbarn
da draußen doch am Ende —“

Alexandrine hörte gar nicht was er sprach. Ihre
Blicke hingen an der lieben, herzigen Gestalt der jungen
Frau, und auf sie zugehend und ihr die Hand entgegen-
streckend, sagte sie mit tiefem Gefühl:

„Und so lieb hast Du den bösen Menschen, daß
Du das weite Meer nach ihm durchschifftest?“

„Den bösen Menschen?“ rief Henriette erschreckt,
aber doch auch wieder von dem freundlichen Ausdruck
in den Zügen der so stattlichen Dame angezogen.

„Glaubt es nicht, Frau Gräfin, er ist wirklich gut, und wer weiß denn, was ihn abgehalten hat, daß er nicht heim zu seinem Weib und Kind kommen konnte."

„Und wo ist Dein Kind? — lebt es?"

„Lebt es? großer Gott!" rief die Frau erschreckt, „wird's nicht leben, der liebe kleine Bursch, der so gewachsen ist, daß ihn sein Vater kaum mehr kennen mag."

„Und wo ist er jetzt? hast Du ihn daheim ge= lassen?"

„Meinen kleinen Bursch?" sagte die Frau, indem sie lächelnd den Kopf schüttelte — „glaubt Ihr Frau Gräfin, daß ich von Australien fortgegangen wär' und b e n zurück gelassen hätt'? Im Leben nicht."

„Aber wo hast Du ihn jetzt?"

„Im Wirthshaus drunten im Dorf ist er," sagte die Frau, die bei der Erinnerung an ihr Kind die bis= herige Scheu vergaß — „die Wirthin scheint eine gar liebe, gute Frau, und die versprach mir, auf den kleinen Kerl Acht zu geben, bis wir wieder vom Schloß herunter kämen."

„Yes," Frau Gräfin, so ist's," bestätigte aber auch der Vater — „wußten's ja nicht, wie uns Ihr Bruder empfangen würde, da er von der Jette doch wohl Nichts mehr wissen will, denn wie ich sehe, ist er jetzt wieder ein vornehmer Herr geworden. Ich wollt' auch nicht her, aber das Kind ließ eben keine Ruh. Tag und Nacht weinte sie und jammerte, und — da that ich ihr endlich den Willen, und jetzt wird sie wohl wieder mit gebrochenem Herzen zurückgehen können — nach Australien."

„Und glaubst Du das auch, Henriette?" sagte die Gräfin, die bis dahin kein Auge von der Frau verwandt, so daß diese, durch das scharfe Anschauen beschämt und furchtsam den Blick vor ihr zu Boden schlug.

„Gott weiß es," seufzte aber die junge Frau recht aus tiefster Brust, „seine Briefe sind freilich kürzer geworden mit jedem Mal — gut und lieb wie immer, aber so kurz. Er hatte mir nicht viel mehr zu schreiben und schickte mir nur Geld — viel Geld — viel mehr als ich brauchte und haben wollte. Da litt mich's nicht länger — da quält' ich den Vater bis auf's Blut, bis er mit mir ging, und jetzt —"

„Und jetzt, Henriette?"

„Jetzt will ich den Eduard fragen," sagte die Frau leise, „ob er noch was von mir und dem Kinde wissen will, oder — ob er sich unser schämt, wie mir's der Apotheker in Tanunda prophezeiht hat, daß es so kommen würde und müsse, und nachher —"

„Und nachher, Henriette?"

„Dann geh ich mit dem Vater und dem Kind wie=
der heim," sagte die junge Frau leise „und — Gott
wird weiter helfen."

„Ist das Dein Ernst, Henriette?"

„Ja Frau Gräfin."

„Und weshalb nennst Du mich Frau Gräfin."

„Sind Sie denn das nicht?"

„Aber wenn ein Mädchen einen Mann geheirathet
hat," sagte Alexandrine, ihr ruhig in's Auge sehend,
„und der Mann hat eine Schwester, so nennt sie die
Schwester doch wohl gewöhnlich nicht bei ihrem Titel,
sondern bei ihrem Vornamen — und ich heiße eigent=
lich Alexandrine."

„Ja — aber Frau Gräfin," sagte Henriette be=
stürzt, denn sie verstand nicht, was die Dame damit
meinte, „das — das ist wohl so bei unsern Leuten
Gebrauch, aber —"

„Und bin ich nicht Eduards Schwester, Hen=
riette?"

„Ja — ja," sagte die junge Frau bewegt und ein
paar große helle Thränen glänzten in ihren Augen —
„Sie sind schon Eduards Schwester, aber ich — ich
— ich weiß ja nicht, ob ich Eduards Frau mehr bin."

Da hielt sich die Gräfin nicht länger.

„Henriette," rief sie, „mein liebes, liebes Kind," und die bestürzte Frau umfassend und an sich pressend, drückte sie ihr heiße Küsse auf Stirn, Mund und Augen.

„Ja, was wär denn das?" sagte der alte Schuh= macher, auf's Aeußerste erstaunt — „Sie küssen das Mädel, und der eigene Mann —"

„Ueberlaßt das mir, Alter," lächelte die Gräfin unter Thränen, indem sie ihm die Hand hinüberreichte — „wollt Ihr Euer Kind glücklich sehen?"

„Das ist eine kuriose Frage für einen Vater," sagte der alte Schuhmacher, „aber — nehmen Sie mir's nicht übel, Frau Gräfin, bis jetzt sah ich noch Nichts, was darauf hinzeigt. Ist der Herr Eduard wirklich verreist?"

„Seit vorgestern; er hatte keine Ahnung, daß Sie kommen könnten."

„Das glaub' ich wohl," lächelte der alte Mann, „denn geschrieben haben wir Nichts davon; aber wie er das viele Geld schickte, meinte die Jette, das könne man nicht besser anwenden, als zu einer Reise hierher. Ob sie recht gehabt hat? — wer kann's wissen. Wenn er aber wirklich noch was von ihr wollte, hätte er ihr da nicht selber geschrieben, sie solle herüber kommen, er hielt's nicht länger ohne sie aus? Gott bewahre;

kein Wort davon. Ja, geschickt hat er reichlich, fehlen sollt' es ihr an Nichts — aber daß ihr dadurch gerade Alles fehlte, daran scheint er nicht gedacht zu haben. Jetzt macht er nun auch noch so lange Reisen, und wie soll's da werden? Ich kann nicht so lange von daheim wegbleiben und mich noch Monate lang hier her= setzen — das kost' auch ein schmähliches Geld."

Alexandrine hielt die junge schüchterne Frau noch immer in ihrem Arm, und ihr in das gute treue Auge sehend, sagte sie herzlich:

„Und wollt Ihr uns Euer Kind hier zurück — wollt Ihr es m i r überlassen, wenn Ihr wieder von uns geht?"

„Ihnen, Frau Gräfin?" sagte der alte Mann erstaunt, „und nicht Ihrem Mann? — Aber ich sehe freilich schon wie es ist," setzte er, langsam mit dem Kopf nickend hinzu — so vornehm habe ich mir den Eduard nicht gedacht, ich hätte ihm auch sonst im Leben das Mädel nicht gegeben, und in s o l c h e Zim= mer paßt sie nicht hinein — würde sich auch nie wohl und glücklich darin fühlen. Jetzt bleibt nur noch die Frage, ob der Eduard wieder mit u n s hinaus= wollte auf's Dorf, aber wenn er dazu Lust hätte, wär' er schon lang gekommen. Es gefällt ihm hier besser, und wie's da werden soll, das weiß ich selber nicht."

„Und glaubst auch Du nicht, Henriette," sagte die Gräfin jetzt zu der jungen Frau, „daß Du Dich wohl und glücklich in solchen Räumen fühlen könntest?"

„Fremd ist's schon," sagte die Frau schüchtern — „und Alles viel zu schön und reich — Unsereins ist nicht daran gewöhnt. Ich fürcht', ich paß nicht hinein, und der Eduard wird keine Freud' an mir erleben. — O wär er doch nie so reich geworden und arm geblieben wie er war, wie gern, wie gern hätt' ich hart und schwer arbeiten wollen, mein ganzes Leben lang."

„Aber der Eduard," sagte da die Gräfin, während sie das junge Weib zu sich auf das Sopha niederzog, und immer noch ihre Hand in der ihren hielt, „hat doch auch Anfangs nicht in Euer Leben gepaßt. Er war nur gewohnt so zu leben, wie wir es hier thun, und hat sich doch später in die schwere Arbeit hinein= gefunden, nicht wahr, Henriette?"

„Ei gewiß," rief die Frau lebendig — „wacker hat er geschafft, wie der beste Knecht, von Morgens bis Nachts —"

„Und weshalb?"

„Weshalb? ei," meinte die Frau erröthend — „der Vater konnte uns auch grad nicht so viel mitgeben, und da wir doch was vor uns bringen wollten, mußten wir schon zugreifen."

„Also Dir zu Lieb, Herz, hat er ein ganz unge=
wohntes Leben angegriffen und wacker durchgeführt,
nicht wahr?"

„Gern hat er mich schon gehabt," sagte die junge
Frau verschämt, „und ich ihn auch," setzte sie herzlich
hinzu, „denn er war brav und gut, und rechtschaffen
fleißig."

„Und würdest Du nun nicht —" fuhr Alexandrine
fort, „auch aus Liebe zu ihm, dasselbe für ih n thun
wollen, was er für D i ch gethan?"

„Ich versteh' Euch nicht," sagte Henriette, die Re=
dende groß ansehend, „aber so viel weiß ich, daß es
Nichts auf der Welt giebt, was ich nicht aus Liebe zu
ihm thun würde — selbst wieder heimkehren," setzte
sie leise und kaum hörbar hinzu — „wenn das das
Einzige ist, was er von mir verlangt."

„Ich glaube Dir's," sagte die Gräfin gerührt,
„aber so Schweres soll Dir hoffentlich nicht vorbehal=
ten bleiben — doch weshalb setzt Ihr Euch nicht,
Freund," wandte sie sich an den Alten — „wir haben
noch viel mitsammen zu reden und bleiben noch länger
bei einander." Damit drückte sie auf die neben ihr
stehende Klingel und gleich nachher betrat der Haus=
hofmeister wieder das Zimmer.

„Ist keiner von den Dienern da?"

„Zu Befehl, Frau Gräfin," sagte der alte Corne=
lius, „aber da Sie ungestört sein wollten, blieb ich selber
im Vorzimmer."

„Ich danke Euch — schickt mir aber jetzt einmal
Einen von ihnen hinunter in das Wirthshaus — die
Babette mag mitgehen und das Kind heraufbringen,
das unten bei der Wirthin gelassen ist — den Knaben,
und sorgt zugleich dafür daß das Gepäck dieser Leute
hier ins Schloß heraufkommt — die Rechnung unten
soll gleich abgemacht werden."

„Unser Gepäck hier in's Schloß?" sagte der alte
Schuhmacher erstaunt — „ja was wär denn das?"

Die Gräfin winkte dem Haushofmeister zu und
dieser verschwand geräuschlos durch die Thür. Der
alte Schuhmacher kam aber aus seinem Erstaunen gar
nicht heraus, denn bis jetzt hatte er mit der größten
Verwunderung den ehrfurchtsvoll an der Thür stehen=
den alten Herrn betrachtet, den er Anfangs sogar für
den Herrn vom Hause gehalten, weil er gar so ehr=
würdig und vornehm aussah, und doch konnte das nur
ein Diener sein, und dann überraschte ihn der eben
gegebene Befehl — bei dem sie nicht einmal gefragt
wurden — auf das Vollständigste.

„Es kann Nichts helfen," lächelte Gräfin Alexan=
drine aber, sobald der Haushofmeister die Thür wieder

in's Schloß gedrückt hatte, „Ihr müßt es Euch schon
gefallen lassen, eine kleine Weile bei mir auszuhalten
bis wir Alles gehörig besprochen und verabredet haben,
und Henriette geht dann hoffentlich gar nicht wieder
nach Australien zurück."

„Und was soll ich hier?" sagte die junge Frau
wehmüthig, „was kann ich hier thun und schaffen?

„Und was thu ich?" lächelte Alexandrine.

„Ja Sie," sagte die junge Frau kopfschüttelnd —
„Sie sind vornehm und haben viel gelernt, was aber
weiß ich, ich armes dummes Ding. Eduard fühlte
das auch wohl, und hat sich früher schon oft Mühe
mit mir gegeben — aber es ging nicht — ich hatte
andere Dinge im Kopf und er mußte es zuletzt auf-
geben."

„Und wenn Eduard Dir zu Liebe nun in dem
fremden Lande hart gearbeitet hat," sagte die Gräfin,
ihr voll ins Auge sehend — „wenn er ein Bauer
wurde Deinetwegen und Axt und Pflug führen lernte,
würdest Du nicht ihm zu Liebe auch das hier in seiner
Heimath lernen wollen, was ihn, in den Verhältnissen
in denen er sich jetzt befindet, allein glücklich mit Dir
machen kann."

„Ach wie gern — wie gern," rief Henriette —
„aber wer wird sich jetzt noch mit mir armen Wesen

die Mühe nehmen, es mir zu zeigen, und hab' ich über=
haupt Verstand genug dafür?"

„Das laß meine Sorge sein, Henriette," sagte
Alexandrine mit tiefem Gefühl. „Als ich Dich noch
nicht kannte, hat der Gedanke an Dich mir vielen,
vielen Kummer bereitet — ich dachte Dich mir anders,
als Du bist. Jetzt, da ich Dich vor mir sehe, da ich
Dich bei mir habe, zieht auf's Neue die Hoffnung in
meine Seele ein."

„Aber ich verstehe Sie noch immer nicht."

„Du wirst Alles verstehen lernen," lächelte die
Gräfin, „Alles, denn an Deinen Augen, an Deinem
ganzen Wesen sehe ich, daß Du gelehrig bist; was
Dir aber dabei schwer fallen sollte, das wird die Liebe
trotzdem leicht überwinden — aber da kommt Dein
Kind!" rief sie, vom Sopha aufspringend, als sie
braußen die Stimmen hörte, und gleich darauf auch
das Zimmer geöffnet wurde, in dem Babette mit dem
Kind erschien; „oh, was für ein lieber, kleiner,
herziger Bursch ist das. Es ist gut, Babette —
ich werde klingeln, wenn ich Sie wieder brauche, für
jetzt wollen wir den kleinen Herrn schon allein ver=
sorgen."

Alexandrine war glücklich in dem Gedanken an
das Glück, das sie andern bereiten wollte, und hatte

jetzt so viel zu sorgen und anzuordnen, daß ihr der Tag wie im Flug dahin ging.

Vor allen Dingen wurde dem alten Schuhmacher Schweigen aufgelegt — er war überhaupt nicht gesprächiger Natur, aber er besaß doch, wenn auch keine wirkliche Bildung, den, diesen Leuten sehr oft im hohen Grade eigenen Mutterwitz und gesunden Menschenverstand. Alexandrine hatte ihn auch bald durchschaut, und rasch entschlossen den Weg mit ihm einzuschlagen, der sie am sichersten mit ihm zum Ziel führen konnte: die reine unverfälschte Wahrheit. Sie schilderte ihm mit kurzen Worten die Verhältnisse wie sie wirklich standen — sie theilte ihm ihren Plan mit, der Tochter eine Stellung in der Gesellschaft zu erringen, und dadurch dem Bruder sein Glück zu wahren, und der alte Mann hatte Menschenkenntniß genug, um rasch zu sehen, daß er hier sein Kind wenigstens in treuen und guten Händen wußte.

Er selber wurde jetzt für kurze Zeit in einem kleinen Gartenpavillon — allerdings etwas zum Erstaunen der Dienerschaft — einquartiert, während Henriette mit ihrem Kind ein paar Zimmer in der unmittelbaren Nachbarschaft der Gräfin selber angewiesen bekam.

So vergingen vierzehn Tage, dann bestellte die Gräfin ihren Reisewagen und fuhr mit ihren Gästen nach der Residenz, wo sie acht Tage blieb — aber sie kehrte allein wieder zurück und erwartete jetzt, ihrem gewöhnlichen Leben folgend, ruhig die Rückkunft ihres Gatten und Bruders.

Neuntes Capitel.

Eine Wendung.

Die Jagd in Schlesien hatte sich so ergiebig gezeigt, und die gesellschaftlichen Verhältnisse dort schienen so angenehm gewesen zu sein, daß die beiden Herren, noch etwas später als erwartet, zurückkehrten, und dann wieder beide — Graf Galaz daheim und Eduard auf Bennersberg (wo er sich häuslich niedergelassen) von ihren indeß aufgehäuften Arbeiten lebhaft in Anspruch genommen wurden.

Alexandrine war indeß in Ungewißheit gewesen, ob sie ihren Gatten in ihr Geheimniß einweihen solle oder nicht. Sie scheute sich zwar ihm irgend etwas zu verschweigen und hatte es in Wirklichkeit noch nie gethan, aber sie wußte auch daß gerade er mit dem, was sie gethan, nicht einverstanden sein würde, weil er von vornherein die Möglichkeit eines günstigen Erfolgs bestritt. „Es war," wie er sich oft geäußert, wenn sie ihm früher von einem solchen Plan sprach

„nur ein Experiment, das zu unangenehmen Conflic=
ten führen mußte, und deshalb lieber unterblieb.“

Außerdem hatte er andere Pläne mit Eduard,
denn allein in aristokratischen Kreisen erzogen, wenn
auch von weichem und selbst tiefem Gemüth — hielt
er es für völlig undenkbar, daß sich eine gewöhnliche
Magd je aus der Sphäre erheben könne, in die sie
das Schicksal geworfen. Nicht die Mesalliance fürch=
tete er dabei, die Mischung altabligen und bürger=
lichen Blutes — guter Gott, die neuere Zeit brachte
nur zu viele derartige Beispiele, wo sich selbst Prinzen
nicht scheuten, einer braven Bürgerstochter oder einer
gefeierten Künstlerin ihre Hand zu reichen — aber
das Plebejische verletzte ihn, das Gemeine im Um=
gang, und das hielt er sich fern, soviel das immer
möglich war.

Um so schwieriger war es jetzt für sie, mit ihrem
Plan hervorzutreten, da sie selber noch nicht den ge=
ringsten Beweis für einen auch nur möglichen Er=
folg hatte. Noch blieb Alles Vermuthung — Hoff=
nung eines günstigen Gelingens, und Jahre lang
hätte sie dann gegen seine Zweifel ankämpfen müssen.
— Sie entschloß sich endlich, das allein Begonnene
auch auf eigene Hand durchzuführen und ihren Gatten
erst in das Geheimniß zu ziehen, wenn sie sich ihres

Erfolges sicher fühlte — ja vielleicht selbst dann noch nicht einmal.

Uebrigens wäre dasselbe fast ohne sie verrathen worden, denn der Graf erfuhr bald nach seiner Rückkunft durch seinen Kammerdiener von der Bewirthung des Bauernpaares durch seine Gattin. Mit keiner Ahnung übrigens, wer es gewesen sein könne, frug er sie selbst darum, und Frauen — wenn sie nicht sprechen wollen — sind selten um eine Ausrede verlegen.

„Der Bruder meiner Amme, mit seiner Tochter," sagte sie ruhig — „er war vor fünf Jahren nach Amerika ausgewandert, hatte es aber draußen nicht aushalten können und kehrte jetzt in die Heimath zurück. Er war sehr niedergeschlagen über seine getäuschten Hoffnungen und das arme Kind dauerte mich besonders."

„Und wo sind sie jetzt?"

„Wieder in ihrer Heimath."

Es wurde nicht wieder davon gesprochen; den Grafen interessirten die Leute auch wirklich zu wenig, um sich mit ihnen noch länger zu beschäftigen, und da man nichts weiter von ihnen hörte, waren sie auch bald in Galaz selber vergessen.

So verging ein Jahr und Alexandrine bekam in-

deffen die Nachricht, daß Henriettens Vater wieder in
Süd-Australien angelangt sei, um dort sein kleines
Gut nicht ganz vernachläffigt zu sehen. Sie hatte
aber mit ihm schon die Abrede getroffen, daß er das,
für Henriette hinausgesandte Geld nur regelmäßig in
Empfang nehmen und darüber quittiren solle. Auch
in anderer Weise war dafür gesorgt, Eduard fortwäh=
rend in dem Glauben zu erhalten, daß Henriette selber
noch in Australien sei, denn sie schickte die Briefe für
ihren Gatten zuerst an ihren Vater, wonach sie dann
Bechers Gewissenhaftigkeit empfohlen und pünktlich
zurück nach Deutschland befördert wurden.

. Graf Galaz drang in der Zeit mehrmals in den
Schwager, seine Scheidung in Australien zu betreiben
und sich mit dem alten Schuhmacher auseinander zu
setzen. Es war das um so mehr nöthig geworden, da
er seine Besuche in dem Hause des Comthurs häufiger
wiederholte, und Galaz behauptete fest, Hedwig sei
ihm so zugethan, daß es nur seiner Werbung bedürfe,
um ihr freudiges Ja zu erlangen.

Eduard verbrachte eine trübe, sorgenvolle Zeit,
aber er weigerte sich dem Verlangen zu willfahren.
Er malte sich den Schmerz Henriettens aus, wenn ein
solcher Brief dort eintreffen sollte, und überhaupt un=
entschlossen in seinem ganzen Character, verzögerte er

einen so entschiedenen Schritt von Tag zu Tag, von
Woche zu Woche. Aber auch das gesellige Leben der
Heimath wob immer fester seinen Reiz um ihn. Schon
konnte er es nicht mehr entbehren, und den Gedanken
nach Australien zurückzukehren, verwarf er immer, so
rasch er nur in ihm aufstieg.

Und wie lieb und gut lauteten dabei fortwährend
die Briefe seiner Frau, die aber jetzt viel spärlicher
als früher kamen und ihn auch ihrem Inhalt nach in
Staunen setzten. Sie enthielten allerdings noch
ebenso viele orthographische Fehler als früher, ja viel=
leicht noch mehr, denn er wußte bestimmt, daß sie
früher einzelne Worte richtig geschrieben hatte, die
jetzt sonderbare Fehler zeigten. Aber die Handschrift
war eine ganz andere, festere geworden, obgleich es
auch jetzt an Klexen im Brief nicht fehlte — ein Zei=
chen, daß die Schreiberin noch immer mit der Feder
nicht umzugehen wußte — und manche Buchstaben
und Worte bös verschoben waren. Auch die Gedanken,
die sie verriethen, zeigten oft von tiefem innigen Ge=
fühl, das er ihr wohl immer zugetraut, aber von dem
er doch nie geglaubt hatte, sie würde es so aussprechen
können. — Und dann wieder ihre naiven, fast kind=
lichen Wendungen dazwischen.

Früher hatte ihm außerdem der Schmerz weh ge=

than, der aus jeder ihrer Zeilen sprach; der Schmerz
der Trennung von ihm, die Trauer um seine Abwe=
senheit. Alle ihre Briefe waren fast nur Klagen gewe=
sen. Das hatte sich ganz geändert; sie bat ihn wohl,
doch bald, recht bald zu ihr und dem Kind zurück zu
kehren, aber dann wieder schrieb sie ganz heiter, er=
zählte ihm Anecdoten von Bekannten und beklagte sich
nur darüber, daß er ihr fehle, nicht über ihre Ein=
samkeit. — Und wie viel wußte sie über das Kind zu
sagen, über den kleinen prächtigen Kerl, der jetzt an=
fange, dem Vater so ähnlich zu sehen, und auch schon
immer nach ihm verlange und frage, ob denn der
„böse Papa“ noch nicht zurückkehren und mit ihm spie=
len wolle.

Nach solchen Briefen wurde es ihm zu eng im
Haus — er mochte sich nicht selber gestehen, was
ihn quäle, er mochte sich über die Vorwürfe, die ihm
sein Gewissen machte, nicht klar werden und ritt dann
immer weit hinaus in die Nachbarschaft, um sich zu
zerstreuen.

Heute war wieder ein Brief eingetroffen und wie
er ihn gelesen und in sein geheimes Fach eingeschlos=
sen, ließ er sich sein Pferd satteln und beschloß, nach
Galaz hinüber zu reiten.

Auf dem Wege dahin passirte er des Comthurs

Schloß — die „Enkelburg" wie es scherzhafter Weise von den Bekannten und bald auch überhaupt in der Umgegend genannt wurde. Er fühlte das Bedürfniß freundliche Gesichter zu sehen — Musik zu hören — mit einem Wort, eine Zerstreuung zu haben, die ihn von seinen eigenen Gedanken abzog und lauter Jubel hatte ihn bis jetzt immer empfangen, wenn er in den Park des gastlichen Hauses einritt.

Auch heute gab er seinem Pferd die Sporen, als er, den Kiesweg hinabreitend, schon von Weitem die lichten Kleider der Damen auf der Terrasse erkannte. Er glaubte auch den alten Herrn selber gar nicht daheim zu finden, da dieser vor einigen Tagen nach der Residenz gefahren war und erst morgen oder übermorgen zurückerwartet wurde. — Als er aber — auf dem breiteren Weg war er völlig in Sicht des Hauses gewesen und mußte auch von dort aus gesehen sein — um ein dichtes Bosquet herumritt und nun gerade auf die steinerne Treppe zu hielt, sah er, daß die Damen von der Terrasse verschwunden waren, und nur der Comthur stand dort und schien ihn zu erwarten.

Das fiel ihm allerdings schon auf, aber wer wußte denn, was die Gesellschaft plötzlich konnte in den Saal gelockt haben; er überlegte wenigstens nicht lange, sprang aus dem Sattel, warf seinem Reitknecht

die Zügel zu, und stieg die breiten niederen Granit-
stufen hinauf.

„Schon wieder aus der Residenz zurück?" rief
er dem alten Herrn freundlich zu, indem er ihm die
Hand entgegenstreckte — „das ist brav von Ihnen.
Wo finden Sie auch dort ein Plätzchen, so lieb und
heimlich wie die Enkelburg."

Der alte Herr nahm die dargebotene Hand, aber
er schien befangen. Es war etwas vorgefallen, von
Benner sah das auf den ersten Blick, aber konnte er
selber damit in Verbindung stehen? — unmöglich.

„Allerdings," sagte der Comthur, aber einsylbig
— „es ist sehr freundlich hier."

„Und wo sind die Damen? ich dächte doch, ich
hätte sie vorhin auf der Terrasse gesehen. —"

„Die Damen — Sie müssen sie entschuldigen —
es war gerade Besuch da — eine Schneiderin — sie
haben mit ihrer Toilette zu thun —"

„So hab' ich hier gestört?"

„Nicht im Mindesten —"

Eduard versuchte, ein oder das andere Gespräch
anzuknüpfen, der Comthur antwortete sehr höflich,
aber einsylbig. Er blieb noch eine Zeitlang neben ihm
sitzen, in der Hoffnung, die Damen zurückkommen zu
sehn — aber Niemand kam und es war augenschein-

lich, daß sich der alte Herr ebenfalls nicht behaglich dabei fühlte. Benner empfahl sich deshalb bald wieder und ritt langsam und ganz in seine Gedanken vertieft, nach Galaz hinüber.

Was in aller Welt konnte da nur vorgefallen sein? Er begriff es nicht, aber der alte sonst so freundliche und joviale Mann zeigte sich so merkwürdig verändert, daß es ihm auffallen mußte. In Galaz angekommen, erzählte er es seinem Schwager, und dieser sah, während er mit ihm sprach, sinnend und ernst vor sich nieder; erwiederte auch kein Wort darauf. Endlich sagte er:

„Kennst Du einen Herrn von Krowsky?“

„Krowsky? — gewiß,“ rief Eduard rasch — „wir waren zusammen in Australien.“

„Hm — und er weiß um — Deine Verhältnisse?“

„Allerdings,“ nickte Eduard bestürzt, denn ein Verdacht stieg in ihm auf.

„Er ist jetzt zurückgekehrt,“ sagte Galaz; „mit seinen Verwandten ausgesöhnt, hält er sich seit etwa vierzehn Tagen in der Residenz auf — der Comthur hat ihn dort kennen gelernt.“

Eduard war aufgesprungen und ging mit verschränkten Armen im Zimmer auf und ab.

„Und deshalb hätten die Damen mich gemieden?“

murmelte er endlich bitter vor sich hin — „nur auf das Gerücht einer Mesalliance hin?“

„Mein lieber Eduard,“ sagte Galaz, „erinnere Dich, was ich Dir schon früher über diesen Gegenstand gesagt habe. Du kennst unsere Verhältnisse und willst sie ignoriren — wozu? Hedwig hat Dich wirklich gern, und daß ihr diese Nachricht keine Freude machen konnte, ist doch wohl natürlich.“

„Und Du glaubst in der That, daß er durch Kromsky Alles erfahren hat?“

„Nicht allein das, sondern daß es auch schon in der ganzen Nachbarschaft bekannt ist. Kannst Du Dich wirklich nicht zu einem entscheidenden Schritt entschließen, so bleibt Dir nichts übrig, als wieder auf einige Zeit zu verreisen. Andere Interessen nehmen dann die Aufmerksamkeit der Leute in Anspruch und bis Du zurückkehrst, denkt man nicht mehr daran oder urtheilt milder darüber. Jedenfalls hat es den Reiz der Neuheit verloren. Du selber kommst auch vielleicht indessen auf andere Gedanken.“

Eduard sträubte sich gegen den Gedanken, dem Urtheil der Welt so gewissermaßen zu entfliehen, aber Alexandrine selber redete ihm zu, und er entschloß sich endlich, dem Rath zu folgen.

Er reiste ab und zwar zuerst wieder auf sein schle-

fisches Gut, dann nach Italien und Aegypten — aber
er entfloh dem Wurme nicht, der in ihm nagte —
seinem Gewissen, und wieder und wieder stand Hen=
riettens Bild vor seinen Augen, sah er sein liebes her=
ziges Kind, wie es am letzten Abend die Aermchen um
seinen Nacken schlang. Und sollte er wieder zurück
nach Australien? Er besaß jetzt Geld genug, um sich
das Leben auch dort angenehm zu machen; seine kühn=
sten je gehegten Pläne waren noch weit übertroffen
und er hätte zahlreiche Stationen anlegen und ein
angesehener Mann in jenem Welttheil werden können.

Und sollte er jetzt fort, wo die „hochadlige Sipp=
schaft" dann vielleicht höhnisch gesagt hätte, er sei
der öffentlichen Meinung gewichen, sobald er gemerkt,
daß sein Geheimniß verrathen worden? Nein, wahr=
lich nicht, jetzt d u r f t e er Europa nicht verlassen, und
erst mußte er ihnen beweisen, daß er i h r e Meinung
nicht achtete und sein Leben nie darnach regeln würde.
Was er dann später that, sollte wenigstens nicht von
dem Urtheil der Gesellschaft abhängig sein.

Er fühlte sich ruhiger, als er diesen Entschluß ge=
faßt, weil er sich einredete, er habe ihn seiner Charakter=
stärke zu verdanken — und doch war es nur seine
Charakter s ch w ä ch e, die so lange nach einer Ausrede
suchte, um ihn nicht seine Pflicht thun zu lassen, bis

er endlich eine leidlich glaubbare gefunden hatte. Dann war er zufrieden, er konnte wieder eine Weile in dem alten Gleis fortleben, ohne von seinem Gewissen außergewöhnlich belästigt zu werden — alles Spätere fand sich von selbst.

Aber die Zeit fliegt. Was Du thun willst und mußt, thue bald, denn nur zu rasch verstreicht die erbettelte Frist, und immer schwerer kommt es Dir dann an.

Es war das Nämliche mit Eduard von Benner; über acht Monate hatte er sich wieder in der Welt herumgetrieben — zwecklos — freude- und ruhelos, jetzt kehrte er nach Bennersberg zurück, und weil er die Ursache vergessen oder vielmehr den Sinn dafür betäubt hatte, die ihn hinaus in die Fremde gejagt, glaubte er thörichter Weise, daß das Nämliche mit den Anderen geschehen war.

So lange er fort gewesen, hatte man allerdings wenig mehr von ihm und der bekannt gewordenen „Heirath mit einer Dienstmagd" gesprochen — denn Krowsky schien das Schlimmste erzählt zu haben, kaum aber kehrte er zurück, so suchte die Gesellschaft den noch nicht halb verbrauchten Stoff wieder auf das Eifrigste hervor, und Eduard von Benner fand bald, wie er mit seinen früheren „Freunden" stand.

Die Herren schienen nicht so sehr davon berührt zu sein, und ihn häufiger zu entschuldigen. Lieber Gott, in Australien, wie sie meinten, wen heirathete man denn da nicht, um die Langeweile zu tödten. Entschieden anders aber dachten die Damen darüber, und wo er sich wieder blicken ließ, konnte ihm nicht entgehen, wie kalt höflich und förmlich man gerade da gegen ihn geworden war, wo man ihm früher die meiste Herzlichkeit bewiesen.

Früher überall ausgezeichnet, sah er sich jetzt zurückgesetzt, und auf ihn selber konnte das nicht verfehlen, seinen ertödtenden Einfluß auszuüben. So lebendig und liebenswürdig er sich sonst in der freundlichen Umgebung gezeigt, so kalt und gemessen wurde er jetzt, wo er sich aller Orten zurückgestoßen oder doch vernachlässigt sah. Es konnte ihm nicht entgehen, daß er nirgends mehr ein willkommener Gast war, und die Folge blieb nicht aus — er fühlte sich unglücklich.

Selbst Graf Galaz war nicht mehr so warm und herzlich gegen ihn wie früher, denn er ärgerte sich über die „Unentschlossenheit" seines Schwagers, die das nicht abschütteln wollte, was seiner Meinung nach allein sein ganzes Lebensglück zerstörte — die unwürdige Verbindung in dem fremden Land.

Nur Alexandrine, seine Schwester, blieb sich immer gleich, immer lieb und gut gegen ihn, immer freundlich. Sie tröstete ihn, wenn seine Stirn von Sorge und Mißmuth gefurcht war, sie spielte ihm seine Lieblingslieder von Mendelssohn und Schubert und brachte es bald dahin, daß er sich nur in ihrer Nähe wohl und glücklich fühlte. — Aber auch das währte nicht lange, selbst sie konnte nicht mehr die Wolken von seiner Stirn halten, und eine finstere Schwermuth schien sich seiner bemächtigt zu haben.

Dieser Zustand hatte seinen Gipfelpunkt erreicht, als wieder ein Brief aus Australien von seiner Frau eintraf. Er trug aber diesmal keinen englischen Stempel, sondern kam aus der Residenz und die auf der Adresse befindlichen Worte „Durch Güte" zeigten an, daß er wohl durch Einlage gekommen, vielleicht mit Depeschen des eifrigen Consuls Becher.

Und wie gut, wie herzlich lautete der Brief; keine Klage fand er darin, kein Wort der Trauer — nur Dank für die vielen Beweise von Liebe, die er ihr gesandt, und die Sehnsucht nach dem fernen Gatten, aber durch eine Engels-Geduld gemildert.

Eduard empfing den Brief auf Galaz, und mit dem offenen Schreiben in der Hand, betrat er seiner Schwester Zimmer. Sein Auge strahlte aber dabei von Freude, seine ganze Gestalt schien gehoben, und mit leuchtenden Augen schritt er auf die Schwester zu, reichte ihr den Brief und rief:

„Da lies — und bin ich nicht ein Thor, daß ich h i e r Freundschaft und Liebe suchen will, wo mich dort offene Arme und treue Herzen erwarten — ersehnen? Die Worte sind unorthographisch geschrieben, ja, aber eine treue Hand hat sie gestellt — der Styl ist schlecht, aber jeder Satz macht die Fibern meines Herzens beben."

Alexandrine las schweigend den Brief und ihn dann ihrem Bruder zurückgebend, sagte sie leise:

„Wie lieb und gut — die arme, arme Frau. Wie lange ist es jetzt her, Eduard, daß Du von Austra= lien fort bist — Zwei Jahre, nicht wahr?"

„Z w e i Jahre?" rief ihr Bruder leidenschaftlich, v i e r Jahre sind es, daß ich die Meinen nicht gesehen, und zu einer Ewigkeit ist mir die Zeit geworden."

„Vier Jahre — es ist eine lange Zeit — und wie wird sich Henriette indeß nach Dir gesehnt haben. Dir freilich mag sie rasch genug verflossen sein, denn das gesellige Leben, das Du dort ganz entbehren mußtest, hat Dich doch sehr in Anspruch genommen. Ich sehe jetzt auch wohl selber ein, daß es zu viel von Dir verlangt gewesen wäre, ihm für immer zu ent=

sagen. Wozu der Mensch einmal von Jugend auf erzogen ist, das verwächst mit seinem inneren Selbst, und er kann es nicht so leicht abschütteln ohne sich unglücklich — wenigstens außer seiner Sphäre zu fühlen."

„Und glaubst Du wirklich, daß ich an diesem Leben hänge?" rief Eduard erregt aus, „glaubst Du wirklich, daß mich dies schale Treiben, das Ihr die „Gesellschaft" nennt, auf die Länge der Zeit fesseln und halten könnte?"

„Das schale Treiben?" sagte Alexandrine lächelnd, „in dem Du Dich so lange wohl gefühlt?"

„Wohl gefühlt? ja, weil ich taub und blind gegen mein eigenes Herz war," rief ihr Bruder — „aber weiß Deine Welt den inneren Werth eines Menschen zu schätzen, und urtheilt sie etwa nach einem anderen Maaßstab, als der äußeren Form?"

„Du denkst jetzt anders über die Gesellschaft, als vor kurzer Zeit."

„Oh, daß ich immer so gedacht hätte," sagte Eduard leise, „viel, viel Schmerz wäre meinem braven Weib erspart geblieben. Aber es ist noch nicht zu spät," setzte er rasch hinzu, „noch kann ich gut machen, was ich gefehlt, und beim ewigen Gott, ich werde es."

„Was willst Du thun, Eduard?"

„Das, was ich schon lange hätte thun sollen,“ sagte der Mann entschlossen —·„nach Australien zurückkehren und dort von nun an meiner Familie leben. Noch heute fahre ich in die Residenz, um meine Geldangelegenheiten in Ordnung zu bringen, Deinem Bruder übergebe ich den Verkauf meiner Güter, und dann bindet mich Nichts mehr an Deutschland.“

„Nichts mehr?“ sagte Alexandrine herzlich.

„Und hast Du selber mir nicht zugeredet, so zu handeln?“

„Du hast Recht, Eduard,“ sagte die Schwester freundlich. „Gott sei Dank, daß Du endlich in die Bahn eingelenkt bist. Aber verfalle auch jetzt nicht in das Extreme und übereile in diesem Augenblick nicht, was Du bis dahin — vielleicht zu lang — verzögert hast.“

„Und kann ich da übereilen?“

„Ja,“ erwiderte ruhig die Schwester — „Du magst allerdings so rasch Du willst in die Residenz fahren und dort Rücksprache mit Deinem Banquier nehmen; je eher das geschieht, desto besser; dann aber kehre hierher zurück und ordne selber, gemeinschaftlich mit Rudolph, Deine Angelegenheiten. Rudolph ist überhaupt nicht Geschäftsmann genug, um ihm das Alles so vollständig zu überlassen und würde sich auch nur unbehaglich unter einer solchen Verantwortung fühlen. Wann geht das nächste Schiff?"

„Ich weiß es nicht, aber ich werde heute Morgen noch deshalb nach England schreiben und die Antwort — da ich nicht sagen kann wo ich sein werde, wenn sie eintrifft, — hierher adressiren lassen."

„Thue das nur," nickte die Schwester befriedigt vor sich hin — „und wann willst Du in die Residenz?"

„Gleich auf der Stelle."

„Galaz kann Mittag zurück sein."

„Ich kann ihn nicht mehr erwarten. Ich weiß auch, daß er mit meinem Plan nicht ganz einverstanden sein wird, und möchte seinen Einwürfen ausweichen."

„Fürchtest Du sie?"

„Nein — ich bin fest entschlossen. Die Gesellschaft hier hat mich wie einen Verfehmten ausgestoßen — überall habe ich Anspielungen und spöttische Bemerkungen hören müssen, und war doch nie im Stande dieser ver — dammten Höflichkeit gegenüber irgend eine wirkliche Beleidigung zu constatiren. Dem will ich ein Ende machen. Ob ich glücklich werde — ob ich mich dort glücklich fühlen kann, Gott weiß es, aber ich will mir wenigstens nicht neben den geheimen und versteckten Vorwürfen der Welt, auch noch selber sagen müssen, sie verdient zu haben. — Leb wohl, Alexandrine."

„Und auf ein recht baldiges, frohes Wiedersehen."

<hr>

Zehntes Capitel.

Schluß.

Vierzehn Tage waren nach Eduard's Abreise verflossen und in Schloß Galaz blieb es in der Zeit ziemlich einsam, da der Graf selber viel mit der Expropriation einiger Grundstücke zu thun hatte, durch welche ein Schienenweg gelegt werden sollte. Die Bahn hatte hier gerade sein bestes Jagdterrain durchschnitten, und er gab sich die größte Mühe, ihr eine andere Richtung anzuweisen, ja erbot sich sogar, eine andere Strecke weit unter dem Taxationspreis herzugeben — aber vergebens. Die Techniker der Bahn erklärten, daß ihre angegebene Linie beibehalten werden müsse, aus den und den Gründen, und deshalb auf den Wildpark keine Rücksicht genommen werden könne. Der Graf fuhr selber nach der Residenz, um an höchster Stelle seinen Einfluß geltend zu machen; es blieb Alles umsonst. Das practische Leben bohrt sich nach und nach überall in die alten Vorrechte hinein; das Geld gewinnt einen immer höheren Rang über Adelsbriefe und Stammbäume, und Graf Galaz mußte zu seinem nicht geringen Verdruß erleben, daß ein Gutachten von bürgerlichen Leuten über den speciellen Fall ausgestellt, mehr galt und berücksichtigt wurde, als sein ganzer Einfluß werth war.

Eben nicht in bester Laune kehrte er nach Galaz zurück, und das konnte nicht dazu beitragen sie zu verbessern, daß er eine Equipage mit Extrapost fand, die auf seinem Hof vorgefahren war. Also Besuch.

„Wer ist angekommen?" frug er den Diener, der hinaus sprang um seinen Wagenschlag zu öffnen.

„Frau Baronin von Fermont mit einer anderen Dame."

„Mit wem?"

„Kenne sie nicht, Herr Graf. Sie sprechen nur Französisch."

Graf Galaz stieg in sein eigenes Zimmer hinauf und schien nicht übel Lust zu haben, sich dort abzuschließen. Frau von Fermont war aber eine so liebenswürdige Frau und so befreundet mit ihnen, daß es sich nicht gut umgehen ließ sie zu sehen. Außerdem erzählte ihm auch sein Kammerdiener, daß die Damen ein paar Koffer mitgebracht hätten, also aller Wahrscheinlichkeit einige Tage hier verweilen würden. Es ließ sich nicht ändern, er mußte ihnen seine Aufwartung machen. Außerdem wurde auch das Diner sehr bald servirt und da noch Besuch aus der Nachbarschaft dazu kam, ein alter Obrist von Berbow mit Frau und Tochter, so blieb die kleine Gesellschaft dort den Abend zusammen und es wurde geplaudert und musicirt bis spät in die Nacht hinein.

„Und wie gefällt Dir Frau von Ostenburg?" sagte Alexandrine zu ihrem Gatten, als die von Berbow's das Gut verlassen und Frau von Fermont mit ihrer Begleiterin sich auf ihre Zimmer zurückgezogen hatten.

„Das ist ein reizendes Frauchen," sagte der Graf, „eine wunderhübsche Erscheinung und dabei so liebenswürdig, daß man ihr auf den ersten Blick gut sein muß. Stammt sie denn aus Frankreich?"

„Allerdings — weshalb?"

„Sie spricht das Französische so sonderbar."

„Sie spricht vortrefflich."

„Ja; doch mit einem so eigenthümlichen Accent, der ihr aber reizend steht."

„Und singt wie eine Nachtigall."

„Sie hat eine magnifique Stimme, und würde auf jeder Bühne Furore machen. Ist sie mit Fermonts verwandt?"

„Ich glaube; ihr Gatte stand in der österreichischen Armee und ist bei Solferino geblieben — ein Rittmeister von Ostenburg."

„Arme Frau — so jung und schön und schon einen solchen Verlust erlitten. Uebrigens wird sie wohl nicht lange Wittwe bleiben, denn an Bewerbern kann es ihr bei den jungen Leuten gewiß nicht fehlen. Der alte Obrist selbst war schon ganz entzückt von ihr — Apropos, ich habe vorhin auch einen Brief von Eduard auf meinem Zimmer gefunden — er wird morgen herüber kommen."

„Das freut mich."

„Wenn er nur die unglückselige Idee aufgäbe, nach Australien zurück zu gehen. Er kann sich ja dort nicht glücklich fühlen. Der hat sich auch seine Carrière recht muthwillig selbst verdorben."

„Und wenn er nun seine Frau zu uns herüber brächte, glaubst Du nicht, daß sie sich in unser Leben, in unsere Verhältnisse finden würde?"

„Nie," sagte Graf Galaz kopfschüttelnd — „glaube mir, mein Kind, derartige Frauen mögen gut und brav und häuslich sein und das Glück eines Mannes in ihrem eigenen Kreis begründen können, aber sie sind wie Hauslauch, der nur auf Mauerwerk und Dächern wächst; sie verlangen einen ganz bestimmten und engbegrenzten Boden für ihre Existenz. Man soll um Gotteswillen nicht versuchen, sie zu veredeln — es würde nie eine Rose daraus werden."

Am nächsten Tag traf Eduard ein und suchte den Schwager auf dessen Zimmer auf. Er hatte ebenfalls gehört, daß fremde Damen zum Besuch da wären, und fühlte sich nicht in der Stimmung, ihnen zu begegnen. Der Graf war aber gerade zu den Damen hinüber gegangen, und zwar hatte ihn Alexandrine, als sie den Bruder in den Hof einfahren sah, herüber rufen lassen. Es wurde musicirt und Frau von Ostenburg hatte zugesagt, ihm einige Lieder zu singen.

Eduard schickte einen Diener hinüber, um dem Grafen seine Ankunft wissen zu lassen. Alexandrine ließ ihrem Bruder aber sagen, Graf Galaz könne jetzt nicht fort, und er selber sei den Damen schon angemeldet, er möge also rasch Toilette machen und in den Salon kommen.

Es war ihm nicht recht; eine Weigerung wäre aber unartig gewesen; Frau von Fermont kannte er überdieß selber recht gut und seufzend fügte er sich in das Unvermeidliche.

Als er den Salon betrat, saß Frau von Ostenburg gerade am Instrument und sang eine spanische Romanze, die sie sich selber begleitete — Graf Galaz stand neben ihr und wandte die Notenblätter um, und

Frau von Fermont saß mit Alexandrine rechts auf dem Sopha. Alexandrine stand auf, ging dem Bruder leise entgegen und gab ihm die Hand, auch Frau von Fermont reichte ihm die ihrige und nickte ihm freundlich zu; aber es wurde kein Wort gesprochen, um den Gesang nicht zu stören und die Schritte selber blieben auf dem weichen Teppich überhaupt unhörbar.

Die Romanze war die Klage eines andalusischen Mädchens, das um den Geliebten trauerte, der gegen die Mauren zu Felde gezogen und sie allein gelassen hatte, und die Stimme der Sängerin zitterte, als sie leise, nur von gedämpften Accorden begleitet, das Gebet zur Jungfrau Maria um Schutz für den Fernen, sang. So ergreifend waren die Töne dabei, daß der überhaupt leicht empfänglichen Alexandrine die hellen Thränen in die Augen stiegen und selbst Eduard sich von dem wehmüthigen Lied ergriffen fühlte.

„Singt sie nicht reizend?" flüsterte ihm Frau von Fermont zu, neben der er saß.

„In der That," erwiderte er, „ich weiß mich der Zeit nicht zu erinnern, daß ich eine so klangvolle und so zum Herzen bringende Stimme gehört hätte — und mit so tiefem Gefühl."

Aber der Sinn des Liedes änderte sich — die Mauren waren geschlagen, der Geliebte kehrte sieg-

reich zurück und laut jubelten jetzt die Töne und quol=
len aus voller, jauchzender Brust, während in der
kunstvollen Begleitung der Siegesmarsch der heim=
ziehenden Krieger immer wieder dazwischen tönte.

Jetzt endete plötzlich das Lied und die Sängerin
erhob sich von ihrem Stuhl, indeß Graf Galaz ihr
mit wahrhaft begeisterten Worten und voller Entzücken
für den Genuß dankte. — Ihr Blick streifte durch den
Saal und eine Purpurröthe legte sich über ihre Wan=
gen und ergoß sich bis tief in den schneeigen Nacken
hinab. — Ihr Blick streifte Eduard.

„Sie sind zu gütig, Herr Graf," lächelte sie dabei, „und werden mich noch verwöhnen."

Alexandrine aber war aufgesprungen, schlang ihre
Arme um sie und küßte sie herzlich.

„Ah, Eduard," rief der Graf, der ihn jetzt erst
erblickte, „das ist schön; bist Du noch zur rechten Zeit
gekommen?"

„Ich hatte das Glück, dem seelenvollen Vortrag
zu lauschen," sagte der junge Mann, während sein
Blick starr an den Zügen der fremden Dame hing.

„Nicht wahr, das ist ein Genuß? — aber ich
habe Dich noch nicht einmal vorgestellt. Gnädige
Frau, mein Schwager, Eduard von Benner —
Frau von Ostenburg, die uns die Freude gemacht

hat, unsere Einsamkeit ein paar Tage mit uns zu theilen.

„Gnädige Frau," sagte Eduard, aber so verlegen, daß er die Worte kaum über die Lippen brachte — „ich — ich freue mich — freue mich wirklich herzlich der Ehre dieser Bekanntschaft."

Graf Galaz sah ihn an und lächelte. So befangen und ungeschickt hatte er seinen Schwager noch gar nicht gesehen.

„Und heute quäle ich Sie recht meine liebe, liebe Ostenburg," rief Alexandrine dazwischen, „doch jetzt singen Sie uns noch einmal das kleine reizende französische Lied."

„Aber Alexandrine," sagte der Graf, „Du belästigst wirklich unsern lieben Gast."

„Gern, gern," rief aber die junge Frau und wandte sich rasch wieder dem Instrument zu.

Eduard starrte sie noch immer an, und bemerkte gar nicht, daß ihn Frau von Fermont lächelnd beobachtete. Die junge Künstlerin aber ließ sich nicht lange nöthigen, und rasch wieder ihren Platz am Clavier nehmend, begann sie ein reizendes französisches Lied, voll muthwilliger Neckerei und mit einer so silberhell klingenden Stimme, daß es den kleinen Kreis zu lautem und stürmischem Beifall hinriß.

Nur Eduard war still und nachdenkend geworden; den Kopf in die Hand gestützt, saß er in seinem Fauteuil und sein Blick haftete am Boden. Alexandrine hatte sich neben ihn gesetzt und flüsterte ihm zu, wie reizend die kleine Frau die Lieder vortrage. Er nickte still vor sich hin, erwiderte ihr aber kein Wort, bis sie geendet hatte und sich wieder erhob.

„Wunderbar — wunderbar," murmelte er dabei vor sich hin und schüttelte langsam den Kopf — „fabelhaft wunderbar."

„Nicht wahr, die Stimme," sagte Alexandrine, welche den Worten gehorcht hatte — „ich habe nie etwas Aehnliches gehört."

Eduard erwiderte noch immer Nichts und starrte nur die Sängerin an, so daß es selbst seinem Schwager zuletzt auffallen mußte. Gräfin Alexandrine und Frau von Fermont waren aufgestanden und zu der jungen Frau getreten und plauderten jetzt, durch das französische Lied angeregt, mit ihr in dieser Sprache und Eduard konnte indessen den Blick nicht von der lieblichen Erscheinung wenden.

„Nun, Eduard, Du bist ja ganz wie in einer Verzückung," lachte Galaz, indem er ihm die Hand auf die Achsel legte, „aber ich muß selber gestehen, daß ich etwas Aehnliches noch nicht gehört."

„Ich sage Dir, Rudolph," rief aber Eduard seine Hand ergreifend, „mir schwindelt der Kopf ordentlich — ich werde noch verrückt —"

„Oho," lachte der Graf — „so hat Dich der Gesang ergriffen."

„Ich habe gar nicht gehört, was sie sang."

„Was? — nicht gehört? — aber was hast Du nur, Du bist ja in einer merkwürdigen Aufregung."

„Diese Aehnlichkeit."

„Welche Aehnlichkeit."

„Der Dame mit — mit einer anderen Dame, die ich — die ich vor längerer Zeit gesehen. Wo um Gottes Willen stammt sie her?"

„Meine Frau sagt aus Frankreich, aber ich wüßte nicht, wo Du sie schon gesehen haben könntest, denn wie ich gehört, so ist sie erst vor wenigen Wochen nach Deutschland gekommen, und Du selber warst doch nie in Frankreich, wie?"

„Nein, nie," sagte Eduard, während seine Blicke noch immer fest auf der Dame hafteten, die ihm aber jetzt, im Gespräch mit Gräfin Alexandrine und Frau von Fermont, den Rücken zudrehte.

„Ich habe eine solche Aehnlichkeit bei zwei verschiedenen Personen nicht für möglich gehalten," sagte Eduard, noch ganz verstört. —

„Das kommt ja vor," lachte Galaz, „und vor vier=
zehn Tagen ist es mir genau so in der Residenz mit
einer vollkommen fremden Dame gegangen, die ich ge=
radezu wie eine alte Bekannte ansprach, und die mich
dann furchtbar kalt und stolz ablaufen ließ. Ich war
nur froh, als ich mich mit einer verlegenen Entschul=
digung zurückziehen konnte."

„Aber hier —" sagte Eduard — „das Gesicht hat
etwas Fremdes, ja, aber ich kann nicht sagen, worin
es liegt, und diese Augen, dieser Mund, das Haar,
der ganze Wuchs — nur etwas voller und eleganter.
Ich weiß, es ist nicht möglich und doch glaub' ich,
könnt' ich den Verstand verlieren, wenn ich lange in
ihrer Nähe sein müßte."

„Das wird wohl verschiedenen Leuten so gehen,"
lachte Graf Galaz, „denn sie hat wirklich etwas Be=
zauberndes, diese reizende Sirene. Aber komm, wir
dürfen uns hier nicht so lange flüsternd unterhalten.
Alexandrine hat schon ein paar Mal herüber gesehen."

Sie schlossen sich jetzt den Damen an und Frau
von Ostenburg erröthete tief, als Eduard sie anredete,
antwortete ihm aber unbefangen und frug ihn, da sie
gehört, daß er schon so weite Reisen gemacht, ob er
sich denn jetzt recht wohl und glücklich in der Hei=
math fühle, oder ob — wie das so oft der Fall sei

— die Unruhe ihn wieder hinaus in das wilde Leben dränge.

Und diese Stimme — Eduard war so befangen, daß er nur ganz verworrene, kaum verständliche Antworten gab, und endlich, ärgerlich über sich selber, gerade diesem liebenswürdigen Wesen gegenüber eine so unglückliche Rolle zu spielen, all seine Sinne zusammen nahm, und fest entschlossen war, sich nicht mehr von einem so wirren Wahn befangen zu lassen.

Die Unterhaltung kam dadurch besser in Gang, wurde aber immer noch in französischer Sprache geführt, die auch der jungen Frau von Fermont geläufiger, als die deutsche schien.

Indessen wurden Erfrischungen herumgereicht und Eduard benutzte den Moment. Seiner Schwester Arm ergreifend flüsterte er ihr leise zu:

„Du hast immer gewünscht meine Frau kennen zu lernen. Sieh sie denn, wie sie leibt und lebt.“

„Wen?“ frug Alexandrine erstaunt, „Frau von Ostenburg?“

„Denke Dir sie in Bauerkleidern — einfach und schüchtern.“

„Und d i e Frau hättest Du verlassen?“ sagte die Schwester kopfschüttelnd — „Deine Phantasie führt Dich jetzt irre.“

„Ich gebe Dir mein Wort!" rief der Bruder er=
regt — „jeder Zug ihres lieben Gesichts ist derselbe,
und doch auch wieder anders — schöner vielleicht,
charaktervoller, aber das Liebe und Gute in ihren
Zügen, die Grübchen — die Lippen — die Stimme
selbst — ich habe ihr wie ein Schulknabe gegenüber
gestanden —"

„Und auch ihre Stimme?"

„Wenn sie spricht, genau; nur der Gesang ist viel
klangvoller, und diese französischen und italienischen
Romanzen sind meinem Ohr fremd. Wenn sie nur
einmal ein deutsches Lied singen wollte."

„Ich werde sie bitten," sagte Alexandrine rasch
von ihm fort und zu der jungen Dame tretend — „Ach,
liebe Frau von Ostenburg," wandte sie sich an diese
— „mein Bruder dort, ein entsetzlich schüchterner
Mensch, wie sie sehen, aber leidenschaftlich für Musik
eingenommen, hat noch eine große Bitte an Sie!"

„Und womit kann ich ihm dienen?" lächelte die
junge Frau.

„Er bittet um ein ganz kleines, kleines — aber
deutsches Lied — Sie dürfen ihm aber nicht böse
deshalb sein."

Frau von Ostenburgs Blick haftete fest, fast weh=
müthig einen Moment auf Eduards Zügen — „Gern,"

flüsterte sie dann, wandte sich ab und trat wieder zum Instrument. Aber eine ganz eigene Bewegung schien sich auch ihrer jetzt bemächtigt zu haben. Ihr Busen hob sich stürmisch — ihre Finger berührten in weichen, klagenden Akkorden die Tasten und zwei Mal war es, als ob sie ansetzen wolle, und immer noch kam kein Ton über ihre Lippen.

Eduard stand am Tisch. Der Blick der Fremden war ihm durch Mark und Seele gedrungen, das Herz schlug ihm fast hörbar in der Brust.

Jetzt hatte sich die schöne Spielende gefaßt. Ihre Finger berührten leicht die Tasten in einem kurzen, schwermüthigen Vorspiel, mit den Anklängen eines bekannten Volksliedes, und jetzt sang sie mit leiser, oh wie zum Herzen sprechender Stimme:

> „Muß i denn, muß i denn, zum Städtle naus,
>> Städtle naus —
> Und Du mein Schatz bleibst hier —
> Wann i komm, wann i komm, wann i wiedrum komm,
>> wiedrum komm,
> Kehr i ein mein Schatz bei Dir —"

So sang sie den zweiten Vers: „Wie Du weinst, wie Du weinst, daß ich wandern muß" — leise, leise, kaum hörbar und erst anwachsend, als sie zur dritten Strophe kam:

> „Ueber's Jahr, über's Jahr wenn mer Träuble schneidt,
>> Träuble schneidt,

Stell ich hier mich wiederum ein —
Bin i dann, bin i dann Dein Schätzle noch —"

Die Sängerin schwieg plötzlich — kein Laut regte sich im Saal, aber Eduard seiner Sinne kaum mehr mächtig und seiner fast unbewußt, rief flüsternd:

„Henriette!"

Die Sängerin stand auf — sie sah leichenblaß aus.

„Gnädige Frau, Ihnen ist unwohl!" rief Graf Galaz bestürzt.

Sie schüttelte langsam den Kopf und wandte sich der Thüre zu — noch einmal suchte ihr Blick Eduard, der — wild zu ihr hinüberstarrend, mitten in der Stube stand — aber da hielt sie sich nicht länger.

„Eduard! Eduard!" rief sie, flog auf ihn zu, umschlang seinen Nacken mit wilder Leidenschaftlichkeit und preßte heiße, brennende Küsse auf seine Lippen.

„Henriette, mein Weib! mein Weib!" — mehr vermochte er nicht zu rufen. Er wußte nicht ob er wache, oder von einem wilden, fabelhaften Traume befangen sei — und selbst die Möglichkeit konnte er sich nicht denken, daß er jetzt lebe, daß er athme.

Graf Galaz — während die kleine lebendige Frau von Fermont vor lauter Freude und Rührung laut schluchzte — war kaum weniger erstaunt über diese Scene, als Eduard selber; aber Alexandrine löste ihm mit wenigen raschen Worten das Räthsel, und während er jetzt nur, überrascht und doch voller Bewunderung, das reizende junge Weib betrachtete, das sich mit solcher Energie und Ausdauer aus ihrer Sphäre herausgearbeitet, um jetzt eine Zierde der höchsten geworden zu sein, verließ seine Gattin leise das Zimmer.

„Und bist Du es denn wirklich, Henriette? Ist es denn möglich, daß Wunder noch auf dieser Welt geschehen?"

„Mein Eduard, Du böser, lieber Mann, und so lange — so lange hast Du mich verlassen können, bis ich selber kommen mußte, um Dich aufzusuchen!"

„Meine Henriette, und kannst Du mir vergeben? Aber schon sind meine Sachen gepackt, damit ich wieder in Deine Arme eile."

„Still, still, ich weiß Alles," sagte die herzige junge Frau, ihre Hand auf des Gatten Lippen legend, — „fürchte keinen Vorwurf von mir — ich weiß ja recht gut, daß ich nicht so zu Dir paßte, wie ich war. Erst jener Engel, Deine Schwester, hat mich Dir werth gemacht."

„Alexandrine?"

„Nachher Alles —"

„Und wo ist unser Kind?"

„Ou est donc Mama!" rief in diesem Augenblick

ein prächtiger kleiner, etwa fünfjähriger Bursch, der vor Alexandrinen in das Zimmer sprang und sich überall umsah.

Aber es ist nicht möglich, die Freude dieses Wiedersehens, den Jubel zu beschreiben, der die Herzen dieser guten Menschen erfüllte. Und was war jetzt Alles zu erzählen, und Eduard, seinen Knaben fest an sich gepreßt auf dem Knie, lauschte mit Thränen der höchsten Seligkeit in den Augen der fast wunderbar klingenden Mähr von Henriettens Reise nach Deutschland, ihrer Aufnahme bei seiner Schwester und dem Plan, den diese mit Frau von Fermont entworfen, die junge Frau heran- und auszubilden.

Und Alexandrine lehnte dabei das Haupt an ihres Gatten Schulter und flüsterte leise und lächelnd:

„Wer redete mir denn neulich einmal von Hauslauch, der auf Dächern und Mauerwerk wächst, und den man nie versuchen sollte zu veredeln — es würde nie eine Rose daraus werden? — Nun, mein Herr Gärtner?"

„Wenn Du Zauberkünste treibst, mein liebes Kind," sagte der Graf, sie an sich pressend, „dann freilich muß ich mich besiegt erkennen."

„Keine Zauberkünste," lächelte aber freundlich die Gräfin, „glaube mir Rudolph, jedes Märchen, jede

Frau hat das Zeug zu einer Dame in sich, wenn ihr
Gelegenheit geboten wird sich auszubilden — mit
Deinem st a r k en Geschlecht aber geb' ich Dir Recht,
aus einem Bauern wird sich nie ein Graf machen
lassen."

Eduard dachte jetzt natürlich nicht mehr daran,
Deutschland wieder zu verlassen, ja, Graf Galaz sel=
ber war Feuer und Flamme dafür, die junge Frau in
die Gesellschaft einzuführen. Anfangs zwar hatte das
junge Paar noch hie und da ein durch das frühere Ge=
rücht gewecktes Vorurtheil zu besiegen, aber die junge
Frau eroberte sich die Herzen im Sturm. Selbst die
Enkelburg konnte nicht lange diesem liebenswürdigen
Wesen widerstehen. Der alte Comthur war aller=
dings leicht und bald gewonnen; Hedwig aber, viel=
leicht gerade aus dem Grund, weil sie keinen Grund
angeben konnte, hielt sich noch am längsten scheu von
ihnen zurück. Henriettens natürliche und herzliche
Einfachheit, mit dem bescheidensten Auftreten gepaart,
trug jedoch zuletzt auch über sie den Sieg davon,
und jetzt ist in der kleinen Colonie von Rittergütern
kein Fest, kein fröhliches Beisammensein irgendwo
denkbar, wenn Henriette nicht dabei erscheinen kann.

Allerdings wollte Eduard, als er nur erst einmal
festen Boden gefaßt, auch die Eltern seiner Frau

herüber nach Deutschland ziehen, und dem Vater, der ein tüchtiger Landwirth war, eines von seinen Gütern übergeben. Die Mutter wäre auch wahrscheinlich gern gekommen, aber der alte Schuhmacher schlug jede solche Aufforderung hartnäckig ab. Er behauptete zwar immer nur, er hätte sich so an die Kakabusuppe gewöhnt, daß er nicht ohne dieselbe leben könne: er meinte aber mit derselben nur das freie unabhängige australische Leben, das er nicht mehr entbehren konnte und wollte. Er flickt allerdings für die australischen Bauern keine Schuhe mehr, aber er hat sich, von Benner dabei unterstützt, noch ein paar Sectionen Land zu seinem eigenen gekauft und ist jetzt einer der größten Weizenbauern im ganzen Tanunbadistrict.

Der Gevatterbrief.

Geschichte zur Warnung für Jedermann.

Der geheime Regierungsrath von Fischer in — saß Morgens in seinem Stubirzimmer, als der Diener ihm ein kleines zierlich gefaltetes Briefchen hereinbrachte, das keinen Poststempel trug.

„Von wem?" frug der Regierungsrath, zu gleicher Zeit die Papierscheere aufnehmend.

„Ein Bäckergesell hat ihn gebracht und bittet um Antwort."

„Ein Bäckergesell?" murmelte der würdige Mann vor sich hin, „was habe ich denn eigentlich mit einem Bäckergesellen zu thun?" Nichtsdestoweniger öffnete er das kleine Schreiben das seine richtige Adresse trug, und überflog den Inhalt.

„Hm, hm, hm, hm," schüttelte er aber dabei den Kopf — es mußte etwas ganz Absonderliches in dem Briefe stehen — „hm, hm, hm, hm, das ist doch merkwürdig — sehr merkwürdig — der Bursche soll warten," sagte er dann zu dem Diener, der sich mit einer Verbeugung verabschiedete und der geheime Regierungsrath, der sich doch nicht allein zu rathen wußte, stand auf und ging in das Zimmer seiner Frau hinüber, um dieser den etwas absonderlichen Inhalt des Briefes mitzutheilen. Der Inhalt war aber eigentlich gar nicht so absonderlich, sondern lautete nur einfach:

„Der Himmel hat meine liebe Frau, Sophie, vor acht Tagen mit einem gesunden, kräftigen Knäblein beschenkt und meine Bitte geht an Sie, verehrter Herr Regierungsrath, dasselbe am nächsten Sonntag aus der Taufe zu heben. Sie würden dadurch unendlich verbinden

Ihren
Ihnen gehorsamst ergebenen
Jacob Hellmann, Bäckermeister.

Die Taufe ist 11 Uhr Morgens, hohe Gasse Nr. 17, 1 Treppe."

„Sieh 'mal, Louise," sagte der Regierungsrath, als er das Zimmer seiner Frau betrat und ihr den Brief entgegen hielt. „Dieses Schreiben habe ich eben bekommen und der Bäckerbursche wartet auf Antwort."

„Ich habe Nichts bestellt," sagte die Frau Regie=
rungsräthin.

„Nein, die Sache betrifft auch kein Backwerk," er=
wiederte ihr Mann, „lies nur eimal den Brief."

„Um Gottes Willen, wie kommst Du dazu?"
rief aber seine Frau indignirt, als sie die Zeilen er=
staunt durchgelesen hatte — „laß' Du das die Leute
einmal merken, daß Du Gevatter stehst und Du kannst
die Kinder sämmtlicher Innungen aus der Taufe
heben."

„Hm, ja, das ist schon wahr — aber was soll ich
thun?" sagte ihr Mann verlegen.

„Was Du thun sollst? — danken; das ist eine
einfache Bettelei."

„Doch wohl nicht," schüttelte der Regierungsrath
bedenklich mit dem Kopfe, „der Bäcker Hellmann ist
einer der reichsten und angesehensten Bürger in der
Stadt; der Mann hat viel Geld und noch mehr
Freunde, ich begreife deshalb auch gar nicht, wie er
in dieser unglückseligen Geschichte gerade auf mich
fallen konnte; hm, hm, das ist mir doch ungemein
fatal."

„Aber ich sehe nicht ein, weshalb Du so große
Umstände machen willst," sagte seine Frau, „was kann
Dir der Bäcker Hellmann nützen?"

„Ja liebes Kind, das ist eine eigene Sache," meinte der Regierungsrath, „ich — ich möchte ihn doch auch nicht gerade vor den Kopf stoßen. — Dieß leidige Gevatterstehen ist doch eine furchtbare Einrichtung und trotzdem giebt es solche glückselige Menschen, die sich etwas derartiges noch zur Ehre rechnen und dadurch befangen genug werden zu glauben, sie ehrten den Eingeladenen ebenfalls."

„So werde krank an dem Tage."

„Das geht auch nicht," sagte der Regierungsrath kopfschüttelnd, „sieh nur den Datum an, es ist derselbe Abend an dem der Tannhäuser zum ersten Mal gegeben wird und wir müssen die Vorstellung, zu der ich für uns die Plätze schon bestellt habe, dann ebenfalls versäumen."

„Nein, das geht auf keinen Fall," sagte die Frau Regierungsräthin.

„Dann wird mir wahrhaftig nichts weiter übrig bleiben, als die Einladung anzunehmen," seufzte ihr Mann, „aber fünf Thaler gäb' ich darum, wenn ich wüßte, wer den Menschen auf den unglückseligen Gedanken gebracht hat, gerade mich zu wählen — und das kostet dabei wieder ein Heidengeld."

„Thu' was Du willst," sagte die Frau Regierungs-

räthin, „aber soviel weiß ich, wenn ich eingeladen
wäre, ich ginge nicht."

Ihr Mann schüttelte mit dem Kopf, ging noch ein
paar Mal mit auf den Rücken gelegten Händen im
Zimmer auf und ab und dann wieder zurück in seine
eigene Studirstube, wo er einen Briefbogen aus dem
Gefach nahm und schrieb:

Verehrter Herr!

Es wird mir zur großen Freude gereichen, Ihrer
Einladung zu dem glücklichen Feste — zu dem ich
Ihrer werthen Frau Gemahlin meine besten Glück-
wünsche darzubringen mir erlaube — Folge zu leisten.
Ich werde mich pünktlich einfinden und zeichne mich
indessen hochachtungsvoll als

Ihren
ergebensten Diener
Johann v. Fischer, geh. Regierungsrath.

Der Tag kam; Herr von Fischer hatte die nöthigen Erkundigungen eingezogen und seiner Mitge-
vatterin ein Körbchen mit sehr schönen Blumen und
Handschuhen gesandt. Die Feier selber fand im
Hause des Bäckermeisters statt und nach der Cere-
monie, zu der noch eine Anzahl Gäste geladen war,
führte Herr Hellmann, der seinen Gevatter auf's
Herzlichste empfangen hatte, sämmtliche Eingeladene

in das Speisezimmer hinüber. Die Tafel war gedeckt und brach fast unter der Last der Speisen und
Getränke; der geheime Regierungsrath hatte den
Ehrenplatz am Tische und da der Wein ausgezeichnet
und von Fischer ein Kenner war, fing er sich nach der
ersten halben Stunde schon an wohler, und nicht lange
nachher auch behaglich zu fühlen. Die etwas gemischte Gesellschaft bestand dabei aus höchst liebenswürdigen, jovialen Menschen und es wurde erzählt
und gelacht und ein Toast nach dem anderen ausge-
bracht; ja der Regierungsrath, der den ersten auf das
Wohl der Wöchnerin getrunken, thaute ordentlich auf;
er lachte und erzählte mit und amüsirte sich vortrefflich.

Gegen das Ende der Mahlzeit stand auch Herr
Hellmann auf, hob sein Glas und ließ den Herrn Regierungsrath und seine werthe Familie leben, und wie
derselbe jubelnd getrunken war, ging er zu seinem Gast
um den Tisch herum, um mit ihm anzustoßen, rückte sich
dann einen Stuhl zu ihm und es entspann sich bald ein
kleines Gespräch über Mahlzeit und Wein, worin der
Regierungsrath sein Entzücken über beides ausdrückte,
und überhaupt versicherte, sich nicht der Zeit erinnern
zu können, wo er sich so gut unterhalten habe.

„Nun das freut mich wirklich herzlich, daß es
Ihnen bei mir gefällt," sagte der Bäckermeister.

„Nein wahrhaftig, mein guter Herr Hellmann, es ist Alles vorzüglich, außerordentlich — aber — aber eine Frage erlauben Sie mir wohl?"

„Bitte, mit dem größten Vergnügen, Herr Regierungsrath, wenn ich sie irgend beantworten kann."

„Es ist mir eine Ehre gewesen, Ihren kleinen Burschen von Sohn aus der Taufe gehoben zu haben, wir essen und trinken hier ausgezeichnet, wir amüsiren uns, wie man sich nur amüsiren kann, aber —"

„Aber?"

„Aber sagen Sie mir doch, mein guter Herr Hellmann," fuhr der Regierungsrath fort, den neben ihm Sitzenden dabei freundlich auf das Knie klopfend, „wie sind Sie gerade auf mich zum Taufpathen gefallen? — ich habe mir schon den ganzen Tag den Kopf darüber zerbrochen und kann es doch unmöglich meinen geringen Verdiensten, dem Staat gegenüber, zuschreiben."

„Hm, Herr Regierungsrath," lächelte Hellmann still vor sich hin, „das hat eine eigene Bewandtniß und ich sehe keinen Grund ein, sie Ihnen zu verheimlichen."

„Wäre mir lieb," sagte der Regierungsrath.

„Ich weiß nicht einmal, ob Sie sich meiner von früher noch erinnern —"

„Glaube kaum früher das Vergnügen Ihrer persönlichen Bekanntschaft gehabt zu haben."

„Doch, doch," sagte Hellmann, „besinnen Sie sich auf den letzten Winter, wo wir einmal zwei Tage hintereinander so entsetzliches Glatteis in der Stadt hatten."

„Ja allerdings — es kamen auch mehrere Unglücksfälle damals vor."

„Ganz recht — an einem von diesen Tagen ging ich Vormittags an Ihrem Hause vorüber, dessen Parterre Sie bewohnen; Sie standen am Fenster und sahen auf die Straße hinaus und demselben gerade gegenüber rutschte ich aus — die Füße glitten mir unter dem Leib fort und ich fiel der Länge nach hin."

„Das waren Sie?" rief der Regierungsrath, noch in der Erinnerung an den Augenblick lächelnd.

„Das war ich, mein bester Herr und wie ich mich nach Ihnen umdrehte — und ich hatte mir weh gethan — wollten Sie sich ausschütten vor Lachen."

„Hahahaha," lachte der Regierungsrath, „das sah auch wirklich zu komisch aus, die Beine kamen Ihnen mit einem ordentlichen Ruck in die Höhe."

„Ja allerdings," sagte Herr Hellmann, ohne jedoch in das Lachen mit einzustimmen, „an dem Morgen aber schwor ich es mir: dem Regierungsrath spielst

Du für das Lachen einmal einen Possen, wo sich die erste Gelegenheit dazu bietet — und die habe ich mir auch nicht entgehen lassen."

Der Regierungsrath nahm die Sache natürlich als Scherz auf, und lachte daß ihm die Thränen in die Augen kamen; amüsirte sich auf wohl noch eine Stunde vortrefflich, wo er dann nach Hause mußte um das Theater nicht zu versäumen. Er tritt aber von der Zeit an bei Glatteis nie mehr an's Fenster, denkt gar nicht daran zu lachen, wenn er Jemanden hinfallen sieht, und seine Frau weiß heut noch nicht, weshalb er damals zu Gevatter gebeten wurde.

Ein Ausflug in Java.

Am 14. Januar Morgens ritt ich mit Herrn Blumenberger, der in Geschäften nach Batavia gekommen war, nach Tjipamingis hinauf. Gerade mit Sonnenaufgang verließen wir die letzten Landhäuser, und einen schmalen Fuß- oder Reitpfad annehmend, der durch eine weitläufige Cocosgartenanpflanzung führte, erreichten wir die freien Reisfelder, durch die ein enger Weg, bald durch, bald an Gräben hin, jetzt über eine Strecke hohen trocknen Landes, jetzt wieder durch niedere sumpfige oder künstlich überschwemmte Gegenden führte.

Es war ein wunderherrlicher Morgen, die Gipfel der schwankenden im Wind rauschenden Cocospalmen, des schönsten, stolzesten Baumes, den die Tropenwelt geschaffen, glühten von den ersten Strahlen der jungen Sonne geküßt; über das niedere Land zogen noch dünne duftige Nebelstreifen, hier sich wie zum Spiel um eine hohe Gruppe dunkellaubiger Manga's sammelnd, dort, von irgend einem Luftstrom erfaßt, wie ein Milchbach rasch ein enges Thal hinabfließend. Hier herrschte auch Leben in der Flur; dann und wann flog zwitschernd und scherzend ein muntrer Schwarm von buntgefiederten Reisvögeln in die niebern, die Felber umwachsenden und den Weg hier und da begränzenden Büsche, wenn ein Ulang-Ulang vielleicht, dicht über ihnen wegstreichend, sie aufgescheucht hatte von ihrem Morgenschmauß. An den feuchten Rainen saßen kleine weiße ernsthafte Kraniche und schauten neugierig in das zu ihren Füßen leise quillende Wasser nieder, und über ein dann und wann trockenes Feld schritt wohl ein langbeiniger Bangun, eine Art Storch mit riesig dickem Schnabel und schwerfälligem Kopf, sich mühsam rechts und links nach den vorbeispringenden Pferden umschauend, ob sie ihn nicht auch etwa in seinem Morgenspaziergang stören und ihm die schöne Frühzeit verderben wollten.

In den Reisfeldern wurde es ebenfalls lebendig, Schaaren von Mädchen kamen aus den einzelnen Baumgruppen, in denen versteckt ihre Hütten lagen, heraus, ihr mühsames Tagewerk mit Pflanzen zu beginnen, und hier und da schlenderte langsam ein junger

Burſch mit ſeinen beiden Karbauen heran und in den Schlamm der noch nicht zugerichteten Felder hinein, zu pflügen oder zu eggen.

Der Reis iſt die Hauptnahrung nicht allein des Javanen, ſondern faſt aller indiſchen Völker, und der Reisbau deshalb eines ihrer wichtigſten, nothwendig= ſten Beſchäftigungen.

Man baut hier auf Java zwei Arten von Reis, den naſſen und trocknen. Das hauptſächlichſte Handels= product liefert der naſſe Reis, die Eingeborenen ziehen dagegen für ihren eigenen Bedarf den trocken ge= zogenen — und unter dieſem wieder den r o t h e n Reis vor, der nahrhafter und wohlſchmeckender ſein ſoll, als der andere, der nicht ſo verkäuflich iſt wie dieſer. Einzig und allein dürfen ſie ſich aber auch nicht auf ihre trocknen Felder, die in der Anlage mit unſern Weizenfeldern Aehnlichkeit haben, verlaſſen, denn eine ſehr trockene Jahreszeit könnte ihnen leicht eine Miß= ernte bringen, während der andere, durch lebendige Quellen und Ströme bewäſſert, weniger oder doch nicht ſo allein, von dem Regen abhängig iſt.

Die hauptſächlichſte und mühſamſte Arbeit beim n a ſ ſ e n Reis, d. h. ſolchem, der nicht allein im Waſ= ſer gepflanzt wird, ſondern auch faſt bis zur Reife mit den Wurzeln unter Waſſer gehalten werden muß,

iſt jedenfalls die Herſtellung der Felder ſelber, die
vollkommen eben angelegt, und einzeln mit Rändern
oder Rainen umgeben ſein müſſen, um das Waſſer ſo=
wohl darin zu halten, als auch gleichmäßig zu verbrei=
ten. Natürlich findet ſich in dieſen bergigen oder auch
nur wellenförmigen Ländern ſelten eine Strecke Land,
ſelbſt nur von einem Acker groß, deren Fläche vollkom=
men wagrecht wäre, oder mit nur einiger Mühe dahin
gebracht werden könnte. [...] natürliche Folge davon
iſt denn, daß die Fel[der] klein angelegt und lieber
mehrere tiefer und t[...] laufende Abtheilungen oder
Schichten gegraben [...] müſſen, u[...] er
nach allen Seiten [...]mäßig verbreiten [...]
[...]u können.

    Um dieſe Feld[er] ebnen und aufzu[...]
[...]chen die Java[nen ei]ne breite, und [...]
[...] weitem anſieht, [...]nbar ſehr ſchwere H[...]
Javane hat aber v[...] viel Liebe für ſeine
Gliedmaßen, als d[aß e]r ſich wirklich mit ſ[...]
Werkzeugen nur irge[nd] einlaſſen ſollte. Die[...]
beſteht aus dem leichte[n] Holz, mit einem Sti[...]
man ohne die geringſte M[üh]e zwiſchen den Hän[...]
nicht einmal vor dem Knie — durchbrechen könnte[...]
nur vorn an der Schneide liegt ein dünner, ſehr b[...]
und ſchmaler langer Stahl, um dadurch dem [...]

zeug doch eine Schneide zu geben. Das sämmtliche Eisen an der ganzen Hacke wird nicht über ein Viertel- pfund wiegen.

Ist das geschehen und von abgeschlagenem Rasen ein etwa Fuß hoher und ebenso breiter Damm oder Rand um dasselbe gelegt, dann wird das Feld gepflügt. Ich glaube aber, sie lassen schon v o r dem Pflügen Wasser hinein, um diese Arbeit leichter in dem sonst wohl etwas schweren Boden verrichten zu können, und gehen erst mit dem Pflug hin[ein], wenn sie die Erde in eine Art Schlamm verwandel[t ha]ben. Sehr oft sah ich sie [wenigs]tens in solchem Sch[lamm], aber nie in trocke- nem [Sta]ube, ausgenommen [wen]n zu trockenem Reis besti[mmt]en Feldern pflügen.

H[ab]en sie den Boden gehö[rig] [a]ufgerissen, so kommt die Egge hinein — ein schw[erf]älliges Instrum[ent] nicht wie unsere Eggen, sonde[rn] nach Art der Culti- vatoren gebaut, und nur au[s] zwei Schenkeln be- stehend, die vorn zusammenla[uf]en und ziemlich einen rechten Winkel bilden. In [d]iesen stecken zehn oder zwölf starke hölzerne und etwas zugespitzte Zähne, und, um dem Ganzen noch etwas mehr Schwere zu geben, und die Zähne tiefer in den Schlamm hineinzudrücken, setzt sich der junge Bursch, der die Karbauen gewöhnlich treibt, sehr häufig oben auf seine Egge drauf und läßt sich in dem Brei spazieren fahren.

Was die Saat des Reis anbetrifft, so geschieht die erst in besonders dazu hergerichtetem Feld, wie wir z. B. in Deutschland den Kraut= oder Kohlsamen säen. Er schießt dort dicht, Halm an Halm gedrängt empor und wird nur, sobald er die gehörige Reife erreicht hat, herausgenommen und büschelweis, d. h. immer drei, vier oder fünf Halme zusammen, von Menschen= händen in die nassen, unter Wasser stehenden Felder gepflanzt. Diese Arbeit besorgen fast allein Mädchen, ich habe wenigstens nie Knaben damit beschäftigt ge= sehen; sie nehmen sich eine tüchtige Hand voll der klei= nen Pflanzen und drücken sie einzeln, ohne weiter ein Loch dazu bohren zu müssen, wie das bei den Kraut= pflanzen in trockenen Feldern der Fall ist, in den wei= chen Schlamm in ziemlich regelmäßigen Entfernungen und Reihen ein.

Von jetzt ab haben sie weiter nichts mit dem Reis zu thun, bis er reif ist, als einmal vielleicht, nach eini= gen Wochen durchzugehen und das dazwischen wuchernde Gras und Unkraut auszuziehen. Die Arbeit ist aber in sofern, obgleich nicht sehr hart, doch unangenehm und beschwerlich, da die Pflanzenden den ganzen Tag in dem fast fußtiefen Schlamm und in der heißen,

durch nichts abgehaltenen Sonnenhitze, gebückt um=
hersteigen müssen.

Solche frisch angepflanzte Felder mit ihren hell=
grünen, fast durchsichtigen Reispflänzchen, haben ein
höchst freundliches Ansehen, und wo besonders in den
einzelnen Abdachungen ältere und dadurch dunkler ge=
wordene Gefache, wie man fast sagen könnte, mit die=
sen abwechseln, thun die verschiedenen oft wie in regel=
mäßigen Zeichnungen ausgestreuten Farben dem Auge
unendlich wohl.

Das Schneiden des Reises bewerkstelligen sie auch
auf eine ganz eigene Art; die Frauen, welche diese Arbeit
wieder meist allein besorgen, haben eine besondere Art
von Messern oder Instrumenten dazu, womit sie j e d e n
H a l m e i n z e l n abknipsen, es geschieht dies aber mit
einer solchen Uebung und Gewandtheit, daß sie doch
eine sehr bedeutende Strecke in einem Tag beendigen
sollen. Die reifen Halme werden mit dem Stroh
etwa fünfviertel Fuß lang abgeschnitten und in kleine
starke Büschel gebunden, die sie dann, die Aehren
herunterhängend, zu Markte tragen.

Eine Hauptnoth haben die Javanen von der Zeit
an, wo der Reis zu reifen anfängt und eine wahrhaft
unzählbare Schaar von Reisvögeln, seinem grimmig=
sten Feind, oder vielmehr liebstem Freund, herbei=

lockt. Dann muß die ganze junge Bevölkerung auf
die Beine, und von früh bis spät mit allerlei entsetzlichen Lärminstrumenten und Scheuchmaschinen thä-
tig sein.

Eine besondere Art dieser letzteren, die ich vorzüglich auf dem Wege von Batavia nach Buitenzorg sah,
besteht darin, daß in gewissen Entfernungen in den
Reisfeldern kleine, auf hohen Baumstangen ruhende
Hütten oder vielmehr Körbe, mit einem Schutzdach
gegen Sonne und Regen errichtet sind, in denen Knaben von sechs bis zehn Jahren auf der Lauer sitzen.
Von diesen Körben aus, wo sie jeden Theil der in
ihrer nächsten Umgebung liegenden Felder leicht über-
sehen und überwachen können, gehen aus Cocosnuß-
fasern dünn gedrehte Seile nach den verschiedenen
Theilen und stehen dort mit einem aufgesteckten Cocos-
blatt oder sonst einem vorragenden, leicht beweglichen
Gegenstand in Verbindung. Lassen sich nun irgendwo
in ihrem Bereich Reisögel oder sonst dem Getreide
nachtheilige Thiere blicken, so ziehen sie nur einfach
in etwas raschen Zuckungen an der dort hinausführen-
den Schnur, und die scheuen Thiere fliehen, sobald
sie so ganz urplötzlich etwas anscheinend Lebendes in
ihrer Nähe sich bewegen sehen, rasch in's Weite.

Wo sie diese Hütten nicht haben, laufen die Jungen

mit wahrer Todesverachtung den ganzen Tag mit rie=
figen Schnurren in den Feldern herum, die fie von
nur einem etwas gebogenen Bambusstab anfertigen
und die ein fchmähliches Geräufch machen. Aehnliche
Inftrumente befeftigen fie auch auf hohen Bambus=
ftangen und überlaffen den Lärm dem Winde, der fich
auch gewöhnlich ein Vergnügen daraus macht, ihnen
zu willfahren. Den größten Spektakel aber und einen
wahren Heidenlärm, der genau wie das tolle Brüllen
eines wild gewordenen Stieres klingt, macht ein etwas
abgefchorenes Cocospalmblatt, das gerade fo aufgefteckt
wird, daß der Wind fchräg in die ftarren emporra=
genden und an einanderfchlagenden Blattabtheilungen
oder Zweigblätter hineinweht. Mag er dabei fo ftark
blafen wie er will, er wird nie aus folchem Blatt ein
gleichmäßiges Geräufch herausbringen können. So=
bald es nur ein klein wenig aus der nöthigen Richtung
tritt, muß der tönende Lärm aufhören, der aber augen=
blicklich und zwar mit voller Stärke einfetzt, fobald es
die frühere Stellung annimmt. Dadurch macht er
aber auch den meiften Effect auf die Reisdiebe, weil
er nicht in einem fort tönt, fondern nur manchmal
in unregelmäßigen Zwifchenräumen und wie ihn gerade
der Wind faßt, einfetzt, dann aber mit einer Kraft,
daß ich felber fchon zufammengefahren bin, wenn ich

mich gerade unter solch einer Reisklapper befand, ohne sie früher beachtet zu haben.

Die Reisscheuen sind kleine eigenthümlich geflochtene Gebäude, vielleicht zehn bis zwölf Fuß hoch, acht Fuß lang und sechs bis sieben Fuß breit, nach unten etwas spitz zulaufend und mit hölzernen Füßen, wie ein richtiger Tragkorb. Sie können, wenn sie leer sind, leicht von einem Ort zum andern gewechselt werden und stehen wenn aufgestellt, mit diesen Füßen immer auf untergelegten Steinen. Das Dach ist ebenfalls von Bambus geflochten und gewöhnlich mit den schwarzen Fasern der Arenpalme gedeckt.

Bei dem Reis darf ich aber auch nicht vergessen, des nützlichsten und von den Eingeborenen ungemein geschätzten Karbau, oder besser Malayisch, Karbo Erwähnung zu thun.

Diese Karbo's oder Büffel gehören gewissermaßen mit zu einer javanischen Familie, und so sehr der Javane das Schwein, als ein unreines Thier, verababscheut, so zärtlich liebt er den schmierigen, fast stets mit Schlamm bedeckten Karbo, mit dem der Knabe gewissermaßen aufwächst und in die Schule geht. Schon das Aussehen dieser Thiere ist merkwürdig — sie haben fast gar keine Haare und eine Art Elephantenhaut, die nur in der Farbe wechselt, denn manche sind grau, wie jene, andere aber auch wieder, und ein fast ebenso großer Theil vollkommen fleischfarben, weshalb sich einige Deutsche hier neulich ein Vergnügen daraus gemacht haben, einem gerade anwesenden Schiffscapitain weiß zu machen, diesen Karbo's würde jedes Jahr die Haut abgezogen, weshalb sie auch keine Haare hätten und einen Theil im Jahr noch fleischfarben und den andern dann wieder grau aussähen. „Es ist wunderbar," war Alles, was er sagen konnte.

Ihre Hörner, die oft eine unverhältnißmäßige Größe erreichen, biegen weder zurück noch vorwärts, sondern stehen in gerader Linie mit dem Vorkopf, so daß man, wenn man ein Lineal fest von der Nase über die Stirn des Thieres weglegte, die nach oben wieder zusammenlaufenden Spitzen der Hörner dadurch ebenfalls berühren würde. Da sie die Nase fast immer vorgestreckt halten, so liegen die Hörner dadurch natürlich vollkommen zurück, und es giebt ihnen das mit den kleinen Schweinsaugen und dem halboffenen Maul ein wirklich rechtswidrig dummes Gesicht.

Die Thiere sind aber gar nicht so dumm und wissen sich wohl recht gut, wenn das nur irgend ausführbar ist, von Arbeit und Quälerei wegzudrücken. Ueber dieselben haben nun gewöhnlich die Knaben die Oberaufsicht und es ist merkwürdig, was für eine gegen-

seitige Zuneigung zwischen den Beiden aufwächst. So
wenig sich der Javane aus einem Pferd macht, und so
sorglos und ohne Abwartung er dasselbe, selbst nach
starkem Ritt laufen läßt, so äußerst ängstlich geht er
dagegen mit diesen plumpen Geschöpfen um, und die
Jungen sind ewig beschäftigt, sie in die Schwemme zu
führen und abzuwaschen; was nebenbei gesagt, eine so
nutzlose als undankbare Arbeit ist, da die Thiere sich
kaum rein abgestriegelt und gespült fühlen, als sie auch
schon wieder mit einem grenzenlosen Wohlbehagen im
Schlamm liegen, und sich mit ihren schaufelartigen
Schnauzen das kühlende, natürlich dickschmutzige Wasser über den Rücken werfen.

In dem Schlammwasser aber, wie draußen zur
Weide gehend oder zu Hause ziehend, liegt der Knabe,
der die Aufsicht über die Thiere hat, mit dem Bauch
auf seinem Lieblingsbüffel, streckt die dünnen braunen
Beine hinten in die Höh', und jauchzt vor Lust und
Vergnügen. Jemehr verschiedene Gespanne zusammen sind, desto größer ist die Freude, gehen sie dicht
gedrängt, so wälzt sich das fröhliche Völkchen oft von
einem zum andern, ohne daß sich die geduldigen Thiere
auch nur im mindesten ungeberdig darüber zeigten;
selbst beim Grasen bleiben sie oben liegen und manchmal sehr zum Aerger eines kleinen, Staarartigen Vo-

gels, den die Balinesen Tjulik nennen (der malayische
Name ist mir entfallen) und der sich ebenfalls, wenn
der junge Javane einmal absteigen sollte, am liebsten
auf dem Rücken des Karbo's aufhält, und ihm das
Ungeziefer absucht, womit Karbo ebenfalls vollkommen
einverstanden ist. Die unbepflanzten Reisfelder sind
mit ihrem Schlamm eine wahre Erholung für diese
Thiere, so lange sie nämlich nicht darin pflügen und
eggen müssen, und sie wälzen sich ganze Tage lang aus
einem in's andere.

Eine anstrengende Arbeit hat der Karbo oder Büffel übrigens im Karrenziehen, was nach dem Reisbau
eine der bedeutendsten Beschäftigungen für ihn ist.
Auf oder vielmehr an der Hauptstraße — denn neben
den Hauptchausseen läuft noch ein Nebenweg, stets zer-
fahren und aufgewühlt, der nur für die Ochsenkarren
der Javanen bestimmt ist — begegnet man oft ganzen
Zügen von zwanzig bis fünfzig zweiräbrigen Karren,
die sich quietschend und schreiend auf den holprigen,
schlammigen Straßen dahinwälzen, während doch daneben ein Weg geht, auf dem sie sich mit Leichtigkeit
fortbewegen könnten, den sie aber nicht betreten dürfen. Die Karren selber sind leicht genug, von Bambus stark geflochten und mit einem eben solchen Bam-
busdach, wie zwei zusammengestellte Kartenblätter der

Form nach, gedeckt. Vorn hängt, wahrscheinlich der Melodie wegen, eine Glocke, denn die Javanen halten ungemein viel von solch eintöniger, schreiender Musik. Das Gekreisch dieser Wagen ist dabei entsetzlich; die Räder sind, vielleicht vier bis fünf Zoll dick und etwa vier Fuß im Durchmesser, aus grobem Holz geschlagen, und werden natürlich nie geschmiert, so daß man sie oft Meilen weit hören kann. Ganz in der Nähe hat selbst dies Gequietsche aber, mit seinen theils hoch theils tief gestimmten Rädern eine Art Melodie, für die die Javanen jedenfalls Gehör haben und auch ein gewisses Interesse empfinden müssen. Im Lande wurde eine Anecdote von einem Orang gunung oder Bergmenschen erzählt, der zum ersten Male eine Harmonika spielen hörte, und auf die Frage, ob ihm die Musik gefalle, zur Antwort gab: „Ausgezeichnet — es klingt beinah so wie unsere Wagen."

Diese Karren fahren sämmtliche, im Lande gezogenen Produkte in die nächsten Städte oder nach den Küsten hinunter, und die Karbo's sind in ein Joch gespannt, das Aehnlichkeit mit dem amerikanischen hat, aber lange nicht so praktisch ist. Es besteht nur aus einem geraden, runden Stück Holz, an das der Hals der Thiere durch ein gebogenes und wieder eingeschobenes Stück Bambus oder biegsamen Holzes festgehalten wird. Weil aber das Holz oder Joch eben gerade ist, so kann der Nacken der Thiere nur gegen einen einzelnen, den mittelsten Punkt drücken, und sie sind deshalb auch gar nicht im Stande, ihre ganze Stärke dabei anzuwenden, während der eine kleine Theil ihres Körpers, gegen den das ganze Gewicht liegt, leicht ermüden und schmerzen muß. Das amerikanische Joch dagegen ist unten, nach dem Nacken des Thieres rund ausgeschnitten, so daß dieser vollkommen darin liegt und von allen Seiten gleich stark dagegen preßt, was ihnen die Arbeit ungemein erleichtert und sie weit mehr leisten läßt.

Die Javanen haben aber außerdem noch eine eigene Manier, ihre Büffel zu leiten; sie befestigen ihnen nämlich ein dünnes Seil durch den Nasenknor= pel, mit dem sie das Thier leicht führen und lenken können, besonders, wenn sie oben auf sitzen. Einge= spannt, treiben sie es nur mit der Peitsche.

Unterwegs hatten wir mehre kleine Flüsse zu kreu= zen, die von dem letzten Regen bedeutend angeschwellt waren. Ueber den einen kamen wir mit dort von Javanen bereit gehaltenen Canoes, und ließen die Pferde hinüberschwimmen, an andern aber waren keine Canoes, und die Ufer so steil und schlammig, daß der Uebergang bei hohem Wasser eben nicht angenehm,

und manchmal wohl sogar gefährlich wird. Hierüber
war allerdings etwas weiter unten eine Brücke geschlagen, aber nur von Pfosten und mit geflochtenen
Bambusmatten gedeckt, ohne die geringste Stütze
darunter. Solche Bambusmatten halten auch vortrefflich, so lange der Bambus eben noch jung und
frisch ist, wird er aber erst einmal alt, dann bricht er
ungemein leicht und ist dann für Pferde eine höchst ge-
fährliche Passage.

Es blieb uns aber nicht gut ein anderer Ausweg,
als die Brücke zu nehmen, wir mußten von zwei Uebeln
das kleinere wählen, und gebrauchten nur die Vorsicht,
vorher abzusteigen und die Pferde zu führen. — Es
war ein häßlicher Platz — die Brücke etwa zwanzig
Fuß hoch über dem Wasser, und nichts als die dünne
bröckliche Matte darüber — brach ein Pferd ein, so
war es verloren. — Mein Begleiter, der voran ging,
kam aber gut hinüber, sein Pferd trat nur zweimal
durch und fand immer wieder eine feste Stelle. Ich
folgte aber nicht hinter ihm, denn die eben eingetrete-
nen Plätze machten es dort nur noch schwieriger,
hinüber zu kommen — ganz an der Seite schien mir
der beste Platz. Das Pferd mochte aber wohl merken,
welche fatale Stelle es zu passiren hatte, und wollte
im Anfang gar nicht hinüber; erst als es sah, daß es

nicht anders ging, machte es plötzlich einen Satz und
sprang, den günstigsten Fleck sich dabei aussuchend,
nach vorn, während es zu gleicher Zeit mit beiden
Hinterbeinen durch die Matte brach. Glücklicher
Weise hatte es mit den Vorderhufen festen Halt, gerade
hinter einem der Querbalken und sein volles Gewicht
auf diese werfend, gelang es ihm, die Hinterbeine
wieder mit einem plötzlichen Ruck in die Höhe und zu
den Vorderfüßen zu bringen — noch ein Satz und
wieder krachte der trockene mürbe Bambus, diesmal
aber nur an einer Stelle, das Pferd gewann wieder
festen Fuß und war mit dem dritten Sprung auf dem
erst später gelegten und sicheren Theil der Matten. —
Wir waren glücklich hinüber, ich versprach mir aber,
und wenn ich durch sechs Flüsse hindurch schwimmen
sollte, nie wieder über eine solche Brücke mit einem
Pferde zu ziehen.

Gegen Mittag erreichten wir eine andere Farm,
wo ein Holländer Aufseher war. Dies Gut gehörte
einem im Land aus gemischter Ehe geborenen sogenann=
ten Liplap, der sich durch sein lieberliches, oder viel=
mehr verschwenderisches Leben einen ordentlichen Na=
men erworben hatte. Der gute Mann verzehrte, ich
weiß nicht wie viel hundert tausend Gulden jährlich,
und stak dabei doch fortwährend dermaßen in Schul=

ben, daß ihm jetzt nun schon zum zweiten Mal Cura=
toren gesetzt waren, um seine Gläubiger sicher zu
stellen und zu befriedigen.

Nach Tisch brachen wir wieder auf, Tjipamingis
noch vor dem gewöhnlich spät Nachmittags eintreten=
den Regen zu erreichen, und jetzt kamen wir auch, aller=
dings noch in circa sechs bis sieben Meilen Entfernung
von Klapanunga, an dem Orte vorbei, wo in den klei=
nen niederen, von dem Hauptrücken des hier jedoch
schon abflachenden Gebirges, auszweigenden Hügeln,
die indischen Schwalben in tief in die Berge gehenden
Höhlen ihre eßbaren und so theuer bezahlten Nester
bauen.

Unterwegs kamen wir noch durch einen kleinen
Kampong, wo auch allwöchentlich ein pasar oder Markt
gehalten wird — und wo wir bei einem behaglichen
alten Burschen von Chinesen abstiegen, eine Tasse Thee
tranken und einige eingemachte Früchte dazu aßen.
Die Art, wie die Chinesen Thee trinken, hat etwas
Besonderes   zuerst haben sie enorm kleine Kannen und
Tassen, die in einem Theebret stehen, auf dem, durch
das fortwährende Einschenken, schon immer eine Quan=
tität herumschwimmt. Die kleinen Tassen werden
vollgeschenkt, sowie aber der Gast nur die Hälfte da=
von getrunken hat, steht auch der Wirth oder die

Wirthin schon da, und füllt sie wieder voll. Sie brauchen ebenfalls Zucker dazu, aber keine Milch. Ihre eingemachten Früchte sind vortrefflich und sie benutzen dazu, auf sehr geschickte Weise, Alles was ihnen nur vorkommt. Besonders zu lieben scheinen sie eine kleine Gattung wachsartiger Beeren, die sie vortrefflich zu präserviren wissen.

Von hier ab betraten wir die Hügel, die wir bis jetzt nur zu unserer Rechten gehabt, bald ritten wir durch ein freundliches Thal, bald an weiten Hügelrücken hin, auf deren Flächen grünender Radjang tjina, Bohnen, Ananas und trockene Reisfelder lagen.

Die Radjang tjina oder chinesische Radjang-Bohne wird hier ungemein viel gezogen und hauptsächlich dazu gebraucht, Oel daraus zu pressen, doch schmecken die Bohnen auch geröstet vortrefflich und sind eine Lieblingsspeise besonders der Kinder. Diese Radjang tjina ist übrigens dieselbe Frucht, die in den südlichen Theilen Nord-Amerika's unter dem Namen Erdnuß bekannt, auch manchmal nach Deutschland hinüber verschickt wird, dort aber schon meistens ranzig schmeckt. Sie werden in Reihen gepflanzt und die Nuß oder Bohne, wie sie hier genannt wird, wächst als Knolle in der Erde und hat einen vollkommen nußähnlichen Geschmack. Sie soll das Land sehr bedeutend ausziehen, wenn zwei Jahre auf ein und derselben Stelle gebaut, während sie dagegen dem Boden im ersten Jahre eher Nutzen als Schaden bringt.

Ziemlich spät am Nachmittag, und als eben die ersten Regen einsetzten, erreichten wir endlich Tjipa= mingis, das eine höchst freundliche Lage am Ufer eines kleinen Bergstroms und am Fuße eines gerade dicht dahinter ziemlich steil und malerisch aufsteigenden und dicht bewaldeten Berges hat. Rings von Hügeln eingeschlossen, liegt es dabei wie in einem Kessel und seine freundlichen, dicht von Fruchtbäumen überschatte= ten Dächer und wehenden Palmen geben ihm einen höchst lieblichen Anblick.

Der Weg führte steil und schnurgerade durch und hinunter, und die Pferde liefen was sie nur ausgreifen konnten, denn sie wußten es ging nach Haase.

Das Innere der Wohnung war übrigens ächt Indisch — ein europäischer Mann, eine chinesische Frau und ein javanisches Kind — man findet das hier im Lande ungemein häufig und die Chinesinnen sollen gewöhnlich recht gute Frauen werden.

Der Heimathschein.

Erstes Capitel.

Was der Traubenwirth dazu sagte.

„Meinen Segen habt Ihr, Kinder," sagte der
Traubenwirth in dem thüringischen Dorfe Wetzlau,
indem er dem jungen Barthold derb die Hand schüt=
telte, während Lieschen, seine Tochter, ihren Kopf an
der Mutter Schulter legte. „Du bist ein braver
Bursch, Dein Vater hat ein hübsches Gut, und ich
denke, Ihr werdet schon mit einander auskommen.
Arbeiten habt Ihr ja alle Beide gelernt, und das ist
und bleibt doch immer die Hauptsache; so macht denn
Hochzeit, wann Ihr eben wollt, Hans. Das Uebrige
werd' ich schon mit Deinem Vater in Richtigkeit
bringen."

Vorher wird es aber auch nöthig sein, daß wir
uns die Leute einmal betrachten, mit denen wir hier
bekannt werden, und das ist bald geschehen, denn wir

haben es keineswegs mit etwa besonderen oder außer-
gewöhnlichen Menschen zu thun.

Christoph Erlau, oder der Traubenwirth, wie er
gewöhnlich genannt wurde, da sein Gasthof „zur golbenen Traube" hieß, war eigentlich ein Metzger, der
sich in Wetzlau niedergelassen und durch Fleiß und
Aufmerksamkeit gegen seine Gäste ein ganz hübsches
Besitzthum erworben hatte. Lieschen, seine einzige
Tochter, galt wenigstens im Dorf für eine vortreffliche
Partie. Er hielt auch viel auf das Kind und ließ sie,
sowie sie aus der Schule war, erst ein paar Jahr in
der Stadt, bei einem Schwager, daß sie nicht zwischen
den Bauermädchen aufwachsen, sondern auch ein Bischen „Manieren lernen sollte", wie er's nannte. Mit
siebzehn Jahren nahm er sie aber wieder zu sich heraus,
benn einestheils hatte sich seine Wirthschaft so ver-
größert, daß er ihre Hülfe wirklich nothwendig brauchte,
und bann fehlte es ihm auch an allen Ecken und En-
ben, wenn er das Mädel nicht bei sich hatte.

Lieschen, obgleich sie ihre Eltern von Herzen
liebte, war anfangs nicht gern auf das Dorf. gezogen,
benn es gefiel ihr besser in der Stadt; aber das elter-
liche Haus übte doch seine Anziehungskraft, und sie
fand zuletzt auch Gefallen an der Wirthschaft selber,
wo viele fremde Leute einkehrten und ein reges Leben

herrſchte. Sie nahm ſich der Arbeit dabei mit gutem
Willen an, und Vater wie Mutter hatten ihre Freude
an dem Kind.

Lieschen war eben zwanzig Jahre geworden, als
Barthold's Vater in die Nachbarschaft — d. h. auf
das nächſte Dorf, nach Dreiberg, zog und ſich dort
niederließ.

Der alte Barthold hatte ſich aber ſchon — wie
man ſo ſagt — „etwas in der Welt verſucht" und gehörte nicht zu denen, die mit dem Sprüchwort „bleibe
im Lande und nähre Dich redlich" an der Scholle
kleben, auf der ſie geboren ſind — obgleich das wohl
auch manchmal ſein Gutes haben mag. Er war als
junger Bauer nach Schleſien gezogen, wo er ſich ver-
heirathete, ſpäter aber, durch ein paar ſchlechte Jahre
verdrießlich gemacht und durch glänzende Anpreiſungen
verlockt, verkaufte er ſein dortiges Gut und wanderte
nach Ungarn aus, wo er mit deutſchem Fleiß und alt-
gewohnter Sparſamkeit auch hier wieder „was Ordentliches vor ſich brachte". In Ungarn blieb er auch
viele Jahre, und ſein Gut galt bald für eine Muſter-
wirthſchaft in der ganzen Nachbarſchaft. Allein auf
die Länge der Zeit konnte es ihm trotzdem nicht gefallen.

Daß die Eingeborenen des Landes, die Ungarn

selber, die eingewanderten Deutschen nicht leiden mochten, darüber hätte er sich vielleicht hinweggesetzt, denn
der gutmüthige Deutsche dachte sich in ihre Lage und
meinte: „Uns daheim wär's am Ende auch nicht recht,
wenn Fremde von der Regierung begünstigt und uns
auf die Nase gesetzt würden." Aber die Ungarn verachten auch die Deutschen und ließen sie das merken,
wo sich nur immer eine Gelegenheit dazu bot. Das
ärgerte ihn. Im Anfang nahm er sich freilich aus
Leibeskräften zusammen und sagte zu sich: „Warte,
Du willst den ungarischen Hochnasen einmal zeigen,
was ein Deutscher leisten kann," und er hielt sich redlich Wort, doch es half Nichts. Wo ein Volk ein
anderes aus Ueberzeugung verachtet, da kann ein solch
Gefühl gehoben werden, wenn man eben im Stande
ist ihm zu beweisen, daß es Unrecht hat; wo das aber
aus Vorurtheil und Nationalhaß geschieht, da ist eine
Aenderung nicht zu erhoffen und wird auch nie stattfinden.

Der alte Barthold sah das endlich ein, und wenn
er auch Bescheidenheit genug besaß, nicht stolz darauf
zu sein daß er ein Deutscher war, sagte ihm doch sein
eigenes Selbstgefühl, daß er sich wenigstens von einem
Ungarn noch lange nicht brauche verachten zu lassen.
Möglich, daß auch noch ein wenig Heimweh nach dem

eigenen Vaterland dazu kam, kurz, er faßte in einer
Lebenszeit, wo man doch eigentlich nicht mehr so leicht
daran denkt seinen Wohnsitz zu verändern, nochmals
den Entschluß, fortzuziehen. Er bot sein trefflich ein-
gerichtetes Gut aus, und es hielt wahrlich nicht schwer,
einen Käufer dafür zu finden, machte Alles zu baarem
Gelde, was er sonst noch an Eigenthum besaß, und
zog diesmal nach dem Lande, aus dem seine Eltern
stammten, nach Thüringen, um hier seine Tage zu be-
schließen.

Er hatte einen einzigen Sohn, den er Hans genannt, und dazu in Schlesien noch ein damals kleines
Mädchen, eine Waise, an Kindesstatt angenommen,
die aber auch wirklich wie ein Kind im Hause gehalten wurde und so an ihrer Pflegemutter hing, als ob
sie diese selber unter dem Herzen getragen. Hans
war jetzt fünfundzwanzig Jahr, Katharina, wie die
Waise hieß, wurde im nächsten Winter achtzehn, und
Beide wuchsen wie Bruder und Schwester auf.

Der alte Barthold fühlte sich übrigens in den
letzten Jahren nicht mehr so recht fest auf den Füßen
wie in früherer Zeit; es geht das ja so im Leben. Er
hatte das „Reißen" in den Gliedern, was die Stadtleute mit einem etwas gelehrteren Namen „Rheuma-
tismus" nennen, wenn die Sache auch dieselbe bleibt,

denn „reißen“ thun beide, und da er oft tagelang das
Zimmer hüten mußte, so fing er an sich nach Ruhe zu
sehnen. Sein Hans war ohnedies in den Jahren, wo
er schon an's Heirathen denken durfte, denn „jung ge-
freit hat Niemand gereut“ meinte der Alte. Der
Hans ließ sich denn das auch nicht zweimal sagen und
„ging auf die Freite“.

Die Bauerstöchter in seinem Dorfe behagten ihm
aber nicht; er war draußen gewesen und hatte sich
schon in der Welt umgesehen, und wenn auch selber
ein tüchtiger Bauer, glaubte er doch, er müsse von
seiner Frau ein wenig mehr verlangen, als daß sie
nur im Feld den Mägden vorneweg arbeiten und daheim die Wirthschaft ordentlich führen konnte. Da
stach ihm denn des Traubenwirths Lieschen in die
Augen.

Das war ein Mädel zum Anbeißen, flink und gewandt dazu, keine der gewöhnlichen plumpen Bauer-
birnen. Mit der konnte er sich auf jedem Tanzboden,
ja selbst in der Stadt, wohin er oftmals kam, sehen
lassen. Ihr Vater hatte außerdem ein hübsches Besitzthum mit Land, Vieh und Pferden dazu, wie ein
richtiger Bauer, und da seine Eltern der Sache ebenfalls nicht im Wege standen und Lieschen an dem
schmucken Bauerssohn bald Gefallen fand, so ging

Alles eigentlich von selber. Wir kamen ja auch gerade
dazu, wie der Traubenwirth, den die Werbung recht
innig freute, aus vollem Herzen sein Jawort gab, und
Hans, da man alte Gebräuche ehren soll, nahm dann
Lieschen beim Kopf und küßte sein hübsches Bräutchen
so herzhaft ab, daß sie gleich nachher wieder auf ihr
Zimmer gehen mußte, um sich die Haare frisch zu
ordnen.　Sie schien aber trotzdem nicht böse darüber.

Die Sache war also in Ordnung, und da beide
Elternpaare Nichts dagegen hatten, wenn die Hochzeit
b a l d gefeiert würde, so lief Hans, überhaupt ein
wenig ungeduldiger Natur, schon an demselben Nachmittag noch zum Herrn Pfarrer hinüber, um das
erste Aufgebot gleich auf den nächsten Sonntag zu bestellen. Dreimal mußten sie ja doch, wie es Sitte
war, von der Kanzel herab aufgeboten werden. Der
Herr Pfarrer, der seinen Vater recht gut kannte,
empfing ihn auch auf das Freundlichste, wünschte ihm
zu seiner Wahl von Herzen Glück und versprach das
Aufgebot am nächsten Sonntag, heute war Mittwoch,
recht gern zu erlassen. Der Bräutigam möchte nur
so gut sein und ihm bis dahin die nöthigen Papiere
verschaffen.

„Papiere?“ sagte Hans erstaunt, „was für
Papiere?“

„Nun, Geburtsschein, Impfschein, Heimathschein,
die Erlaubniß der Eltern kann mündlich erfolgen,
dann ein Schein von da, wo Sie sich früher aufgehalten, daß Sie sich dort nicht schon verehelicht haben.
Es ist dies natürlich nur Formsache."

„Ja aber um Gotteswillen, Herr Pfarrer," rief
Hans lachend aus, „ich war in Schlesien und Ungarn,
in Schlesien freilich nur als ganz junger Bursch, und
bis ich von unserm Comitat in Ungarn einen solchen
Schein hierher bekäme, darüber könnten ja Monate
vergehen, und so lange soll ich doch wahrhaftig nicht
mehr mit meiner Heirath warten?"

„Nun, nun," meinte der Pfarrer freundlich, „das
läßt sich auch vielleicht vereinfachen, denn Ihr Vater
ist ja als Ehrenmann hier bekannt. Ungarn liegt
freilich ein wenig weit von hier entfernt" — der Herr
Pfarrer hielt es noch für viel weiter, als es wirklich
war, — „besorgen Sie mir nur bis spätestens Sonnabend Nachmittag das Uebrige, und ich werde dann
schon Alles in Ordnung bringen."

„Also Geburtsschein. Glauben Sie mir denn
nicht einmal auf mein Wort, daß ich geboren bin?"

„Wir verstehen darunter das Taufzeugniß. Aber
ich werde Ihnen lieber das kleine Verzeichniß der
nöthigen Papiere aufschreiben; Sie könnten sonst leicht

etwas vergessen und das Aufgebot dadurch verzögern. Die nöthigen Papiere der Braut werde ich mir von deren Vater selber geben lassen."

Damit ging er an seinen Schreibtisch, notirte die genannten Zeugnisse und Scheine auf ein Blatt, und Hans steckte es indessen in die Tasche; heute verstand es sich doch von selbst, daß er in Wetzlau bei seiner Braut blieb. Nicht zehn Pferde hätten ihn von da weggebracht.

* * *

Zweites Capitel.

Die Kathrine.

Am nächsten Morgen bekam Hans seinen Vater erst zu sehen, als er zum Frühstück aus dem Felde zurückkehrte. Es gab jetzt außerordentlich viel zu thun draußen, und bei der Arbeit durfte Hans nicht fehlen.

„Also Alles in Ordnung, Hans?" schmunzelte der Alte, der aus dem vergnügten Gesicht des Sohnes schon genau wußte, wie die Sache abgelaufen. „War auch kein Wunder, denn des Heinrich Barthold Sohn kam nicht so leicht in Gefahr, sich bei seines Gleichen einen Korb zu holen und — hätte auch vielleicht noch eine Stufe höher steigen dürfen, oder zwei, wie die Mutter meinte."

„Alles in Ordnung, Vater, — guten Morgen

miteinander", sagte der Sohn, der seinen Hut an einen Nagel hing und dann ohne Weiteres Platz am Frühstückstisch nahm; „Montag in vierzehn Tagen kann die Hochzeit sein."

„Hallo!" lachte der Alte, und die Mutter schlug die Hände vor Erstaunen zusammen, „nur stat! das geht ja verwünscht schnell. Und glaubt denn der Mosje, daß, wenn Er auch fix und fertig ist in den Ehestand hinein zu springen, die Anderen auch nur eben so auf dem Sprunge sitzen? Da gehört mehr dazu, als Du wohl denkst."

„Unter acht Wochen ist gar keine Möglichkeit," sagte die Mutter, „und dann weiß ich nicht wie ich fertig werden will."

„Die Frau Mutter?" rief Hans lachend, „ja was hat denn die Frau Mutter dabei zu thun, daß sie nicht fertig werden kann?"

„Und glaubst Du denn," rief aber die Mutter in Eifer, „daß ich Dich wie eines Häuslers Sohn will heirathen lassen, der Nichts mitbringt in die neue Wirthschaft, als was er auf dem Rücken und vielleicht noch unter dem Arm trägt? Nein Hans, daraus wird nichts; ehe ich nicht mit Deiner Ausstattung fertig bin, bekommst Du meine Einwilligung nicht, und wenn das noch drei Monate dauern sollte, und daß

Lieschens Mutter bis dahin mit der ihrigen fertig
wird, glaub' ich noch lange nicht."

„Aber beste Herzensmutter!"

„Laß nur sein," lachte aber der Vater, „werden
schon noch etwas davon herunterhandeln können, Alte.
Aber so holter=dipolter geht die Sache auch nicht, wie
der Hans glaubt. Bei derlei Dingen hat man immer
eine Menge von Umständen, an die man vorher gar
nicht denkt, und sechs, acht Wochen sind da eine kurze
Zeit. Muß auch vorher noch mit dem Traubenwirth
reden, was ich Dir mitgebe und was das Mädel mit=
bekommt, wenn ich auch grad' nicht glaube, daß uns
das besonders lang aufhalten wird. Jedenfalls wer=
den wir früher damit fertig, als die Mutter mit
ihrer Wäsche und was sonst noch drum und dran
hängt. Was hast Du denn da für einen Zettel?
etwas für mich?"

„Ach," sagte der Hans, indem er den Zettel dem
Vater hinüberschob, „der Herr Pfarrer drüben in
Wetzlau hat ihn mir gegeben. Es stehen die Papiere
d'rauf, die er haben muß, um das Aufgebot zu er=
lassen. Er meinte, es wäre nur der Form wegen."

„Also beim Pfarrer ist er auch schon gewesen,"
nickte der Alte seiner Frau schmunzelnd zu, indem er
seine Brille aus der Tasche nahm, um den Zettel

durchzulesen. „Er hat wenigstens das Gras nicht
unter den Füßen wachsen lassen. Na, da wollen wir
denn einmal sehen, was der Herr Pfarrer Alles ver=
langt. Hm, das ist ja ein ordentliches Recept, was
er da geschrieben hat."

„Aber so erzähle doch nun auch einmal, wie's
gestern drüben war," sagte die Mutter, indem sie dem
Sohn den Butterteller hinschob und den duftenden
Handkäse etwas näher rückte. „Sitzt der Mensch da
und spricht kein Wort. Ich möchte doch auch wissen,
was die Mutter sagte und das Mädel und — was sie
für ein Gesicht dazu gemacht haben, alle Beide."

„Ja, Mutter," lachte der Hans verlegen, „was
soll ich denn da erzählen? Ein vergnügtes Gesicht
haben sie gemacht, und eine Flasche vom besten Rhein=
wein haben wir nachher getrunken. Das Lieschen
weinte wohl ein Bischen, aber — das dauerte nicht
lange, und die — die Frau Erlau war auch ein wenig
gerührt, und fuhr sich ein paar Mal mit der Schürze
nach den Augen, doch — das dauerte auch nicht lange,
und dann — dann haben sie uns eine Menge guter
Lehren gegeben; wenn ich aber ehrlich sein will, so
weiß ich wirklich nicht mehr recht über was, denn das
Lieschen guckte mich dabei mit den großen dunklen
Augen an, und da — da hab' ich an ganz andere

Dinge dabei gedacht, als an das, was die zukünftige Frau Schwiegermutter sagte."

Während der Sohn sprach, saß die Mutter dabei und nickte und schmunzelte vergnügt vor sich hin.

„Also gute Lehren haben sie Euch gegeben — ja lieber Gott, junges Volk, junges Volk; leichtsinnig und obenhinaus, was kümmert sich das um gute Lehren in der Brautzeit! Das weiß Alles besser, und — muß nachher doch Alles aus eigener Erfahrung und oft mit vieler Trübsal kennen lernen. Hören will keins."

„Papperlapapp, Alte," brummte der Vater, indem er sein Käppchen rückte und sich in den grauen Haaren kratzte, ohne aber die Augen von dem Papier zu nehmen — „wir haben's eben auch nicht besser gemacht in unserer Jugend; so laß das junge Volk sich nun ebenfalls die Hörner ablaufen. Wer nicht hören will, muß fühlen."

„Ich dachte, Vater," sagte der Sohn, als der Alte noch immer in dem Zettel studirte, „wenn ich nun selber vielleicht heut Nachmittag in die Stadt ritte, um das von den Papieren zu besorgen, was vielleicht noch fehlt. Die drei Knechte werden auch ohne mich heute mit Pflügen drüben auf der Rainer- spitze fertig, wenn ich ihnen noch bis Mittag helfe, und nachher ist's doch immer besser, das ist abgemacht. Meint Ihr nicht?"

„Hm, hm, hm," überlegte der Alte aber noch immer, indem er das kleine Papier wieder und wieder überlas — „ich fürchte beinah, daß Du in der Stadt verwünscht wenig ausrichten wirst, und ich muß am Ende noch selber hinein. Wäre mir gar nicht so besonders lieb, denn in der linken Schulter zwickt's mich wieder ganz heidenmäßig, und bei dem linken Beine hat's mich auch. Aber was kann's helfen, man muß doch jedenfalls sehen, was zu machen ist, denn die Papiere müssen geschafft werden."

„Was muß er denn nur für Papiere haben?" frug die Mutter. „Sie kennen uns doch hier und wissen, daß wir ordentliche und rechtschaffene Leute sind, und unser Auskommen haben wir doch auch."

„Ja, ja, Mutterchen," lachte der Vater, „das hilft Nichts bei den Gerichten, die wollen Alles Schwarz auf Weiß haben, und womöglich auch auf einem Stempelbogen, mit einem großen Siegel drunter, und daß Einer ein ehrlicher und rechtschaffener Mensch ist, glauben sie ihm erst recht nicht, wenn er nicht im Stande ist, es ihnen schriftlich zu beweisen. Komm Du denen!"

„Wir brauchen ja aber doch Niemanden, da sollen sie uns wenigstens in Frieden lassen."

„Aber sie brauchen uns," lachte der Vater wieder, „und damit sie sicher sind, daß die neuen Staatsbürger auch ihre Steuern und Abgaben richtig bezahlen können und nicht etwa gar einmal dem Staate zur Last fallen, müssen sie sich legitimiren oder ausweisen."

„Staatsbürger," brummte die Frau kopfschüttelnd — „wir sind keine Staatsbürger, wir sind Bauern, und es wird doch wahrhaftigen Gott kein Mensch glauben, daß unser Hans einmal Jemandem zur Last fallen könnte? Was wollen sie denn nur?"

„Nun, erstlich einmal seinen Geburts- oder Taufschein."

„Nun, den hast Du ja — der liegt in der gelben Lade, bei den andern Papieren."

„Dann seinen Impfschein."

„Impfschein? Den haben wir nie bekommen."

„Das macht weiter nichts," sagte der Vater, „die Narben sind noch deutlich zu sehen, und den kann man sich hier vom ersten besten Arzt ausstellen lassen. Nachher einen Heimathschein."

„Was ist das?"

„Nun, eine Bescheinigung der Behörde, wo er geboren ist, daß er dort seine Heimath hat," sagte der Alte.

„Aber wenn wir deshalb einen Brief nach Schle=
sien schicken sollen," rief der Sohn, „so kann das vier=
zehn Tage dauern, bis der Schein hierher kommt. So
lange mag ich doch nicht warten."

„Nun, vierzehn Tage wohl nicht," sagte der Vater,
„aber ich will selber heute nach Schlesien schreiben.
Unser Gerichtsverwalter in Kreuzberg wird mir schon
die Freundschaft thun und das besorgen; ein Brief
geht leicht in zwei Tagen hin, und wenn nichts dazwi=
schen kommt, kann der Wisch in acht Tagen hier sein."

„Aber noch volle acht Tage, Vater —"

„Mach' mir den Kopf nicht warm," rief aber der
Alte, seine Mütze rückend, „hast Du so lange warten
können, wird's auf die acht Tage auch nicht ankommen
— also dabei bleibt's."

„Dabei bleibt's," wenn der Alte das einmal sagte,
so wußte der Hans recht gut, daß dann weiter kein
Einwenden half. Die Sache war abgemacht, und ein
Widerspruch hätte den wohl herzensguten, aber auch
starrköpfigen Mann nur böse machen können, erreicht
wäre aber nichts weiter worden.

Der Hans setzte sich wieder zu seinem Frühstück,
denn seine Zeit war bald verflossen und er durfte nicht
der Letzte draußen bei der Arbeit sein, schon der Knechte
wegen. Er war aber auch gleich fertig, denn die Sache

ging ihm im Kopf herum, daß er noch eine ganze Woche warten solle, bis das erste Aufgebot erfolgen könne, und nahm ihm den Appetit. Gerade war er aufgestanden und wollte eben wieder hinausgehen, als die Thür sich aufthat und seine Pflegeschwester Kathrine hereintrat. Sie hatte drüben in der Milchkammer die frisch gemolkene Milch eingegossen und nach Butter und Käse gesehen.

„Guten Morgen, Kathrin'," sagte Hans und streckte ihr die Hand entgegen, „haben uns ja seit gestern Morgen nicht einmal gesehen."

„Guten Morgen, Hans," sagte das junge Mädchen freundlich, auch ihm die Hand reichend, „ja, wenn man freilich so wichtige Geschäfte hat. Nun, ist Alles gut abgelaufen?"

„Alles, Kathrin', schön Dank für die Nachfrage," sagte der Hans. „Die Eltern haben eingewilligt, und das Lieschen ist meine Braut. Hoffentlich haben wir in vier Wochen Hochzeit. Da müssen wir auch zusammen tanzen."

Die Kathrine stand vor dem Pflegebruder, dessen Hand sie noch gefaßt hielt, und sah ihn mit ihren großen blauen Augen recht voll und treuherzig an. Wie er aber endete, drückte sie ihm die Hand herzlich und sprach mit leiser, aber bewegter Stimme: „Da wünsch' ich Dir recht von Herzen Glück dazu, und möge Gottes Segen auf Euch ruhen immerdar — auf Dir und auf Deiner jungen Frau." Damit zog sie die Hand aus der seinen, wandte sich ab und verließ das Zimmer wieder. Hans sah ihr nach.

„Was hat nur die Kathrin'?" sagte er, „sie war ordentlich gerührt."

„Sie hat ein weich' Gemüth," sagte die Mutter, mit dem Kopf nickend, „und hängt an uns Allen mit großer Liebe. Da ist's denn wohl natürlich, daß ihr bei einem so wichtigen Ereigniß etwas weich um's Herz wird. Ja, Ihr Mannsleute nehmt das Alles nur so leicht hin und denkt nicht weiter darüber nach. Laß mir die Kathrin' zufrieden, das ist ein wacker Ding, und ich hab' sie gerade so lieb, als wenn sie meine eigene Tochter wäre."

Der Hans nahm seinen Hut vom Nagel und ging hinaus an seine Arbeit. Er hatte doch richtig so lange da drinnen gesessen, daß die Knechte im Felde draußen schon wieder an der Arbeit waren, als er hinauskam. Das ärgerte ihn und er hieb jetzt wacker auf die Pferde ein, um das Versäumte nachzuholen. Es war aber auch kein Wunder, denn was gingen ihm nicht für eine Menge von Dingen im Kopf herum!

Drittes Kapitel.

Eine Staatsvisite.

Der Vater hielt Wort, und das that er immer. Er schrieb noch an dem nämlichen Morgen an seinen Freund in Kreuzberg, schickte außerdem noch eine Abschrift von seines Sohnes Taufschein ein, den er sich von ihrem Pfarrer in Dreiberg und von dem Schulzen beglaubigen ließ, und theilte dem Gerichtshalter dort in aller Kürze mit, um was es sich hier handele. Dann bat er ihn, er möchte doch, wenn irgend möglich, den Heimathschein mit der nächsten Post einschicken und ihm auch dazuschreiben was er ausgelegt hätte, damit er's ihm gleich zurückzahlen könne. Der alte Barthold blieb nicht gern Jemandem etwas schuldig.

Der Brief war ihm ein wenig sauer geworden, denn das Schreiben gehörte gerade nicht zu den Dingen, die er sehr gern that, oder zu denen er sich drängte, aber es hatte eben sein müssen, und jetzt war's, Gott sei Dank, fertig und abgemacht. Wenn die Postkutsche heut' Abend durch Dreiberg kam, nahm der Conducteur den Brief schon mit hinein in die Stadt und gab ihn dort auf. Nachher ging er direct nach Kreuzberg ab.

Aber heute gab's noch mehr zu thun, denn wie die Sachen nun einmal standen, erforderte es auch die

Artigkeit nicht allein, sondern der Gebrauch, daß die
Eltern des Bräutigams den Eltern der Braut einen
Besuch abstatteten, und wenn es auch der alte Barthold lieber auf den nächsten Sonntag verschoben hätte,
erstlich der Arbeit und dann auch seines Reißens wegen,
ließ sich das doch nicht gut einrichten. Sonntags hatte
der Traubenwirth auch immer soviel zu thun und das
Haus voller Gäste, daß man ihm und den Seinen
erschrecklich unbequem gekommen wäre. Besprechen
hätte man außerdem gar nichts können, und da mußte
denn schon ein Wochentag dazu genommen werden.

Uebrigens wurde auch daheim indessen nichts versäumt, denn der Hans blieb ja zu Haus und bei den
Knechten, und auf die übrige Wirthschaft paßte schon
die Kathrine; auf die durften sie sich fest und sicher
verlassen. Die Mutter war ebenfalls damit einverstanden, und gleich nach dem Mittagbrod, die Dorfuhr
hatte noch nicht Eins geschlagen, ließ der alte Barthold sein kleines steierisches Wägelchen vorrücken und
die Braunen einspannen, der Großknecht mußte in
seinem Sonntagsrock auf den Bock, und fort ging die
Reise den Feldweg nach Wetzlau hinüber.

Eine Vergnügungstour war die Fahrt eigentlich
nicht gut zu nennen, denn kein Mensch in der Welt
konnte sich ein Vergnügen daraus machen, eine gute

Glockenstunde auf einem solchen Weg und einem
kleinen Wagen ohne Federn durchgerüttelt und geschüt=
telt zu werden. Aber die Bauern trugen selber die
Schuld daran, daß diese Straße in einen derartigen
Verfall gerieth, denn obgleich sich beide Dörfer willig
zeigten, daran zu bauen, lag es nur an einer erbärm=
lichen Kleinigkeit, daß die Arbeit unterblieb und von
Jahr zu Jahr aufgeschoben wurde. Zwischen Wetzlau
und Dreiberg schnitten nämlich die Fluren nicht in
gleicher Hälfte ab. Die Dreiberger hatten vielleicht
eine Strecke von zwei Morgen Land über die Hälfte,
und obgleich sie sich erboten, die Straße, die von beiden
Dörfern gleich stark benutzt ward, zu gleichen Hälften
zu übernehmen, gingen die Wetzlauer doch nicht darauf
ein, sondern verlangten, daß die Dreiberger soweit
bauen müßten, wie ihre Grundstücke reichten. Nach=
geben that selbstverständlich kein Theil, und so ruinir=
ten sie lieber Jahr aus Jahr ein ihre Pferde und
Geschirre, nur dieser unbedeutenden, kleinen Strecke
wegen.

Der alte Barthold, obgleich es ihm sonst wahrlich
nicht auf einige zwanzig Thaler mehr oder weniger
ankam, war dabei gerade so schlimm, wie die Anderen,
und mit dem Bewußtsein, daß er selber mit schuld
an dem heilosen Wege sei, murrte er auch unterwegs

mit keiner Sylbe und ertrug alle die Stöße und Puffe,
die er bekam, mit wahrhaft christlicher Geduld. Sein
Trost blieb ja auch dabei, daß die Wetzlauer genau
dieselben Puffe bekämen, und denen, wie er sich inner=
lich sagte, geschah es vollkommen recht. Sie verdienten
es gar nicht besser. Nur die arme Frau stöhnte und
ächzte, und wenn manchmal ein ganz außergewöhnlich
kräftiger Stoß kam, daß sie die Zähne aufeinander
beißen mußte, klagte sie wohl mit einem kurzen Stoß=
gebet: „O du grundgütiger Vater! so gleich nach
Tische!"

Es hat aber Alles sein Ende, auch der schlechteste
Weg. Es schlug gerade Zwei in Wetzlau, als sie, zur
Abwechselung der bisherigen Fahrt, auf das Dorf=
pflaster kamen, wo sie auch noch, da sie das Chaussee=
haus passiren mußten, Chausseegeld bezahlen durften.

„Ich muß doch einmal Federn an den Wagen
machen lassen," sagte Barthold, als sie hier endlich
etwas bessere Straße erreichten, denn draußen hätte
er gar nicht reden dürfen, aus Furcht, einmal die
Zunge zwischen die Zähne zu bekommen, „der Weg ist
gar nicht so schlecht, aber der Karren stößt so."

„Mir thut ordentlich der Hals weh," sagte die
Frau, „jetzt freu' ich mich nur auf den Rückweg."

Alle weiteren Bemerkungen wurden aber hier kurz
15*

abgebrochen, denn eben lenkten die Pferde wiehernd in den Thorweg der goldenen Traube ein, und in der inneren Thür stand auch schon der Wirth, Christoph Erlau, der ihnen sein Käppchen entgegenschwenkte, während Lieschen, die in der Küche beschäftigt gewesen war, wie der Blitz in ihr Kämmerchen hinaufhuschte, denn so konnte sie sich den neuen Schwiegereltern doch nicht zeigen, und so wäre sie gerade am allerhübschesten gewesen, denn Frau wie Mädchen sehen, sie mögen selber denken, was sie wollen, doch immer am hübsche- sten im Hauskleid aus. Aber der Geschmack ist eben verschieden, und man behauptet ja, daß sich nicht dar- über streiten lasse.

Jetzt, nachdem Hansens Eltern ausgestiegen und hinein in die „beste Stube" geführt waren, begannen nun vor allen Dingen eine Menge von Förmlichkeiten, die in den höchsten Cirkeln nicht weitschweifiger und unbehülflicher sein konnten, als hier in der sonst so schlichten Familie. Aber es soll nur um Gotteswillen Niemand glauben, daß jenes Ungethüm, die sogenannte „Etiquette", an irgend einem fürstlichen Hofe steifer und unnachsichtlicher gehandhabt würde, als in irgend einer Bauernfamilie, sobald sich eine passende und außergewöhnliche Gelegenheit dazu findet. Da bestehen ganz genau bestimmte und festgestellte Formen, was gesagt werden muß und wie es gesagt werden muß, wohin man sich setzt und wie man sich setzt, und was endlich vorgesetzt werden soll, und wie die Hausfrau zu dem Vorgesetzten zu nöthigen hat, daß es einen einfach schlichten Menschen zur Verzweiflung bringen könnte. Das einzige Gute hat es, daß es nicht so lange dauert, wie bei Hofe, denn da ist es den Leuten ein natürlicher Zustand, in dem sie sich bewegen, sie würden eine andere Existenz für unmöglich halten; hier dagegen ist es ein unnatürlicher, gewaltsam hervorgerufener, der wohl eine Zeit lang anhält, sich aber zuletzt selber verarbeitet — und plötzlich finden sich die Leute wieder in ihrem gewöhnlichen, natürlichen Fahrwasser, ohne daß sie eigentlich merken, wie sie dahin gekommen sind.

So ging es auch hier. Zuerst wurden die Gäste also in die „beste Stube" geführt, die natürlich, wie alle „besten Stuben", kalt und ungemüthlich aussah, denn ein Ort, in dem man sich wohl und behaglich fühlen soll, muß bewohnt sein und nicht blos zum Staat gehalten werden. Dann fuhr die Wirthin, nachdem eine Menge steife, nichtssagende Redensarten gewechselt waren, aus und ein, um heranzuschleppen, was Küche und Keller boten. Daß die Gäste gerade eben vom Essen kamen, war gar keine Entschuldigung,

und nun ging das Nöthigen los, indem die Frau
Erlau wirklich Außerordentliches leistete. Endlich kam
auch Lieschen in ihrem Sonntagsstaat, aber viel schöner
geschmückt durch das liebliche Erröthen den neuen
Verwandten gegenüber, das ihren Augen einen ganz
eigenen Glanz verliehen.

Nun kannten sich die beiden Familien schon seit
längerer Zeit und waren sonst wohl manchmal zusam=
mengekommen und hatten miteinander gelacht und
geplaudert. Jetzt aber, wo sie sich durch die Verlobung
der Kinder um soviel näher traten, schien es ordentlich,
als ob sie das weit eher entfremdet hätte, so steif und
unbehülflich standen sie sich gegenüber, und Lieschen
besonders, sonst voller Leben, ja oft ausgelassen lustig,
konnte fast kein Wort über die Lippen bringen. Aber
ein Bann lag auf ihnen Allen: das Bewußtsein, daß
dies ein „Staatsbesuch", daß es eine Form sei, der
Genüge geleistet werden müßte, und der ließ sich so
schnell nicht wieder abschütteln, der mußte erst ordent=
lich verdampfen.

Der Wirth war aber nicht der Mann, der sich
lange einem solchen Zwang beugte, und da sich auch
Barthold nicht wohl dabei fühlte — die Frauen wären
den ganzen Tag darin sitzen geblieben — so trat bald
eine Aenderung zum Besseren ein. Die nöthigen Re=

densarten von Ehre und Freude und Hoffnung einer
solchen Verbindung zc. zc. waren gewechselt, was von
Speisen noch vertilgt werden konnte, war vertilgt,
und der Wirth brachte jetzt, während Lieschen den
Kaffee und Kuchen besorgte, Cigarren. Da war es
ordentlich, als ob mit dem aufsteigenden Dampf der=
selben der böse Zauber bräche, der auf ihnen Allen
gelegen.

Die beiden Männer kamen bald auf ein Gespräch
über Vieh und Felder, was sie Beide interessirte; da=
durch lenkten die Frauen auf ihre Wirthschaftsange=
legenheiten ein, und im Handumdrehen war die noch
vor Kurzem so steife hölzerne Gesellschaft in ihre
natürlichen Bewegungen, ja selbst in den natürlichen
Ton ihrer Stimmen zurückgefallen, und die Unter=
haltung floß von da an leicht und ungezwungen.

Auch Lieschen thaute auf, und durch das wirklich
Matronenhafte der sonst gar noch nicht so alten Mut=
ter ihres Bräutigams angezogen, setzte sie sich zu ihr
und plauderte bald mit ihr so frei und herzlich von
der Leber weg, als ob sie von Kindheit auf miteinan=
der bekannt und befreundet gewesen wären. Das
aber schmeichelte der Frau Barthold auch; Lieschen
sah dabei in ihrer städtischen Kleidung so vornehm und
„ansehnlich‟ aus, daß jene ordentlich stolz auf ihre

zukünftige Schwiegertochter wurde und nicht satt wer=
den konnte, ihr zu wiederholen, wie sehr sie sich freue,
sie zur Tochter zu bekommen und ihrem Sohne eine
solche Frau geben zu können. Dabei unterließ sie
freilich auch nicht, alle die Tugenden und Vorzüge ihres
eigenen Hans aufzuzählen, und Lieschen fand da wohl
eben soviel Freude daran, ihr zuzuhören.

Den beiden Männern wurde es aber bald zu eng
in der Stube. Bauern halten nie lange in einem Zim=
mer aus, denn die freie Luft ist ihnen Bedürfniß, und
während die Frauen noch beim Kaffee sitzen blieben,
gingen die Männer miteinander hinunter auf den Hof
und in die Ställe und, da die Pferde gerade nahebei
ackerten, auch einmal ein Stück hinaus auf das Feld.

Ihr Weg führte sie dicht hinter dem Pfarrgarten
vorbei, und weil es Barthold einfiel, daß er Hansens
Taufschein eingesteckt hatte, konnten sie den hier eben
so gut gleich abgeben. Hier stand dem alten Barthold
auch eine Ueberraschung bevor, denn der Geistliche
schien gar nicht gewußt zu haben, daß Hans katholisch
sei; zu einer „gemischten Ehe‟ schüttelte er aber be=
denklich den Kopf und bedeutete den alten Barthold,
daß er unter keinen Umständen ein Aufgebot erlassen
könne, bis er nicht vom General=Superintendenten
einen sogenannten Dispens gelöst hätte.

Der Alte wollte schon über die neue Schwierig=
keit wild werden, allein der Traubenwirth nahm ihn
unter den Arm und sagte, als sie wieder draußen im
Feld waren: „Macht Euch keine Sorge Barthold,
ein Dispens vom Consistorium ist schon zu erlangen,
und geben sie ihn nicht, nun dann fahren wir hin=
über nach Gotha und lassen die jungen Leute da
trauen. Dort sind sie vernünftiger. Das junge Paar
kann dann gleich seine Hochzeitsreise nach der Wart=
burg machen," fügte er lächelnd hinzu.

Mit diesem Trost schlug sich der alte Barthold
denn auch bald die ärgerlichen Gedanken aus dem
Kopf, noch dazu, da sie hier in offenes Land und zu
ein Paar neugekauften Pferden des Wirthes kamen,
für die er sich ganz besonders interessirte. So verging
ihnen die Zeit rasch, bis der Dreiberger Bauer plötz=
lich merkte, daß die Sonne schon bald am Horizont
stand, und erschreckt ausrief: „Aber Wetter noch ein=
mal, wir haben uns bei dem Herrn Pfarrer zu lange
aufgehalten, und ich muß machen, daß ich wieder zu
meiner Alten komme, die wird sonst böse. Im Dun=
keln möcht' ich auch nicht gerade den Weg nach Drei=
berg zurückfahren."

„Es sind ein paar böse Stellen drin," sagte der
Wirth.

„Na, es geht," meinte Barthold störrisch, „aber mein Wägelchen ist nicht so recht drauf eingerichtet, und die Frau könnte brummen. Wann kommt Ihr denn eigentlich einmal nach Dreiberg hinüber?"

„Ich weiß nicht, ob ich die Woche noch kann," sagte der Wirth, „denn morgen haben wir hier eine große Kindtaufe im Orte, wo bei mir getanzt wird, und am Sonnabend bringe ich meine Alte doch nicht aus dem Haus. Wenn's aber irgend möglich zu machen ist, so rutschen wir den Freitag doch noch hinüber."

„Rutschen?" dachte Barthold, mit dem Weg in der Erinnerung, aber er sagte nichts, und die beiden Männer schritten jetzt wieder dem Wirthshaus zu.

Ueber die Aussteuer der Brautleute war heute noch kein Wort gesprochen worden, obgleich der Wirth darauf gewartet hatte. Anfangen davon mochte er aber auch nicht, und Barthold hielt es nicht für schicklich, das gleich bei der ersten Begegnung vorzunehmen. Wenn der Traubenwirth zu ihm nach Dreiberg kam, dann wollten sie das wohl bald in Ordnung bringen. Schneller jedenfalls, als die Geschichte mit dem Consistorium, die ihm doch im Kopf herumging.

Der Großknecht hatte jetzt Auftrag bekommen, einzuspannen, und der Wagen hielt bald darauf vor

ber Thüre, aber bie beiben Frauen, bie im Anfang
ben Munb kaum öffnen wollten, waren jetzt warm
geworben unb in ein Gespräch über ihre Kinber hin-
eingerathen, aus bem sie sich nicht wieber herausfin-
ben konnten. Barthold stanb schon lange, mit Hut
unb Stock in ber Hanb, neben ber Thür unb hielt
bie Klinke.

„Na, Alte, kommst Du?"

„Gleich, Vater, gleich — bas glaub' ich, Ihr
Männer seib immer gleich fertig mit Anziehen. Ihr
setzt ben Hut auf unb bamit basta. Unb nicht wahr,
Frau Erlau, Sie machen uns recht balb bas Vergnügen, bamit Sie auch einmal sehen können, wie wir
ba braußen eingerichtet sinb? O, es soll Ihrem Lieschen schon bei uns gefallen, baran zweifle ich keinen
Augenblick."

„Wenn so ein paar Frauen in's Schwatzen kommen," lachte Barthold gutmüthig vor sich hin, „ba
reißt's nachher gar nicht wieber ab. Wir kommen
heute nicht mehr weg. Habt Ihr Betten genug im
Haus, Erlau?"

' „Betten genug," schmunzelte bieser.

„Die brauchen wir für heute nicht!" rief aber bie
Alte, sich gewaltsam losreißenb. Sie hatte bie letzten
Worte gehört. Doch bas Lieschen kam jetzt noch her-

bei, dem sie einen Kuß und noch einen und noch einen geben mußte, und endlich war sie mit Allem fertig. Unten knallte der Großknecht mit der Peitsche, daß die Fensterscheiben klirrten. Jetzt saßen sie im Wagen, und nun sollte es noch einmal an ein Abschiednehmen und Handdrücken gehen; dem aber machte der Groß-knecht ein Ende. Ein kleiner Peitschenschlag traf das Handpferd, und hinaus rasselte der Wagen aus dem Thorweg, ein kurzes Stück auf der Chaussee hin, eben genug, um das Chausseehaus wieder zu passiren, und bog dann in den Feldweg ein, ehe die Frau nur von ihrem Mann Alles erfahren hatte, was er mit dem Herrn Pfarrer vorhin gesprochen. So neugierig sie aber darauf war, eine Unterhaltung wurde zur Un-möglichkeit, sobald sie in den Feldweg einlenkten, und alle weiteren Erklärungen mußten für daheim aufge-schoben werden.

Viertes Kapitel.
Eine weltliche Schwierigkeit.

Am Freitag kam der Traubenwirth mit seiner Frau zur Gegenvisite nach Dreiberg. Die beiden Väter saßen dann wohl eine Stunde lang oben zu-sammen allein in des Alten Stube — aber nicht etwa trocken, denn Barthold hielt darauf, einen ganz vorzüglichen Ungarwein in seinem Keller zu haben — und kamen nachher wieder, Beide seelen= vergnügt, und wie es schien vollkommen einig, zu den Frauen hinunter, um dort Kaffee zu trinken und Kuchen zu essen.

Am nächsten Sonntag war Hans natürlich den ganzen Tag drüben in Wetzlau in der Traube, und dort holten sich die beiden jungen Leute eine Land= karte vor und zeichneten sich darauf die Reise nach Gotha zusammen ab. Was kümmerten sie sich um das Consistorium.

Merkwürdige Zeit nahm sich übrigens der Herr Generalsuperintendent, an den die Eingabe zuerst ge= macht war; denn die ganze nächste Woche verging, ohne daß er auch nur das Mindeste hätte von sich hören lassen. Das war aber noch das Wenigste, es traf auch keine Antwort von Schlesien ein, und Hans wußte schon vor lauter Ungeduld gar nicht mehr, was er angeben sollte. Endlich, am Sonnabend Mittag, die Familie saß gerade bei Tische, kam ein Brief mit dem preußischen Gerichtssiegel.

„Nun endlich!" rief Hans jubelnd und sprang von seinem Stuhl auf, „das hat lange gedauert."

„Hm," meinte der Vater, der den Brief kopf= schüttelnd befühlte und dabei nach seiner Brille suchte,

denn das Schreiben kam ihm viel zu dünn vor, als
daß irgend ein Document darin eingeschlossen sein
konnte, „seit ich die Geschichte mit dem Consistorium
gehört, habe ich ordentlich Angst bekommen, daß hier
ebenfalls etwas der Quere gehen könnte; aber das
ist doch nicht gut möglich, denn das Amt geht es doch
nichts an, ob wir Katholiken oder Protestanten sind.“

Jetzt hatte er seine Brille gefunden, setzte sie auf,
öffnete den Brief und sah hinein.

„Nun, ist der Schein nicht drin?“ frug Hans
rasch und mißtrauisch.

„Drin ist nichts,“ sagte der Vater, „aber wir
wollen erst einmal sehen, was der Gerichtshalter
schreibt. Vielleicht ist es blos eine Anweisung an die
hiesigen Gerichte, ihn hier auszustellen; das wäre
auch das Kürzeste.“

„Was brauch' ich überhaupt einen Heimath=
schein?“ sagte Hans, „wenn ich nur eine Heimath
habe, denn so ein Wisch giebt mir doch keine. Nun,
was schreibt der Gerichtshalter?“

„Da werde der Henker b'raus klug,“ rief der alte
Barthold, indem er den Brief — er enthielt kaum
zehn Zeilen — auf den Tisch warf, seine Brille ab=
wischte und wieder in die Tasche steckte.

„Nun?“ rief Hans, das Schreiben aufgreifend.

„Du wärst in Preußen gar nicht heimathberech=
tigt, wenn auch da geboren, denn ich wäre mit Dir,
als Du noch minderjährig gewesen, in das Ausland
ausgewandert, und ich und meine Kinder hätten da=
durch unser Heimathsrecht in Preußen aufgegeben.“

„Ja, aber Du lieber Gott, wo soll er denn da
einen solchen Schein herbekommen?“ rief die Mutter,
„sie müssen ihm ja den geben, er ist ja doch dort
geboren.“

„Es steht auch noch drunter, daß der Junge in
Preußen nie seiner Militärpflicht nachgekommen wäre
und schon deshalb nicht als preußischer Unterthan
betrachtet werden könnte.“

„Und was liegt dran?“ rief Hans, den Brief
trotzig auf den Tisch zurückwerfend, „irgendwo muß
ich zu Haus gehören, das sieht ein Kind ein, und
wenn Preußen nichts von mir wissen will — ei, dann
müssen sie mir hier einen solchen Wisch geben. Siehst
Du wohl, Vater, hättest Du mich nur gleich in die
Stadt hineinreiten lassen, so wäre jetzt Alles abge=
macht, und nun geht die Geschichte noch einmal von
vorn an. Hier haben wir unsern Grund und Boden,
und hier gehören wir also auch her. Was kümmert
uns Preußen?“

„Na, ich will's wünschen,“ sagte der alte Bart=

hold, der auf einmal merkwürdig mißtrauisch gegen
alles das geworden war, was Behörden eigentlich
thun müssen und was sie wirklich thun. „Da ist's
aber doch besser, ich fahre selber in die Stadt; denn
wenn Du auch jetzt gingst, so müßte ich später doch
selber hinein, und da würde nur noch mehr Zeit damit
verloren. Außerdem kann ich dann gleich einmal mit
zum General-Superintendenten gehen und sehen, wie
die Sache mit dem „Dispens," glaub' ich, nannt' es
der Pfarrer in Wetzlau, steht. Die nehmen sich auch
eine bärenmäßige Zeit. Heute käm' ich freilich zu
spät hinein, und morgen ist Sonntag, wo alle Gerichte
geschlossen sind; aber den Montag Morgen mit Tagesanbruch fahre ich weg. Bis dahin mußt Du Dich
schon noch geduldigen, Hans. Es kann eben nichts
helfen."

Der alte Barthold ging hinauf in seine Stube,
um sein Mittagsschläfchen zu halten, und die Mutter
hatte draußen noch zu thun. Hans war am Tische
sitzen geblieben, stützte den Kopf in die Hand und sah
finster brütend vor sich nieder. Katharine trat in's
Zimmer und ging hindurch in die Kammer, um reine
Milchtücher herauszunehmen. Als sie nach einer
Weile zurückkam, saß der Hans noch immer in der
nämlichen Stellung; er hatte sie gar nicht gehört.

Katharine trat leise auf ihn zu, legte ihre Hand auf seine Schulter und sagte: „Hans!“

„Bist Du's, Kathrin,“ sagte Hans und sah zu ihr auf. „Willst' was?“

„Weiter nichts, als daß Du nicht mehr so traurig bist. Habe nur ein klein wenig Geduld, es macht sich ja Alles, und das Lieschen wird bald Deine Frau werden. Ihr seid ja nachher auch für das ganze lange Leben beisammen, und bei so einer langen Zeit kann's ja doch auf die paar Tage nicht ankommen.“

„Ich bin nicht traurig, Kathrin,“ sagte Hans, indem er sich die lockigen Haare aus der Stirn warf, „nur ärgerlich, ärgerlich über die Gerichte, über das Consistorium, über die Pfarrer, über die Gerichtshal- ter, über mich — ei, über die ganze Welt!“

„Ueber mich auch, Hans?“ fragte Kathrine, und sah ihn mit ihren hellen Augen so treuherzig an.

„Ueber Dich? — nein, Kathrin',“ sagte Hans, ihre Hand nehmend und drückend, „weshalb sollt' ich über Dich böse sein? Du bist immer so lieb und gut, und wenn's an Dir läg', so hätt' ich meine Papiere gewiß schon lange und könnt' morgen Hochzeit machen.“

„Du darfst mir's glauben, Hans, ja,“ erwiderte Katharine, und sah ihn dabei recht ernst und weh- müthig an. „Wenn's an mir läg', solltst Du nicht

einen Augenblick warten dürfen, um glücklich zu wer=
den. Aber der Vater wird's auch schon allein fertig
bringen," fuhr sie nach einer kleinen Pause fort. „Es
geht nun einmal so entsetzlich langsam mit den Ge=
richten, und Nachbars Margareth hat mir erzählt,
daß eine Schwester von ihr, die in die Stadt hinein
heirathete, über zwei Jahr hat warten müssen, weil
ihr Bräutigam immer und immer die Papiere nicht
bekommen konnte."

„Da würde ich wahnsinnig, wenn das mir pas=
sirte," rief Hans.

„Nun, so schlimm wird's schon nicht werden,"
lächelte das junge Mädchen. „Hab' nur guten Muth
und mach' wieder ein freundlich Gesicht. Siehst Du,
wenn Du traurig bist, dann sieht's gleich im ganzen
Hause schwarz aus, und — man ist's auch eigentlich
gar nicht an Dir gewöhnt. Aber ich muß fort; Joseph
und Marie! da draußen steht schon die Rese und
wartet auf mich," und mit den Worten huschte sie mit
den Leintüchern, die sie noch immer unter dem Arm
hielt, aus der Thür.

Hans stand auch auf. Es war ebenfalls Zeit ge=
worden, daß er wieder hinaus an seine Arbeit ging,
und nur das Böse dabei, daß er sich bei der Arbeit
nicht einmal die Gedanken aus dem Kopf schlagen

konnte, denn der Aerger wollte ihm gar nicht aus dem
Sinn, und beim Pflügen hatte er erst recht Zeit, dar=
über nachzugrübeln.

Sonderbar; die Liebe zu Lieschen und der Schmerz,
daß er ihr noch so lange nicht angehören solle, hatten
eigentlich mit seinen Gefühlen weit weniger zu thun,
als der Aerger über diese albernen Weitläufigkeiten.
Es war aber auch wieder ganz natürlich, denn nichts
kann einen Menschen mehr ärgern und verdrießen,
als wenn er einem bestimmten Ziel entgegenstrebt, ja
schon in Armesbereich nahe gekommen ist und dann
durch eine Menge von Hindernissen davon zurückge=
halten wird. Sind diese Hindernisse der Art, daß man
sie selber mit eigener Kraft und Ausdauer bewältigen
kann, ei, dann ist es etwas Anderes; dann wird unser
Geist, unsere ganze Thätigkeit dadurch in Anspruch
genommen, und wir haben sogar nachher noch einmal
so viel Freude an dem Gewonnenen, denn nichts macht
uns glücklicher, als was wir uns selbst verdient und
errungen haben. Sind solche Hemmnisse dagegen der
Art, daß wir nichts, gar nichts auf der Gotteswelt
dawider thun können und nur immer warten und war=
ten müssen, dann mögen sie wohl einen nur etwas leb=
haften Menschen zur Verzweiflung treiben, und Hans
war allerdings lebhafter Natur. Seine Geduld zu er=

proben, bekam er aber jetzt Gelegenheit, denn er schien dazu gerade auf das rechte Capitel gerathen zu sein: eine Eingabe an ein Consistorium und ein Heimathschein. Selbst für den urgeduldigen Deutschen ist es ein Meisterstück, die beiden Dinge ruhig abzuwarten.

<hr>

Fünftes Kapitel.

Zwischenfälle.

Der nächste Tag war wieder ein Sonntag, und Hans ritt natürlich gleich nach dem Frühstück nach Wetzlau hinüber. Zugleich nahm er aber auch eine Einladung mit dorthin für die Familie Erlau, denn am Dienstag — den Montag wollte der Alte überdies in die Stadt — war seines Vaters Geburtstag und zugleich sein Hochzeitstag, und der wurde immer daheim nicht allein festlich, sondern sogar feierlich begangen. Er ließ auch sein Pferd tüchtig ausgreifen und trabte noch rasch in den Thorweg zur goldenen Traube hinein, ehe er den Braunen einzügelte.

Drinnen im Hausflur, an dem links das Schenkzimmer für die Fuhrleute und Handwerker, rechts die „Gaststube" für vornehmere Gäste lag, führte hinten gegen den Hof zu die offene Treppe in den ersten Stock. Dort stand Lieschen unten an der Treppe und ein

junger, sehr elegant gekleideter Herr, mit dem Hut in
der Hand, neben ihr und schien sich nach etwas zu erkundigen. Wie sie Hans aber hereintraben sah, ließ
sie den jungen Herrn gleich stehen, rief ihm nur noch
ein paar Worte zu, daß er ihren Vater da drüben in
der Stube träfe, und sprang dann an das Pferd, um
ihrem Bräutigam die Hand hinauf zu reichen und
guten Morgen zu sagen.

„Wer war denn der Fremde, Schatz?" sagte Hans,
als er sein Pferd dem Hausknecht übergeben hatte und
mit Lieschen in die obere Stube ging.

„Ich weiß es nicht, Hans," lautete die Antwort,
„ein fremder Herr, der bei uns ein paar Tage wohnen
will. Er gehört, glaub' ich, mit zu den Vermessern,
die jetzt das Zusammenlegen der Felder beginnen sollen.
Der Vater hat auch den Kopf voll damit. Aber das
ist brav, daß Du so früh gekommen bist, da haben wir
heute den ganzen langen Tag vor uns. Wie ist's, hast
Du Deinen Heimathschein?"

„Ach, sprich mir nicht davon," sagte Hans verdrießlich, „es verdirbt mir den ganzen, schönen Tag.
Der Vater muß noch morgen deshalb in die Stadt.
Wenn er mich nur hineinließe; ich wollte denen da
drinnen schon die Meinung sagen."

„Ja, und nachher steckten sie Dich ein," lachte

Lieschen, „und Du bekämst ihn gar nicht. Nein, da laß Du doch lieber den Vater gehen, der setzt mit Ruhe und Vernunft mehr durch, als Du mit Hitze und Poltern. Aber jetzt hol' ich Dir erst etwas zum Frühstücken, und nachher gehen wir ein wenig hinunter in den Garten."

„Aber kein Wort mehr über den Heimathschein," rief Hans ihr nach."

„Keine Sylbe."

Der Vertrag wurde gehalten, und spät am Abend, nach einem vergnügt verlebten Tag, ritt Hans nach Dreiberg zurück.

Am nächsten Morgen fuhr der Vater in die Stadt, hatte indeß auch noch Nichts ausgerichtet, als er gegen acht Uhr Abends wieder ziemlich erschöpft zurückkam. Die Herren nahmen seine Angaben allerdings sämmt= lich zu Protokoll, versicherten ihn aber auch, die Sache könnte nicht übers Knie gebrochen werden. Trotzdem solle er, wenn irgend möglich, noch in dieser Woche Be= scheid erhalten.

Der alte Barthold wäre übrigens beinah noch übel gefahren. Anfangs wollte er daheim mit der Geschichte nicht recht laut werden, nach und nach kam aber doch Alles heraus. Er hatte nämlich dem Einem der Leute auf dem Gericht, den er für einen unterge=

ordneten Beamten gehalten, weil er gar so schäbig ausgesehen, einen harten Thaler in die Hand drücken wollen, um die Sache ein wenig zu beschleunigen, und nachher war das ein Gerichtsassessor gewesen. Der alte Barthold schüttelte jetzt noch mit dem Kopf, wenn er daran dachte was der für ein Gesicht gemacht, und wie er ihn angesehen hatte. Es war aber dennoch gut abgelaufen.

Auf den nächsten Tag fiel die Geburtstagsfeier; Erlau's hatten zugesagt zu kommen — Lieschen auch mit, natürlich — und das Haus in Dreiberg war von unten bis oben mit Blumen und grünen Reisern ge= schmückt, daß man in lauter Lauben treppauf und treppunter ging. Und wie hatte die Mutter heute auf= getafelt, und als Traubenwirths endlich kamen, ließ sie es sich auch nicht nehmen, die Braut selber herum= zuführen in Haus und Wirthschaft, und ihr Alles zu zeigen, wo sie einmal später als Herrin schalten sollte.

Und wie geputzt das Lieschen heute war, und was für ein schönes schwerseidenes Kleid es anhatte, und wie es sich auch darin zu benehmen wußte! Mutter Barthold war eigentlich zuerst ein Bischen verlegen gewesen und hatte sich gar nicht ordentlich getraut sie Du zu nennen, denn sie sah eigentlich wie eine recht vornehme Dame aus. Aber den Hans genirte das gar nicht. Er nahm sie beim Kopf und küßte sie ab, als ob sie ein Kattunfähnchen angehabt hätte, und die Mutter Barthold stand nur immer in Todesangst dabei, daß er ihr vielleicht einmal auf das lange, kostbare Kleid treten möchte. Er konnt's beinah gar nicht verhindern.

Bei Tisch saß Vater Barthold, als Geburtstagskind und Hochzeiter, mit seiner Frau oben an der Tafel, und neben der Mutter saß der Traubenwirth und neben dem Vater dessen Frau, während unten am Tisch Hans zwischen seiner Pflegeschwester und Lieschen seinen Platz hatte, und eine vergnügtere Tischgesellschaft hat es wohl seit langer Zeit nicht gegeben.

Merkwürdig war aber der Unterschied zwischen den beiden jungen Mädchen, und Vater Barthold, der ihnen gerade gegenüber saß, war vielleicht der Einzige, der es bemerkte oder wenigstens so darauf achtete, denn er mußte immer und immer wieder dorthin sehen und die Beiden mit einander vergleichen.

Katharine war das echte Bild eines deutschen Mädchens, mit nicht zu hellblonden Haaren und so tiefblauen Augen, daß man gar nicht satt werden konnte hinein zu schauen, wenn Einem der Blick einmal begegnete. Um die wirklich zart geschnittenen Lippen lag dabei ein unbeschreiblicher Zug von Sanftmuth und Milde, ja auch wohl von stiller Ergebenheit, und wenn sie lächelte, konnte man gar nicht anders, als ihr gut sein. Und doch war sie eigentlich keine Schönheit, denn Lieschen war viel, viel schöner.

Lieschens Gesicht war wirklich mehr als hübsch, es war schön, in seiner Regelmäßigkeit und edlen Form, und die dunkelbraunen Augen funkelten den an, mit welchem sie sprach, als ob es ein paar Brillanten gewesen wären. Wundervolles kastanienbraunes Haar hatte sie auch, und wußte es auf eine gar so geschickte Weise zu tragen. Mutter Barthold hatte sich schon den ganzen Morgen im Stillen den Zopf angesehen, um nur heraus zu bekommen, wie er geflochten und aufgesteckt wäre. Dabei war ihr Benehmen, wenn auch immer mädchenhaft, doch frei und ungezwungen, was sie jedenfalls in der Stadt gelernt hatte, und wenn sie lachte, zeigte sie zwei Reihen Zähne, wie Perlen, so regelmäßig und weiß.

Es war ein „wahres Prachtmädel“, wie der alte Barthold bei sich meinte. Wahrhaftig, er konnte es seinem Sohne nicht verdenken, daß er sich die zur Frau gewählt. Aber zu seinen Beobachtungen wurde ihm auch nicht lange Zeit gelassen, denn der Traubenwirth, der in derlei Dingen außerordentlich gewandt war und einen prächtigen Humor hatte, stand auf und brachte mit so künstlich und komisch gesetzten Worten einen Toast auf den Vater Barthold und auf die Mutter aus, daß sich Alle am Tisch halbtodt darüber lachen wollten. Und dann klangen die Gläser zusammen, und der feurige Ungarwein stieg der kleinen Gesellschaft bald in's Blut und brachte Leben selbst in die Ruhigsten. Sogar Katharine, die sonst nie derlei starke Getränke berührte, hatte ein volles Glas davon geleert, weil sie mit Hans und dem auf ihrer anderen Seite sitzenden Traubenwirth ein paar Mal, erst auf den Vater, dann auf die Mutter und dann auf die Brautleute, anstoßen mußte — und zurückstehen konnte sie doch nicht bei einer solchen Gelegenheit. Wenn sie aber auch still blieb, bekamen doch ihre Wangen einen rötheren Schein und ihre Augen einen höheren Glanz, und der alte Barthold', der das bemerkte, nickte ihr freundlich zu und rief über den Tisch hinüber: „So recht, Kathrine, zeig den Leuten auch einmal, daß Du in Ungarn gewesen bist und seine Weine trinken kannst. Heute ist unser Ehrentag, und da muß Alles fidel und lustig sein."

Hans besonders war ganz glücklich über seine wunderhübsche Braut. So gut hatte sie ihm noch gar nicht gefallen, wie heute Abend, und er konnte sich nicht satt an ihr sehen. Jedes Stückchen, das sie an sich hatte, musterte er, und dann mußte er ihr immer wieder in die dunkeln Augen schauen. Wie die blitzten und funkelten!

„Wo hast Du denn die schöne Rose her?" frug er sie da einmal, und zeigte auf die Blume, die sie vorn an der Brust trug. „Es ist schon so spät im Jahre; in unserem Garten blühen schon lange keine Rosen mehr."

„Die hab' ich geschenkt bekommen," sagte Lieschen neckend. „O, andere Leute können auch galant gegen mich sein."

„So?" lachte Hans, „wohl von dem jungen Herrn, der da neulich an der Treppe bei Dir stand?"

„Und wenn's von dem wäre?" frug Lieschen und sah ihn dabei gar so schelmisch an, „wärst Du eifersüchtig?"

„Nein," sagte Hans treuherzig, „wenigstens auf den geschniegelten und gebügelten Burschen noch lange nicht. Aber Du brauchst die Rose gar nicht," fuhr er leiser fort, „Deine Backen haben ein viel schöneres Roth, Du siehst gar so hübsch aus, Lieschen."

Lieschen wurde jetzt noch viel röther, als die Blume war, und dann flüsterte sie Hans etwas zu, worüber dieser lachte, und nachher lachten sie Beide mit einander und plauderten den ganzen Abend.

Am schlechtesten kam eigentlich die arme Katharine dabei weg, denn um die kümmerte sich Niemand. Hans, ihr Nachbar zur Rechten, schwatzte natürlich nur mit seiner Braut, und der Wirth an ihrer Linken hatte soviel mit seiner Nachbarin, der Mutter Barthold, und dem alten Barthold zu reden, daß er an das stille Mädchen neben sich auch nicht denken konnte. Freilich durfte sie auch nicht immer sitzen bleiben und mußte viel aufstehen, um bald dies bald Jenes zu besorgen, und da war es denn recht gut, daß sie Niemand vermißte. Unbemerkt stand sie von ihrem Platz auf, unbemerkt nahm sie ihn wieder ein, und so wurde auch Niemand dadurch gestört.

So lange blieben sie aber am Tische sitzen und so spät wurde es an dem Abend, bis sie Alles gesehen und besprochen hatten, daß Barthold unter keiner Bedingung zugab, sie dürften heute noch an den Heimweg denken. Ja, wenn es andere Leute von Wetzlau gewesen wären, denen hätte er den Heimweg im Dunkeln schon gegönnt, aber seine künftige Schwiegertochter und ihre Eltern wollte er nicht daran wagen, und so gern der Traubenwirth heut Abend noch zu Haus gewesen wäre, er durfte eben nicht fort.

Und was für Betten machte die Mutter jetzt, mit Katharinens Hülfe, für die lieben Gäste zurecht, eine wahre Welt von Federn, jedes einzelne, daß einem ordentlich der Athem ausging, wenn man hineinsprang und darin versank! Ein anderer Mensch als ein deut= scher Bauer hätte auch gar nicht darin schlafen können. Aber der Ungarwein half, und Punkt zehn Uhr lag Alles in tiefer Ruhe.

Am nächsten Morgen freilich brachen die Wetz= lauer früh auf, denn allzu lange konnten und durften sie nicht von daheim wegbleiben. Im Haus selber gab es jetzt auch viel zu thun mit Aufräumen, Ord= nen und Reinigen. Ein solches Fest mußte nicht spät in den nächsten Tag hineinreichen, und es war schon eine tüchtige Arbeit, nur das grüne Werk wieder alles hinauszuschaffen und das Haus blank zu kehren. Um acht Uhr Morgens war aber auch das Letzte beseitigt und Katharine unten in der Stube beschäftigt, das zweite Frühstück für den Vater und Hans herzurich= ten, daß sie es gleich bereit fänden, wenn sie vom Feld herein kämen.

„Nun, Kathrine," sagte die Mutter, die in der Stube an ihrem Spinnrad saß, denn müßig konnte sie nun einmal nicht sein, „wie hat Dir denn gestern dem Hans seine Braut gefallen? Du hast mir ja noch kein Wort darüber gesagt. Gelt, das ist ein sauber Mädel?"

„Ei gewiß, Mutter," sagte das junge Mädchen, ohne sich aber dabei in ihrer Arbeit stören zu lassen, „das ist gar eine stattliche Maid und so hübsch und so vornehm. Mit der wird der Hans Ehre einlegen."

Die Mutter nickte mit dem Kopf, erwiderte aber nicht gleich etwas darauf, denn sie dachte eben über das Wort „vornehm" nach. Sonderbar, es war ihr auch fast so vorgekommen, als ob Lieschen fast ein bischen zu vornehm für eine wirkliche Bäuerin wäre, wenn es ihr auch noch nicht recht klar geworden. Die Wirthstochter ging im Grunde genau wie eine Stadtdame gekleidet und trug auch so ein neumodisch Ding, eine Crinoline nannten sie's ja, daß die Röcke nach allen Seiten hinausstanden. In den Kuhstall konnte sie mit den Kleidern auf keinen Fall gehen. Aber daheim führte sie ja doch auch die Wirthschaft und war so tüchtig und fleißig dabei, und bei der Arbeit würde sie gewiß schon andere Kleider haben. Wie hübsch hatte sie auch ihr Haar geflochten; viel Zeit ging da freilich drauf, wenn sie das hätte jeden Morgen so machen wollen, oder sie mußte eben ein bischen früher aufstehen.

Die Frau saß eine ganze Weile in tiefen Gedanken, und das Rädchen schnurrte dabei, daß es eine

Luft war. Katharine sprach ebensowenig; es gab heute Morgen gar so viel zu thun.

„Aber ein gutes Herz hat sie gewiß," brach die Frau plötzlich wieder das Schweigen, und die Worte fuhren ihr eigentlich nur da so heraus, wo sie gerade in ihren Gedanken stehen geblieben war, „Ihr Beiden werdet gewiß recht gut mitsammen auskommen."

. Katharine erschrak ordentlich, denn genau an dasselbe hatte sie eben auch gedacht und sich in dem Augenblick die nämliche Frage gestellt, der die Mutter jetzt Worte gab: Wie würde es werden, wenn die junge Frau in das Haus zog und die Wirthschaft selber übernahm? Würde diese auch so lieb und gut mit ihr sein wie die Mutter? Oder würde sie selber überhaupt hier noch nöthig bleiben? Ob sie dann gut mitsammen auskämen? O gewiß; aber wenn nicht? Dann mußte die Fremde doch natürlich das Haus verlassen, ihre Heimath, und hinausziehen zu fremden Leuten. Und wäre es nicht besser gewesen, wenn sie das gleich vom Anfang an und freiwillig gethan hätte, ehe die Verhältnisse sie dazu zwangen? O gewiß, in vielen, vielen Stücken wäre es besser gewesen.

„Meinst Du nicht, Kathrine?" frug die Mutter noch einmal, da ihr das Mädchen, mit seinen eigenen Gedanken beschäftigt, nicht gleich eine Antwort gab.

„Ich? ei, gewiß, Mutter," sagte Katharine jetzt
schnell, „warum denn nicht? Ich will sie gewiß lieb
haben, wie eine Schwester — wenn sie mich nur noch
im Hause brauchen können," setzte sie leiser hinzu und
erschrak fast, als die Worte heraus waren.

Die Mutter sah rasch zu ihr auf, so rasch, daß
ihr der Faden abriß, denn daß die Katharine daran
denken könnte, je ihr Haus zu verlassen, daran hatte
sie selbst im Leben noch nicht gedacht. War es denn
nicht ihre eigene Tochter geworden durch die langen,
langen Jahre?

„Unsinn, Kathrine," sagte sie aber auch gleich
darnach kopfschüttelnd und nahm den Faden wieder
auf. „Dich sollten sie nicht brauchen können? Und
wenn sie Dich nicht brauchten, glaubst Du, daß mein
Alter und ich Dich missen möchten? Sprich mir nicht
wieder solch Zeug, Mädel, oder Du bekommst es mit
mir zu thun. Uebrigens ließ Dich Hans auch gar
nicht fort, denn wie lieb Dich der hat, weißt Du, und
daß er überall Deine Partie nimmt. Nein, Schatz,"
setzte sie gutmüthig hinzu, „mit uns bleibt's beim
Alten, ob Du zu der jungen Frau passest oder
nicht. Außer —" und sie nickte ihr dabei freundlich
zu, „Du müßtest denn einmal von uns fortziehen
wollen, wie das Lieschen jetzt bald aus der Eltern

Hause zieht, dann freilich mit unserem besten Segen, Kind."

„Du lieber Gott, Mutter," sagte Katharine, und ein Seufzer hob dabei unwillkürlich ihre Brust, „damit hat's Zeit. Wenn Ihr mich nicht früher loswerdet, müßt Ihr mich wahrscheinlich bis an meinen Tod bei Euch behalten."

„Denkst Du eher zu sterben, als wir, Kathrine?" lächelte die Frau wehmüthig.

„Wir wollen nicht vom Sterben reden, Mutter," sagte Katharine, ging auf die Mutter zu und drückte ihr herzlich die Hand, „wann's kommt, kommt's. Es war nur so eine dumme Redensart von mir. Seid mir nicht böse drum." Und sich rasch abbrehend, ver= ließ sie das Zimmer.

Die Mutter sah ihr wohl eine Minute kopfschüt= telnd nach, dann nahm sie ihren wieder und wieder' abgerissenen Faden noch einmal auf und spann emsig weiter; allein das eben Besprochene konnte sie doch nicht aus dem Kopfe bringen; es ging ihr immer darin herum.

„Arme Kathrine," dachte sie dabei, „das Kind hat Sorge, daß es aus dem Haus muß, wenn die neue Hausfrau einzieht; aber da kennt es mich und meinen Alten schlecht. Du bleibst, das weiß ich, oder ich ging selber mit aus dem Hause," nickte sie leise vor sich hin, und mit dem Entschluß schnurrte das Rädchen noch viel schärfer als vorher.

Sechstes Kapitel.
Weltliche und geistliche Behörden.

Wär aber Hans schon ungeduldig und bös geworden, wie es ihm die ersten acht und vierzehn Tage mit den nöthigen Papieren nicht fördern wollte, so bekam er nachher noch eine weit vortrefflichere Gelegenheit, seine Langmuth auf die Probe zu stellen, denn Jenes schien nur der Anfang gewesen zu sein von dem Herüber- und Hinüber-Spiel.

Erstlich erklärte der General-Superintendent, nachdem er die Eingabe des alten Barthold einen vollen Monat im Haus gehabt, daß er in der ganzen Sache gar nichts thun könne, die müsse doch noch vor das Consistorium gebracht werden, wo man sie dann in gemeinschaftlicher Sitzung berathen würde. — Und dann war der Heimathschein noch immer nicht eingetroffen.

Wie der alte Barthold, der jetzt schon fünf Mal wegen der einen Eingabe in der Stadt gewesen, diesmal wieder nach Hause kam, mocht' er's dem Hans gar nicht sagen, was für einen Erfolg er gehabt. Hans sah es ihm aber doch am Gesicht an, und wenn in dem Augenblick eine Revolution ausgebrochen wäre, Hans hätte sich mit in den dicksten Haufen geworfen, nur um seine Wuth erst einmal an den „Gerichts=schreibern" und den „Pfaffen", wie er ein hohes Con=sistorium sehr unehrerbietig nannte, auszulassen.

Und der Heimathschein erst — was für eine Masse Papier die Leute in der Stadt schon in der Angelegenheit verschrieben hatten, nur um herauszu=bekommen, welcher Fleck in Deutschland ihm nachher bescheinigte, daß er überhaupt da sei und das Recht habe, hier oder dort einmal Ansprüche an das Ge=meindearmenhaus zu machen. Es war ganz erstaun=lich, und man hätte nun glauben sollen, sie wären auf dem Gericht selber bös geworden über die entsetzliche Mühe und Arbeit, die es ihnen machte; aber Gott be=wahre. Immer gut gelaunt blieben sie dabei, und wenn der alte Barthold auf seinen verschiedenen Streifzügen in der Stadt bei ihnen anfrug, wie denn die Sache mit dem Heimathschein stände, so schlugen sie erst eine Menge von Büchern nach, — und jetzt hätten sie's eigentlich auch schon aus dem Kopf wissen können — und lachten und meinten dann, er möchte einmal in sechs Wochen wieder nachfragen.

Doch wie könnte ich dem Leser einen Begriff von all den Weitläufigkeiten, Laufereien, Schreibereien, Scheerereien und Quälereien geben, die nur das eine Wort „Heimathschein" in sich begreift! Hat er's selber schon einmal durchgemacht, so kennt er's, und nicht nur traurig mit dem Kopf, wenn er daran zu= rückdenkt. Hat er's aber noch nicht durchgemacht, dann glaubt er's nicht einmal und denkt, man über= treibt, nur um den Gerichten eins anzuhängen.

Unsere Gesetze sind wohl ganz schön und auch ge= wiß gerecht, es ist nur der Henker, daß eine große Anzahl von Menschen ihre ganze Lebenszeit daran verwenden muß, um einzig und allein herauszuklügeln, wie sie zu verstehen sind. Und wenn sie dann nachher nur noch einerlei Meinung wären, aber Gott bewahre. Die Einen sagen: dies Gesetz bedeutet das, und das ist darunter gemeint, und die Anderen rufen nachher: Aber du mein Himmel, es fällt ihm ja gar nicht ein, gerade das Gegentheil ist darunter verstanden; und bis dann nicht ein Dritter dazu kommt, von dem man auch nicht recht fest überzeugt ist, ob er's genau weiß und sagt: Du hast Recht und Du hast Unrecht, zahlt der ruhige Staatsbürger, für den sie eigentlich ge= macht sind, der aber gar nichts davon versteht, ganz einfach vierteljährlich seine Kosten und bekommt nach=

her ein schriftliches Urtheil zugeschickt, mit dem er indeß wieder zu einem Andern gehen muß, um nur zu verstehen, was da in deutscher Sprache geschrieben ist.

Das nennt man nachher einen Proceß, und wer ihn gewinnt, hat Glück.

Bei einem Heimathschein ist wenigstens das eine Gute, daß man die Schreibereien nicht alle zu bezahlen hat — das Gericht thut das zu seinem eigenen Vergnügen — aber Hans bekam den seinigen wenigstens die ersten drei Monate nicht, und es half nichts, daß sich sein Vater und der Traubenwirth in der Stadt erboten, Bürgschaft zu leisten, soviel sie haben wollten, daß er keiner hiesigen Gemeinde einmal zur Last fiele. „Das ginge nicht,“ meinten die Herren vom Gericht, vom Kreisgericht bis zum Ministerium hinauf. Vor allen Dingen müßte jetzt erst einmal ausgeforscht werden, wohin Hans eigentlich gehöre, und wieder wurden Briefe nach Preußen und Ungarn geschickt und Acten hinübergesandt und von dort einverlangt; das war aber auch Alles. In der Sache selber blieb's beim Alten, und die Hochzeit konnte natürlich noch immer nicht stattfinden, denn der Pfarrer durfte vorher nicht einmal das Aufgebot erlassen.

Hans war außer sich, denn nun kam auch noch

die Ernte dazwischen, wo sich, des schlechten, unsicheren
Wetters wegen, die Arbeit so häufte, daß er oft nicht
einmal Sonntags hinüber nach Wetzlau konnte.

Es war an einem solchen Sonntagsabende, sie
hatten den ganzen Tag eingefahren und eben das
letzte trockene Fuder hereingebracht und abgeladen,
als er in die Stube kam, seinen Hut in die Ecke, sich
auf einen Stuhl warf und, den Kopf in die Hand
stützend, sich und sein Geschick verwünschte.

„Ich wollt' ich wär' todt," rief er aus, „todt und
begraben und weg von der Erde, daß ich nur das
Elend nicht mehr länger ansehen müßte; und viel
länger halt' ich's überdies nicht aus, denn Gift und
Galle bringen mich doch über kurz oder lang in's Grab.
Giebt es denn in der ganzen Welt einen Menschen,
der mehr Unglück hat als ich?"

„Aber Hans, um Gottes willen, versündige Dich
nicht," bat die Mutter, doch der Vater sagte:

„Du sprichst wie ein Kind, Hans, und solltest Dich
schämen. Sind das Reden für einen erwachsenen
Menschen? Kannst Du's ändern, kann ich's ändern?
Haben wir nicht bis jetzt Alles gethan, was in unseren
Kräften stand, um Dir über die Schwierigkeit hin=
auszuhelfen, und hat es sich machen lassen mit all
unserer Mühe? Wer also trägt die Schuld?"

„Seid nicht bös, Vater," rief Hans, „ich weiß ja wohl, daß Ihr keine Schuld dabei habt, 's ist auch nur allein mein ewiges Unglück, das ich mit Allem habe, was ich nur anfasse."

„Hans," sagte der alte Barthold ernst, „wenn ich Deiner Jugend nicht die unbedachten Worte zu Gute hielte, würde ich jetzt ernstlich böse auf Dich werden. Was hast Du denn schon für wirkliches Unglück im Leben gehabt, und weißt Du denn überhaupt ob es ein Unglück ist, daß Deine Heirath jetzt hinausgezögert wird?"

„Aber Vater —"

„Ihr junges Volk," sagte der Vater ernst, ohne sich irre machen zu lassen, „beurtheilt immer Alles nur nach dem Augenblick, ob es Euch paßt oder nicht. Was paßt, wird ruhig hingenommen, als ob es nicht anders sein könnte; was nicht paßt, ist ein Unglück, eine Verfolgung des Schicksals, eine Ungerechtigkeit, und wie die Faseleien alle heißen. Es geschieht nichts umsonst! Wenn Du einmal älter bist, wirst Du mir das aus eigener Erfahrung bestätigen. In dem gewaltigen Weltgebäude fällt kein Sperling vom Dache ohne den Willen des Höchsten, und so wunderbar greift Alles in einander, daß wir nur staunen und anbeten können, wenn wir die Wirkung sehen. Daß

uns armen unbedeutenden Menschenkindern aber nicht
verstattet ist, den lieben Gott in seiner geheimen Werk-
stätte zu belauschen und die einzelnen Fäden zu sehen,
mit denen er die Geschicke der Menschen leitet, darüber
bist Du unzufrieden. Du willst auch gleich wissen,
warum das und das so ist, und weshalb Du gerade
nicht auf der Stelle Deinen Willen haben kannst."

„Ach, Vater," brummte der junge Bursch verdrießlich vor sich hin, „das ist Alles schon recht, aber
soll ich nicht die Geduld verlieren, wenn ich sehe wie
mir mein ganzes Leben verbittert wird, blos einer
albernen Weitläufigkeit wegen, die mit ein paar Feder-
strichen abgemacht wäre? Ich habe, was ich zum
Leben brauche, und kann eine Frau ernähren, Lieschen
ist mir gut, Ihr und Lieschens Eltern habt eingewilligt,
und Monate lang könnten wir schon unseren neuen
Hausstand haben; aber nein, da stecken lauter Leute,
die mir nicht ein Stück Brod geben, wenn ich an der
Straße verhungere, die Finger dazwischen und schreien:
Nein, das geht nicht, die hohe Obrigkeit will's nicht,
der liebe Gott nicht! Ist denn das nicht um den Verstand zu verlieren?"

„Wahre das Bischen was Du hast, mein Junge!"
sagte der Alte trocken, „Du weißt nicht, wie Du's
noch 'mal im Leben brauchen kannst."

Und damit war das Gespräch über den Gegenstand für heute abgebrochen, aber die Sache wurde darum nicht anders, denn wieder vergingen Wochen, ohne daß weder von der geistlichen noch weltlichen Behörde ein Entscheid gekommen wäre. „Sie müssen warten," lautete die jedesmalige Antwort, „eine solche Sache läßt sich eben nicht über's Knie brechen," und dabei blieb's, einmal wie allemal.

Der arme Hans ging wirklich in Verzweiflung umher, und er glaubte oder bildete es sich auch wohl nur ein, daß Lieschen jetzt selber ungehalten über die Verzögerung würde und es ihn entgelten ließe. Es wollte ihm wenigstens so vorkommen, als ob sie lange nicht mehr so freundlich, so herzlich mit ihm sei, wie in früherer Zeit, wenn er sie drüben in Wetzlau aufsuchte, und welchen anderen Grund hätte sie dazu in der Welt haben können, als die verwünschte Heimathsangelegenheit? Er konnte sich nicht mehr helfen, er mußte Jemanden deshalb um Rath, um seine Meinung fragen, und Niemand schien ihm dazu passender als seine Pflegeschwester. Niemand war es auch wohl.

„Sei nicht thöricht, Hans," sagte ihm diese aber freundlich, „Deine eigene üble Laune macht Dich Alles schwarz sehen; Du wirst drüben in Wetzlau

gerade so mürrisch und verdrießlich ausgeschaut haben
wie hier, und daß das arme Lieschen sich darüber
nicht glücklich fühlen konnte, willst Du sie nun auch
noch entgelten lassen. Ist das recht?"

„Und glaubst Du wirklich, Kathrine, daß mich
Lieschen recht von Herzen lieb hat und nicht bös auf
mich werden würde, wenn's auch noch länger dauert?"

„Ich glaub's gewiß, Hans," sagte das junge
Mädchen, aber mit recht leiser Stimme. „Es kann
ja —" sie hielt plötzlich an, sah vor sich nieder und
fuhr dann fort: „Bist Du denn schuld an der Verzögerung? Sie wird nur eben auch traurig sein, daß
es so lange dauert, ehe sie — ihr Glück an Deiner
Seite findet."

„Was wolltest Du vorher sagen, Kathrine? Du
meintest ‚es kann ja —‘"

Katharine erröthete leicht, aber sie sagte: „Ich
bringe das was ich sagen will, nicht immer so mit
den rechten Worten heraus, aber gemeint ist's gut,
Hans, das darfst Du mir glauben."

„Ich glaub Dir's, Kathrine," sagte Hans, drückte
ihre Hand, während er ihr mit der Linken über die
blonden Haare strich, und ging dann hinaus in den
Stall, um nach seinen Pferden zu sehen.

Katharine setzte sich auf denselben Stuhl, auf dem

Hans vorher gesessen hatte, stützte den Kopf in die Hand und schaute nach der untergehenden Sonne hinüber, die da drüben am Berghang die Kieferstämme mit ihrem rothen Gluthenschein übergoß und ihr blitzendes Licht in den Fenstern des Pfarrhauses wiederspiegelte.

Siebentes Capitel.

Die Dreiberger Kirmeß.

Der Herbst rückte heran und die Zeit der Kirmeß, und die erste sollte in Dreiberg abgehalten werden. Am nächsten Sonntag wurde sie „angetrunken", und Hans durfte deshalb nicht so lange als gewöhnlich in Wetzlau bleiben. Aber er kehrte heute mit fröhlichem Herzen heim, denn Lieschen hatte geweint, als er ihr von seinem Verdacht erzählte, daß sie ihn nicht mehr so lieb habe, und war ihm dann um den Hals gefallen, und ihre Küsse brannten ihm noch auf den Lippen.

Der „Mosje aus der Stadt" wohnte freilich noch immer in der golbenen Traube und hatte mit ihnen an einem Tisch gegessen — was er alle Tage mit Lieschen und ihren Eltern that, da er sich bei ihnen in Kost gegeben. Der Herr war auch sehr aufmerksam gegen seine Braut gewesen, und eigentlich gefiel das Hans nicht recht, aber es ließ sich auch nicht gut etwas

dagegen sagen. Das Zusammenlegen der Felder, be=
sonders bei den verwickelten Eigenthumsverhältnissen
in Wetzlau, war keine Arbeit, die sich eben in vierzehn
Tagen abthun ließ, und das andere Wirthhaus im
Dorf dabei so schlecht, daß ein anständiger Mensch
dort nicht gut wohnen konnte. Jener Fremde — Herr
von Secklaub hieß er — mußte also wohl oder übel in
der Traube wohnen und essen, und daß er sich artig
gegen die Tochter vom Haus betrug, konnte Hans
ebenfalls nicht gut übelnehmen. Weit eher hätte er
Grund dafür gehabt, wenn das Gegentheil der Fall
gewesen. Lieschen sprach aber auch in der Zeit, da
Hans in Wetzlau war, keine zehn Worte mit jenem
Herrn, und als sie ihm auch noch zusagte, daß sie seine
Platzjungfer auf der Kirmeß zu Dreiberg sein wollte,
hatte er alles Andere darüber vergessen — selbst den
Heimathschein und das hohe Consistorium — und
galoppirte so fröhlich und guter Dinge, wie er lange
nicht gewesen war, nach Hause zurück.

Und heute Abend wurde die Kirmeß wirklich in
Dreiberg angetrunken, wie man diese Feierlichkeit dort
nennt; d. h. die jungen Burschen aus dem Orte kamen
im Wirthshaus zusammen und behandelten die sehr
wichtige Angelegenheit, wer die Kirmeß eigentlich von
ihnen halten, d. h. bezahlen sollte. Zu dem Zweck

mußten sich drei von ihnen zu sogenannten Platzbur=
schen erbieten, die es übernahmen die sämmtlichen
Kosten zu tragen, oder wenigstens dafür gut zu sagen.
Erreichte die Einnahme nachher die Kosten nicht, so
hatten sie aus ihrer Casse darauf zu legen, was daran
fehlte.

Es versteht sich von selbst, daß sich immer die wohl=
habendsten Burschen im Dorfe dazu erboten, und Hans
war heute der Erste, der sich zu einem derselben mel=
dete. Nach einigem Herüber= und Hinüberreden,
denn die Sache kostete manchmal viel Geld, fanden
sich auch noch die beiden Anderen, und jetzt mußte
Jeder seine Platzjungfer nennen.

Das ging ebenfalls rasch genug: Hans nahm
natürlich seine Braut, ein anderer Bauerssohn aus
Dreiberg erklärte, seine Platzjungfer solle Barthold's
Katharine sein, und der dritte hatte sich des Schul=
meisters Tochter ausgesucht.

Nun kamen noch einige geschäftliche Angelegen=
heiten, denn die Platzburschen hatten auch für die
Musik, die ganze Kirmeß durch, zu sorgen, wie sie
ebenfalls während der Zeit Freibier halten mußten.
Auf morgen Abend aber wurde, wie das jedes Mal so
geschieht, das Ständchen angesetzt, das die Platzbur=
schen ihren gewählten Mädchen geben, und ein Abge=

fandter der Stadtmufikanten, die gewöhnlich auf den
Kirchweihen spielen, war schon zu dem Zweck heraus=
gekommen, um die nöthigen Anordnungen zu hören
und die Stärke des Orchesters mit den Platzburschen
zu besprechen.

Gewöhnlich hatten diese nun immer zwölf „Mufi=
kanten" zu ihrem Tanz und Vergnügen gehalten, Hans
aber bestand auf zwanzig, ohne den Kapellmeister, weil
er die Sache glänzend durchgeführt haben wollte, und
als die Anderen, der Kosten wegen, darauf nicht ein=
gingen, erbot er sich die Ueberzähligen aus seiner
eigenen Tasche zu bezahlen. Der „Stadtmufikant"
bekam dann gleich Befehl, morgen Abend um sieben
Uhr mit seiner „Bande" an Ort und Stelle zu sein,
und die beiden anderen Platzburschen — Lieschen
wußte ja schon, daß sie gewählt sei, und kannte den
dabei beobachteten Gebrauch — brachen jetzt auf, um
ihren Platzjungfern die zugedachte Ehre anzuzeigen.

Katharine sträubte sich erst. Sie war bis jetzt nur
dann zu Tanz gewesen, wenn Hans mit ihr ging, aber
Hans redete ihr selber zu und bat sie, es seinet= und
Lieschens wegen anzunehmen, das sich gewiß freuen
würde, mit ihr da zusammen zu sein. Außerdem konnte
sie es nicht einmal gut ausschlagen, ohne den jungen
Burschen gröblich zu beleidigen. Er wäre gewiß nicht

wenig von den Cameraden ausgelacht worden. So nahm sie es denn an, und die Mutter, die stolz darauf war, daß sie ihre Katharine zur Platzjungfer gewählt, hatte alle Hände voll zu thun, um den gehörigen Putz für sie herzurichten, denn Katharine sollte dem Barthold'schen Haus wahrhaftig keine Schande machen.

Die eigentliche Kirmeß fing erst in vier Wochen an, am nächsten Abend aber mußte den Platzjungfern, mit dem vollen Musikcorps, das Ständchen gebracht werden, und es ist dann Sitte, daß die Mädchen die Burschen sowohl, als die Musikanten mit Kaffee, Kuchen, Wurst und Brod tractiren. Da sie aber doch nicht gut bei allen dreien essen und trinken konnten, suchten sich die Burschen gewöhnlich zum Halteplatz den Ort aus, wo sie auf ein gutes „Tractament" rechnen konnten, und das war hier im Ort natürlich sicherer bei Barthold, als beim Schulmeister zu finden. Des Schulmeisters Tochter wurde deßhalb, sowie die Musik eingetroffen war, zuerst heimgesucht, und das ganze Dorf lief zusammen, als das mächtige Musikcorps mit Pauken und Trompeten in die stille Nacht hineinwirbelte und einen ganz heillosen Lärm machte. Dann nahm der Tänzer Bärbel's, denn so hieß das junge Mädchen, diese an den Arm, und nun zog der

Trupp zu Barthold's hinüber, um dort den musikali-
schen Spectakel von neuem zu beginnen.

Der alte Barthold ließ sich aber nicht „lumpen“.
Aufgetragen war in der großen unteren Stube, was
Küche und Keller nur liefern konnten, und wie sie sich
dort ganz gehörig „gestärkt“ ging der Zug — ohne die
Mädchen natürlich — in einem Strich nach Wetzlau
hinüber, denn der Traubenwirth war auch nicht zu
verachten.

Das galt aber, wie gesagt, nur als das Vorspiel
des Ganzen, denn vier Wochen später begann am
Dienstag die wirkliche Kirmeß, die drei Tage dauerte,
Freitag und Sonnabend war Ruhe, und am Sonntag
wurde dann die sogenannte Nachkirmeß gehalten.

Am ersten Kirmeßtag aber ist es Sitte, daß die
Platzburschen ihre Mädchen mit Musik abholen, und
Hans natürlich hatte es sich etwas kosten lassen, um
das seiner würdig in's Werk zu setzen. Er selber, mit
dem üblichen Strauß im Knopfloch und einem anderen
kleineren mit einem wehenden rothen Band daran am
Hut, eröffnete an dem Morgen den Reigen, da Wetzlau am weitesten entfernt lag und er also sein Mädchen zuerst herüberbringen mußte. Er ritt seinen
Braunen, ein prächtiges munteres Pferd, und dahinter
kam ein mit Guirlanden und Büschen geschmückter

Leiterwagen, auf den die ganze Musik gepackt war. Hinter dem Leiterwagen aber fuhr der Großknecht den kleinen steierischen Wagen leer hinüber, um darin die Platzjungfer, seine Braut, mit ihren Eltern abzuholen. Früh um sechs Uhr brachen sie auf. Lieschen war auch schon gerüstet und prangte im prachtvollen Schmuck der Platzjungfer, mit Blumen am Mieder und im Haar und einem carmoisinrothen Seidenband in den dunklen Locken, genau dieselbe Farbe wie es ihr Platz- bursche, der Hans, trug, was ihr gar so reizend stand.

Die Eltern wollten auch, und zwar nur für heute mitfahren, denn drei Tage, so lange wie die Kirmeß dauerte, konnten sie nicht gut von Hause wegbleiben. Der alte Erlau zog es aber doch vor mit seiner Toch- ter den eigenen kleinen Wagen zu benutzen und sich nicht dem „Räderwerk“ des Dreiberger Bauern anzu- vertrauen. Er hatte jetzt Federn an seinem Wagen.

Dem Zug, dem sich noch ein Dutzend junge Bur- schen von Wetzlau anschlossen, folgte auch Herr von Secklaub, auf einem prachtvollen Rappen, seinem eigenen Pferd. Er schien sich ebenfalls einmal die Dreiberger Kirmeß mit ansehen zu wollen, und einge- laden war ja Jeder, der kommen wollte.

Die Gäste, d. h. der Traubenwirth mit seiner Familie, stiegen natürlich bei Barthold's ab, wo auch

schon die anderen Platzburschen warteten, um Katharine abzuholen.

Und wie lieb Katharine heut aussah! Sie war in
die Bauerntracht ihres Ortes gekleidet, und unwillkürlich flog Hansens Blick von ihr zu Lieschen, um
zum ersten Mal die Beiden mit einander zu vergleichen. Lieschen war städtisch gekleidet, wie sie immer
ging, heut aber wär' es Hansen fast lieber gewesen,
sie hätte auch die Bauerntracht getragen. Es hätte
mehr zu dem Ganzen gepaßt, so aber sah sie aus, als
ob sie nicht recht dazu gehöre und nur zum Besuch
herausgekommen wäre, und das war sie doch nicht.
Er hatte sie auch wirklich darum bitten wollen, es aber
wieder vergessen; was kam denn überhaupt auf die
Tracht an? Woraus das Kleid nur gewebt war, das
sie trug? dachte er dabei; es sah prächtig aus, mit
hineingewirkten Blumen und Zierrathen, und die
Blumen — künstlich gemachte, ihr Strauß und Kopf-
putz — die waren wirklich herrlich und so natürlich, daß
man hätte daran riechen mögen — Moosrosen und
Nelken stellten sie vor, weil sie, zu dem Band passend,
roth sein mußten. Wo hatte sie nur so rasch die kost-
baren Blumen herbekommen? — Lieschen war unbe-
stritten das schönste Mädchen im Dorfe, und während
des ganzen Festes, und obgleich sie mit Allen auf das

Herzlichste und Unbefangenste sprach, hatten die beiden
anderen Platzburschen doch einen ordentlichen Respect
vor ihr, was jedenfalls die städtische kostbare Kleidung
bewirkte, und doch war sie ja auch nur eines Bauern
Tochter.

Viel heimischer wurde es ihnen dagegen bei Katharine zu Muthe, die mit ihrem kleidsamen kurzen Rock,
den bunten Zwickelstrümpfen, dem geputzten Mieder
und ihrem einfachen Kornblumenkranz im Haar, der
zu dem blauen Band paßte, ganz wie die Kornblume
gegen die Moosrose abstach, aber doch auch wieder in
ihrer Art gar wunderhübsch und lieblich aussah.

Ob sie sich in Lieschens Nähe gedrückt fühlte? sie
schien heute lange nicht so heiter und fröhlich als sonst,
während in Lieschens Augen das Vergnügen über das
zu erwartende Fest ordentlich funkelte und sie in einem
fort lachte und Hans über sein ehrbar steifes Wesen
als Platzbursche neckte.

Jetzt war auch des Schulmeisters Tochter abge-
holt, ein einfaches, doch auch gar liebes Mädchen, das
einen weißen Strauß in den dunklen Haaren und am
Mieder, und ein weißes Band in den Locken trug, und
der Zug ging nun zur Kirmeßstange vor der Kirche.
Hier tanzten erst die drei „Platzpaare" drei Tänze im
Freien, welches Recht ihnen allein zustand, dann zog

die ganze fröhliche Schaar auf den festlich geschmück=
ten Tanzboden in das Wirthshaus.

* * *

Achtes Capitel.
Wie die Kirmeßburschen ihr Recht ausüben.

Und das ging jetzt lustig da oben zu, denn ein
solches Musikcorps war noch nicht im Ort gewesen, so
lange Dreiberg stand. Das schmetterte durch den
Saal, daß die Tanzlust sich aller Gäste bemächtigte.
Die ersten drei „Reihen,“ wie man es dort nennt, ge=
hörten aber wiederum den Platzpaaren, die damit ge=
wissermaßen die Kirmeß eröffneten; aber als die erst
getanzt waren, hatte Jeder freien Zutritt, d. h. er
mußte sich vorher bei den Platzburschen um fünf
Groschen ein Band lösen, das er dann, wie eine Ein=
trittsmarke, im Knopfloch trug. Das berechtigte ihn
zu freiem Tanz und freiem Bier bis zum Abendbrod.

Nach den drei ersten „Reihen“ oder Tänzen hatten
die Platzjungfern, für die ganze Kirmeßzeit, das Recht,
sich ihre Tänzer selber auszusuchen, wenn sie eben
Extratouren tanzen wollten. Nur der Platzbursche,
der sich die Maid gewählt, konnte einspringen wann
er wollte und einen Tanz verlangen — und das ver=
stand sich auch von selbst und war ganz in der Ordnung,

Hans tanzte aber vor der Hand nur die ersten Reihen mit Lieschen, denn als erster Platzbursche bekam er zu viel zu thun, um neu Hinzukommende, die sich dem Tanz anschließen wollten, mit Bändern zu versehen, und Lieschen hatte sich nach ihm Herrn von Secklaub, der sich auch ein Band gelöst, ausgesucht, und zwar für zwei Tänze hintereinander. Dann forderte sie die beiden anderen Platzburschen auf, und darauf wieder Herrn von Secklaub. Aber auch aus der Stadt waren ein paar Bekannte herausgekommen, denen sie diese Gunst gewährte, und sie versäumte keinen einzigen Reihen bis zum Abendbrod.

Katharine hielt sich mehr zurück, obgleich sie es auch nicht gut vermeiden konnte, den und jenen aufzufordern. Mit den anderen Platzburschen mußte sie natürlich auch einmal tanzen, und Hans, der heut ganz wild und ausgelassen war, schwang sich mit ihr lustig im Kreise.

„Mach' kein so traurig Gesicht, Kathrin," sagte er dabei zu seiner Tänzerin, „die Leute glauben Dir's ja sonst gar nicht, daß Du fidel bist, und warum sollten wir heute nicht alle fidel sein; es ist ja Kirmeß!"

„Ich bin ja lustig Hans," sagte sie leise, ganz glücklich jetzt. „Hab' ich denn wirklich so ernst ausgesehen?"

„Wie der Herr Pfarrer auf der Kanzel," lachte der junge Bursche, „aber sieh nur, wie der Mosje da drüben, der mit von Wetzlau gekommen ist, die langen Beine herumwirft. Er will uns hier auf dem Dorfe zeigen wie man tanzen muß, aber wir wollen einmal sehen ob er aushält, wenn's erst einmal in die dritte Nacht hineingeht. Da wird er wohl auf dem Rücken liegen und alle Viere strecken. Das weiß der liebe Gott, die Stadtleute haben gar kein Mark in den Knochen."

„Wie hübsch Lieschen tanzt!" sagte Katharine.

„Ja," meinte Hans, „aber man sieht's gar nicht vor den langen Kleidern. Ich weiß nicht, die Stadt= moden gefallen mir doch lange nicht so gut wie unsere Tracht. Du siehst viel hübscher aus, Kathrine, mit Deinen kurzen Röcken."

Katharine war blutroth geworden, doch der Tanz auch gerade aus und Hans wurde zu einer neuen Bändervertheilung abgerufen, da er vor dem Abend= brod dies Geschäft übernommen hatte, und bis um neun Uhr, wo es zum Essen ging, kam er nur noch ein einziges Mal zum Tanzen, dann wurde er ja aber auch von seinem Amte abgelöst und konnte sich ganz seinem Vergnügen überlassen.

Natürlich führte jeder Bursche sein Mädchen zu

Tische, und die Platzpaare saßen obenan, Hans mit
Lieschen in der Mitte, und die anderen Beiden rechts
und links, und wenn auch eben nicht viel gegessen
ward, getrunken wurde desto mehr. Der Tisch brach
aber trotzdem fast unter den verschiedenen Speisen,
und Kalbsbraten, Schweinebraten, Truthahn, Gans,
Enten, Hühner und Schinken, deckten mit einer Menge
von Zuspeisen und süßen und sauern Sachen die Tafel
wirklich von einem Ende bis zum anderen. Der
Bauer, so mäßig er sonst lebt, hält etwas darauf,
daß bei solchen Gelegenheiten die Speisen gut und
hauptsächlich in Masse da sein müssen. Und hier war
es noch besondere Ehrensache, daß es auf ihrer Kirmeß an nichts fehle, damit die Burschen, die von
anderen Dörfern herüber gekommen waren, sich nicht
am Ende später über die Festgeber lustig machten.

Es war überhaupt eine eigene Sache mit dem
Besuch von anderen Dörfern, und dieser, wenn auch
gestattet, doch immer nur mehr geduldet als gern gesehen. Mit dem größten Vergnügen konnten die
Burschen kommen, mit trinken und mit tanzen, aber
sie durften kein Mädchen „aus unserem Dorfe" besonders auszeichnen, oder gar Abends umführen
wollen. Nachher gab es böses Blut. Die Burschen
wurden dann, zwar nicht gerade von den Platzburschen,

aber von den Uebrigen, genedt und gehänselt. Man
spielte ihnen jeden Schabernack, den man nur gelegentlich anbringen konnte,. und setzten sie sich zur
Wehr oder nahmen sie nicht Alles gutmüthig hin,
dann kam es auch wohl zu Thätlichkeiten, und der
Tanzboden verwandelte sich plötzlich aus einem Lust-
in einen Kampfplatz. Es geschah aber doch verhältnißmäßig selten, denn die fremden Burschen wußten
schon, wie sie sich zu benehmen hatten, und die „hiesigen" hielten ebenfalls soviel als möglich mit solchen
„letzten Hülfen" zurück, weil sie ja doch auch manchmal die Nachbardörfer besuchten, wo ihnen alsdann
hätte Aehnliches widerfahren können.

Vor Tische fiel überhaupt nie eine derartige
Scene vor, und der erste Tag verging fast jedes Mal
in Ruhe und Frieden.

So auch hier. Heute tanzte das junge Volk bis
zwei Uhr des andern Morgens. Jeder im Ort woh-
nende Tänzer geleitete dann sein Mädchen heim, und
am andern Morgen fing die Musik schon wieder um
zehn Uhr an zu spielen. Auch an diesem Tage fiel
nichts Bemerkenswerthes vor, und Jeder stimmte
damit überein, daß eine so prachtvolle und reiche Kirmeß noch gar nicht in Dreiberg gefeiert worden wäre
und eine so friedliche ebenfalls nicht.

Am dritten Tage kam, etwa um drei Uhr Nach=
mittags, Herr von Secklaub wieder nach Dreiberg,
der in der That einen Zwischentag gebraucht hatte,
um sich ordentlich auszuruhen, und die Burschen
zischelten und lachten über ihn, als er den Saal be=
trat. Er ließ sich aber dadurch wenig stören, und
Lieschen entschädigte ihn auch bald dafür, da sie ihn,
von ihrem Recht Gebrauch machend, gleich zu dem
nächsten Tanz abholte.

Mit Dunkelwerden hatte Katharinens Tänzer,
der Soldat gewesen war und in der Stadt eine Menge
neue Tänze gelernt zu haben schien, von denen man
auf dem Lande eben keinen Gebrauch machte, eine
Française oder einen Contre=Tanz vorgeschlagen.
Erst wollten die Mädchen nicht darauf eingehen,
zuletzt aber, unter Kichern und Lachen, stellten sie sich
an, die drei Platzpaare und noch ein anderes. Der
arme Teufel, der den Tanz vorgeschlagen, bereute es
jedoch bald bitter, denn sie machten ihm das Leben
dabei sauer genug. Die Mädchen begriffen trotz=
dem ziemlich rasch, wie sie sich dabei zu verhalten
hätten, und von Lieschen unterstützt ging es schon gar
nicht so schlecht. Die Burschen ließen sich aber desto
ungeschickter an, und Hans besonders konnte das Ding
nicht in den Kopf, oder vielmehr nicht in die Füße kriegen.

Herr von Secklaub, der zum vierten Paar gehörte, war dagegen in diesem Tanz vollkommen zu Hause, und daß er sich so geschickt dabei benahm und Hans so hölzern, ärgerte diesen ganz besonders. Das dauerte aber nicht lange. Hans sowohl, wie die andern Platz= bursche, bekamen das „Durcheinanderdrehen“ bald satt. Mitten drin ließen sie abbrechen, und wieder wirbelten die Paare in einem rasenden Rutscher dahin und umeinander herum.

Jetzt wurde zum Essen trompetet und Lieschen stand einen Augenblick allein, da Hans nach dem anderen Ende des Saales gerufen wurde, wo ein Streit entstanden war, ob ein Fremder sein Band gelöst habe oder nicht. Secklaub, der den letzten Tanz frei geblieben, trat auf Lieschen zu und bot ihr seinen Arm, um sie zu Tische zu führen.

„Ich weiß nicht ob ich darf,“ flüsterte sie, „Hans könnte es übelnehmen.“

„Aber wenn er Sie so vernachlässigt, mein Fräu= lein,“ sagte der junge Mann, so darf er sich doch darüber nicht beklagen. Kommen Sie, ich will Sie ja nur begleiten und stehe dann gern von näheren An= rechten zurück.“ Er ließ auch keinen Widerspruch zu, zog Lieschens Arm in den seinen und führte sie zu Tische.

„Na?" sagte Katharinens Platzbursche, den Frem=
den erstaunt ansehend, als dieser mit seiner Dame an
den oberen Theil des Tisches trat, „blöde sind Sie
gerade nicht. Ist das etwa der Stellvertreter für
den Bräutigam, Jungfer Braut?"

Lieschen wurde feuerroth, ehe sich aber Seeklaub
zurückziehen konnte, stand Hans neben ihm und seinen
Arm ergreifend, daß die blauen Flecke daran noch acht
Tage sichtbar blieben, sagte er eben nicht höflich:
„Will der Herr wohl so gut sein und die Hand davon
lassen? Das ist meine Platzjungfer, und die hat Nie=
mand anders zu Tisch zu führen, als ich selber!"

„Hans, fang' keinen Streit an," bat Katharine
leise flüsternd, indem sie seinen Arm ergriff. „Er hat
es ja auch nicht so bös gemeint. Er weiß ja nicht
was hier Sitte ist."

„Sie entschuldigen," sagte Seeklaub, dem es nicht
unangenehm war, daß ihn Hans wieder losließ, „ich
wußte nicht, das ich dabei einen Eingriff in Ihre
Rechte beging, aber Fräulein Erlau —"

„Komm, Lieschen," sagte Hans, vor den Fremden
tretend und ihm den Rücken kehrend, während er seine
Braut auf ihren Stuhl niederzog, „setz' Dich und
mach' Dir's bequem. Und nun wollen wir einmal
tüchtig einhauen, denn ich bin nicht schlecht hungrig

geworben." Den Stadtherrn beachtete er gar nicht mehr, und Herr von Secklaub zog sich, eben nicht erfreut von der Behandlung, an das andere Ende der Tafel zurück. Mit den Bauerburschen konnte er doch nicht gut Streit anfangen.

Um halb elf Uhr begann der Tanz von Neuem, und es wurden jetzt blaue Bänder ausgegeben. Vor Tische waren wieder rothe getragen worden. Katharinens Platzbursche hatte die Vertheilung derselben. Das ging auch rasch und ohne Schwierigkeit vor sich, und das junge Volk warf sich der Lust wieder mit solchem Eifer in die Arme, als ob das der erste Abend gewesen wäre und sie nicht schon zwei halbe Nächte durchtanzt hätten.

„Hallo, Freund," begann Katharinens Tänzer, der mit seiner Sparbüchse in der Hand durch die Reihen schritt und jetzt damit, dicht vor Herrn von Secklaub, klapperte. „Ihr habt noch Euer Band von vor Tisch ein; bitt' um die fünf Groschen, hier ist ein anderes."

„Bitte um Verzeihung," sagte Secklaub, indem er in die Westentasche griff und sein blaues Band herausholte und vorzeigte, ich habe es mir eben von Ihnen selbst eingelöst und trage nur das rothe, weil es mir besser gefällt."

„So? na, das ist Geschmacksache,“ sagte der Bursche, „aber wenn Sie hier mittanzen wollen, müssen Sie das blaue tragen, wie's meine Platzjung-fer trägt, nicht dem Hans seine, verstehen Sie mich? oder ich komme wieder mit der Büchse,“ und damit wandte er sich lachend ab, und Herr von Secklaub knüpfte das blaue Band zu dem rothen.

„Tanz' nicht mehr mit dem Herrn mit dem Schnurr-bart!“ flüsterte Katharine leise dem Lieschen zu.

„Und warum nicht?“ frug diese rasch und etwas heftig zurück.

„Die anderen Burschen haben schon darüber ge-sprochen,“ warnte sie das junge Mädchen. Sie haben auch heut Abend 'was im Kopf, und es könnt' sonst Streit geben. Es wär' besser wenn er ganz wegginge.“

„Sie dürfen ihm nichts thun,“ sagte aber Lies-chen trotzig, „er ist Gast hier in Drelberg und hat seine Musik bezahlt, so gut wie die Andern, auch noch Niemanden beleidigt, und der Hans ist doch schon vor-hin recht grob mit ihm gewesen.“

„Sei dem Hans nicht böse drüber, Lieschen,“ bat Kathrine gutmüthig, „Du weißt, daß die Platzburschen ihre Rechte haben und sich nicht gern 'was davon nehmen lassen. Es kostet ihnen ja auch viel Geld.

Uebrigens war's gewiß nicht so bös gemeint; Hans ist nun einmal so grabhin.“

„Er hätte mehr Lebensart haben sollen,“ zürnte Lieschen noch immer. „Uebrigens hab' ich als Platz-jungfer auch meine Rechte und kann tanzen mit wem ich will.“

„Das kannst Du, ja, Lieschen,“ beschwichtigte sie das junge Mädchen, „aber thu's mir zu Liebe nicht mehr heut' Abend mit dem fremden Herrn. Es läuft wahrhaftig nicht gut ab.“

„Unsere Kirmeß!“ jubelte da mit einem hellen Juchzer Katharinens Tänzer dicht neben ihnen, umschlang das junge Mädchen und wirbelte mit ihm zum Tanze fort; Lieschen aber, durch die Warnung nur noch mehr gereizt, ging geraden Weges auf den etwas abseits stehenden Secklaub zu, bot ihm die Hand und trat in die Reihe ein.

„Du, Hans,“ sagte da einer der Dreiberger Bur-schen, indem er ihn auf die Schulter klopfte, „wer ist denn hier eigentlich Platzbursch', Du oder der da?“ und damit zeigte er auf den gerade vorbeitanzenden Secklaub; „einen Strauß trägt er auch schon im Knopfloch.“

„Ach laß ihn,“ sagte Hans, indem er dem Paar mit einem finsteren Blick folgte, „was weiß der Laffe von unseren Gebräuchen hier!“

„Ei zum Henker," rief ein Anderer, der daneben stand, „dann muß man ihn gescheidt machen. Von meinem Mädchen wollte er vorher einen Kuß haben, die hat ihn aber schön ablaufen lassen. Das weiß ich, wenn er mir so in die Quere käme, ich wollt' ihm bald zeigen, wo der Zimmermann das Loch gelassen hat."

Hans, obgleich er ein bischen viel getrunken, wollte doch nicht gern Streit anfangen. Das Necken der Kameraden war ihm aber doch nicht recht, und als der Erste jetzt sogar wieder spöttisch meinte, das Heimführen würde der ihm wohl auch ersparen, da er die Jungfer gewiß gleich heute Abend nach Wetzlau hinüberbrächte, stieg ihm das Blut in den Kopf. Noch ein paar Minuten blieb er mit verschränkten Armen stehen, dann aber, als er sah, wie der Fremde seinem Mädchen eine Menge Sachen in's Ohr flüsterte, schritt er plötzlich ruhig, aber entschlossen zwischen den Tanzenden durch, gerade auf das Paar zu, und Lieschen an der Hand nehmend, zog er sie mit sich fort und sagte: „Komm, Jungfer, Du hast jetzt genug mit dem Herrn da getanzt."

„Aber, Hans!" rief Lieschen erschreckt und zugleich beleidigt, denn die Mädchen in der Nachbarschaft lachten.

„Entschuldigen Sie," rief aber auch Herr von

Secklaub, „die Dame hat, so viel ich weiß, das Recht —"

„Hier sind keine Damen," trat ihm ein anderer Bursche, der schon darauf gewartet hatte, gerade vor das Gesicht, „das da ist dem Hans seine Platzjungfer — verstanden?"

„Mit Ihnen habe ich gar nichts zu schaffen," sagte der junge Mann und wollte ihn bei Seite schieben. Das war gefehlt.

„Na, das auch noch?" rief der junge kräftige Bursche und warf Secklaub's Arm zurück, daß dieser gegen einen der Kameraden anflog.

„Oho!" schrie dieser, indem er den Städter augenblicklich beim Kragen faßte, denn fast die sämmtlichen Burschen hatten viel weniger auf eine Ursache, als einen Anfang gewartet, „wissen Sie nicht, wie man sich zu benehmen hat? Treppe frei!"

„Treppe frei! Treppe frei!" schrie die jubelnde Schaar. Herr von Secklaub wollte sich zur Wehr setzen, allein, lieber Gott, in den Händen der Burschen war er wie ein kleines Kind, und während die Uebrigen lachend und schreiend beiseite wichen, wurde der arme Teufel ohne Weiteres mehr zur Treppe getragen, als geführt und dort mit einem „Kopf weg, da unten!" hinabgesandt. Er polterte auch die ziemlich steilen

Stufen bis unten hin, raffte sich dann auf und schien
einen Augenblick nicht übel Lust zu haben, in voller
Wuth wieder nach oben zu stürmen. Das aber wäre
blanker Wahnsinn gewesen, denn wenn er sich auch
kräftig genug fühlte einem Einzelnen Stand zu halten,
hätte er dort oben den ganzen Schwarm gegen sich
gehabt. So war er denn, mit zerrissenem Rock und
ohne Hut, genöthigt, sein Pferd zu bestellen, das ihm
der Hausknecht bald brachte. Uebrigens nicht gewillt,
im bloßen Kopf heimzureiten, nahm er unten im Haus
die erste beste Kopfbedeckung, von denen dort überall
genug an den Nägeln hingen, stülpte sie auf und
galoppirte kaum eine Viertelstunde später, eben nicht
besonders gut gelaunt, in die dunkle Nacht hinein nach
Wetzlau hinüber.

— — — —

Neuntes Capitel.

Weshalb man nie eine Gartenthür offen lassen soll.

Die Kirmeß war vorbei, und am Freitag Morgen
geleitete Hans seine Braut wieder, mit der vollen
Musik, nach Wetzlau hinüber. Am nächsten Sonntag
zur Nachkirmeß war aber Lieschen unwohl geworden
und konnte nicht nach Dreiberg kommen. Sie hatte
spät am Sonnabend Abend noch einen Boten hinüber

gesandt, damit die Musik nicht umsonst käme, um sie abzuholen.

Hans fühlte sich unbehaglich darüber, denn er wußte recht gut, daß ihn die Dreiberger Burschen aus= lachen würden, wenn ihn seine Platzjungfer im Stich ließ. Und war sie auch so ernstlich krank? — das wäre ja noch viel schlimmer gewesen. Am Ende war sie nur ein wenig böse auf ihn, des letzten Abends im Wirthshause wegen. Trug er denn aber die Schuld? Der Fremde hatte ja mit den anderen Burschen Streit bekommen, und er bei der ganzen Sache keine Hand angelegt, ja, dem Stadtherrn nicht einmal ein böses Wort gesagt. — Und was ging sie auch überhaupt der Laffe an, daß sie ihm seinetwegen böse sein konnte — und doch war sie an jenem Abend gar nicht mehr so freundlich mit ihm gewesen, wie sonst. Die Botschaft von Wetzlau aber konnte er nicht aus dem Kopf brin= gen und beschloß endlich am nächsten Morgen mit Tagesanbruch selber hinüber zu reiten.

Der Vater war an demselben Tage nochmals in der Stadt gewesen, und es schien fast, als ob er jetzt bald einen Heimathschein, und zwar von hier, erhalten würde. Der alte Barthold hatte nämlich, des ewigen Hin= und Herschreibens müde, drinnen erklärt, daß er seinem Sohn sein Gut in Dreiberg übergeben würde.

Dadurch wurde Hans ansässig, und sie konnten ihm dann das Heimathrecht nicht länger versagen. Der Traubenwirth hatte ihn dazu vermocht, ihm dauerte selber die Sache zu lange und er wünschte, daß die Hochzeit recht bald sein könnte, weshalb, sagte er aber dem alten Barthold nicht.

Das war doch wenigstens eine gute Nachricht, die der Hans mit hinüber nach Wetzlau nehmen konnte, und eben schaute am anderen Morgen die Sonne über die östlichen Gebirgshänge herüber, als er auf seinem Braunen in den herrlichen Herbstmorgen hineintrabte. Eigentlich war es noch ein wenig früh für einen Besuch, aber auf dem Lande wird es nicht so genau genommen, und daß Lieschen, wenn nicht ernstlich krank geworden, schon um diese Zeit auf und munter sei, wußte er außerdem.

Zu Pferd brauchte er auch nicht den nichtswürdi= gen Fahrweg einzuhalten, wenigstens ein kleines Stück vor Wetzlau konnte er abschneiden, wenn es auch ver= boten war den Pfad zu reiten, weil man damit das Chausseehaus umging. Dadurch kam er gleich hinter dem Wirthshaus in's Dorf, und da er die Garten= pforte offen fand, ritt er hinein, hing den Zügel seines Pferdes über den Ast eines Apfelbaumes — aufhalten durfte er sich doch nicht lange, er mußte ja zurück nach

Dreiberg zur Nachkirmeß — und kam durch den Hof in das Haus.

Unten traf er das Hausmädchen, das ihm aber auf seine Frage, wie es Lieschen ginge, antwortete: „Die Jungfer? o, die ist ganz wohl. Sie war vorhin unten und ist eben wieder hinaufgegangen."

„Also nicht krank, Gott sei Dank!" dachte Hans, als er die Treppe langsam hinaufstieg, „und sollte sie mir da wirklich böse sein? ei, das will ich bald sehen, was sie für ein Gesicht macht, wenn sie mich zuerst sieht; ob sie nur so thut, oder ob sie's wirklich ist, und nachher muß der Alte gleich einspannen und sie wieder hinüberfahren lassen. Das wäre eine schöne Nach=kirmeß ohne Platzjungfer! Ein Glück nur, daß ich herübergekommen bin!"

Damit hatte er den oberen Theil der Treppe er=reicht und betrat eine Art Vorsaal, der in einige Gast=stuben führte, dahinter lag eine Vorrathskammer, und links ab durch den Gang kam man in Erlau's Fami=lienwohnung, wo Lieschens Zimmer dicht neben der Schlafkammer der Eltern lag. An der Treppe vor=über führte ein anderer Gang nach dem linken Flügel des Hauses, wo sich die gewöhnlich benutzten Gast=zimmer befanden. Die an dieser Seite wurden nur in Ausnahmsfällen benutzt und standen meist leer.

Hier blieb Hans unschlüssig stehen, denn er scheute sich nach Erlau's Wohnzimmer hinüber zu gehen; es war ihm doch noch ein wenig zu früh, und er überlegte sich eben, daß es das Beste sei, wenn er lieber erst von unten das Hausmädchen hinaufschicke und Lieschen sagen lasse, er sei da und müsse sie einen Augenblick sprechen. Als er eben wieder umkehren wollte, hörte er drüben auf dem Gang den festen Schritt eines Mannes. Das war gewiß der Mosje mit dem Schnurrbart, der hinuntergehen wollte, dem mochte er nun gerade hier nicht begegnen, wenn er es vermeiden konnte, und eines der leeren Gastzimmer öffnend, trat er hinein und ließ die Thür angelehnt.

Der Schritt kam aber näher und mußte die Treppe längst passirt haben. Jetzt betrat er den diesseitigen Gang, es war wahrhaftig der alte Bekannte mit dem Schnurrbart; was hatte denn der auf dieser Seite des Hauses zu thun? Er konnte ihn, als er vorüberging, durch die Thürspalte deutlich erkennen, und dann blieb der Mensch auch noch gar dort stehen und ging auf dem kleinen Vorplatz auf und ab. Ob der Laffe nicht überall im Wege war!

Hans ärgerte sich, daß er in das Zimmer getreten war; wenn er es aber jetzt verließ, was mußte der Bursche dann von ihm denken? daß er sich hier versteckt gehalten? Nein, warten mußte er noch eine Weile, bis die Luft rein war. Der Mosje würde doch gewiß keine halbe Stunde da stehen bleiben.

Jetzt wurde die Gangthür geöffnet, er kannte sie am Knarren. Da kam am Ende Lieschen, und der alberne Mensch stand auf dem Vorsaal, und draußen wurde jetzt geflüstert. Hans horchte hoch auf, das konnte doch nicht Lieschen sein? gewiß eines der Dienstmädchen aus dem Hause.

Die Stimmen kamen näher, und dicht vor seiner Thür blieben die Beiden, wer es auch immer war, halten.

„O, geh fort, Otto,“ bat jetzt Lieschens Stimme — dem Hans war genau so zu Muthe, als ob ihn Jemand mit einem Messer in's Herz gestochen hätte — „ich habe den Vater schon in seiner Kammer ge= hört, und wenn er Dich hier mit mir fände, wäre ich unglücklich. Er hat überdies schon Verdacht geschöpft und mir gedroht. Wenn uns nun Jemand hier zu= sammen sähe!“

„Aber, liebes, herziges Kind,“ bat des Fremden Stimme, „ich muß heute in die Stadt, und werde unter vierzehn Tagen nicht zurückkommen. Ich konnte doch nicht fortgehen, ohne Abschied von Dir zu nehmen.“

„Und Du mußt fort?“

„Würde ich gehen, wenn ich nicht müßte? Ach Lieschen, jetzt fühl ich erst wie lieb ich Dich habe, und daß ich nicht ohne Dich leben kann. O mein Gott, wie soll das später werden?"

„Ich weiß es nicht," seufzte das Mädchen, „aber der Vater gäbe seine Einwilligung nie zu unserer Verbindung, und ich bin jetzt unglücklich für meine ganze Lebenszeit."

„So bist Du mir wirklich gut?"

„Von ganzer Seele."

Die Thür, vor der sie standen und sich umfaßt hielten, öffnete sich plötzlich und Hans trat heraus. Er sah leichenblaß aus und schritt, ohne ein Wort zu sagen, langsam und den Blick stier auf Herrn von Secklaub geheftet, auf diesen zu.

„Hans!" stöhnte Lieschen emporschreckend, — er sah sie gar nicht — er wußte wahrscheinlich selber nicht genau was er that, und streckte nur langsam den Arm nach seinem Nebenbuhler aus. Dieser wich scheu einen Schritt zurück, denn der Blick des jungen Mannes kündete nichts Gutes.

„Hans!" rief nochmals Lieschen und warf sich ihm erschreckt entgegen, „was willst Du thun?"

Die Berührung des Mädchens schien ihn sich selber wiederzugeben. Er sah seine Braut starr an, machte sich dann von ihr los, drehte sich ab und stieg, ohne auch nur ein Wort zu sagen, die Treppe wieder hinab. Aber er that das, wie ohne eigenen Willen, als ob er von einer Maschine getrieben würde.

„Haben Sie die Jungfer gefunden?" frug ihn das Hausmädchen unten.

Er nickte nur mit dem Kopfe, schritt durch den Hof und den Garten, machte das Pferd los, stieg wieder auf, und sprengte wenige Minuten später in gestrecktem Galopp in der Richtung nach Dreiberg fort.

Eine Stunde später, und kaum noch einen Büchsenschuß von Dreiberg entfernt, fanden drei junge Bauern, die hinüber zur Nachkirmeß wollten, den Dreiberger Platzburschen besinnungslos auf dem Wege liegen. Er mußte jedenfalls mit dem Pferd gestürzt sein, das noch, etwa hundert Schritt von ihm entfernt, auf einer Kleestoppel weidete, und hatte sich den Kopf an den scharfen Steinen blutig geschlagen.

Die Burschen hatten aber Verstand genug, ihn nicht in solchem Zustande in seiner Eltern Haus zu tragen; die Mutter hätte den Tod vor Schreck davon haben können. Einer von ihnen holte deshalb das Pferd, setzte sich auf und sprengte voraus, um es dem alten Barthold zu melden, und die andern Beiden nahmen den Bewußtlosen in die Arme und trugen ihn dem Dorfe zu.

Eine halbe Stunde darauf lag Hans entkleidet, aber immer noch ohne Besinnung, in seinem Bett, während der Dorfchirurg seine Wunden — er hatte eine an der Stirn und eine über dem linken Schlaf — untersuchte und verband, und um das Bett standen in sprachlosem Jammer Vater und Mutter und die arme Katharine.

Das war eine recht gestörte Nachkirmeß heute in Dreiberg, denn es fehlte dabei ein Platzbursche und zwei Platzjungfern — aber getanzt wurde doch, das Fest mußte ja natürlich abgehalten werden, und wer fehlte, wurde eben durch Andere ersetzt. Was hätte auch eine Kirmeß in ihrem Gange aufhalten können?

Zehntes Kapitel.

Im Bett.

Und wie traurig ging es indessen im Hause des alten Barthold zu, denn mit Hans wurde es nicht besser, und als er am zweiten, dritten, ja selbst am vierten Tag noch immer nicht zur Besinnung kam, da war es der Mutter, als ob sie sich selber mit in's Grab legen müsse, wenn sie sehen sollte, wie sie den einzigen Sohn hinaustrügen auf Nimmerwiederkehr.

Auch der Vater ging wie gebrochen umher; der

alte Mann schien in den wenigen Tagen um doppelt
die Anzahl von Jahren älter geworden zu sein. Er
sprach fast mit Niemandem, und die Knechte hatten
noch nie mit solchem Eifer ihre Arbeit gethan und
nach ihrer Pflicht gesehen, wie in diesen Tagen, denn
es war ihnen gar so unheimlich, daß der alte Mann
nicht manchmal mit einem, aber immer gut gemeinten
Donnerwetter dazwischen fuhr und ihnen auf die
Finger sah. Die Einzige, die noch die Arbeit im
Hause besorgte, war Katharine; aber wo sie sich eine
Minute an ihrer Zeit abmüßigen konnte, saß sie oben
am Bett des Kranken und strickte, und wenn sie Niemand sah — denn sie wollte die Eltern nicht noch
trauriger machen — fielen ihr die großen schweren
Thränen auf ihre Arbeit nieder.

So war der vierte Nachmittag gekommen. Der
Vater hatte die ganze Nacht bei dem kranken Sohn
gewacht, die Mutter war dann den ganzen Morgen
bei ihm gewesen, und jetzt hatte Katharine bei ihm die
Wacht. Die Arme hatte wieder eine Weile gestrickt,
dann ließ sie die Arbeit in den Schooß sinken, und ihr
Blick haftete an den todtbleichen Zügen des Kranken,
bis sich ihr endlich von den vielen herausstürzen-
den Thränen die Augen verdunkelten. Da aber hielt
sie sich nicht länger; am Bett fiel sie nieder auf die

Kniee, drückte ihre heiße Stirn gegen das Unterbett
und rief mit halblauter, von Schmerz und Jammer
fast erdrückter Stimme: „O, laß ihn leben, lieber
Gott, laß ihn leben! sei barmherzig und nimm ihn
nicht seinen armen Eltern, die den Jammer ja nicht
ertragen könnten. Wenn aber eines sterben muß, o
Du barmherziger Gott, so laß mich es sein. Wie
gern, wie gern sterb ich für ihn, und besser, viel besser
wäre es ja auch, Du nähmst mich fort, ich werde ja
doch mein ganzes Leben elend und verlassen sein."
Und halb an dem Bett niedersinkend, daß sie sich nur
noch mit den Händen hielt, schluchzte sie, als ob ihr
das Herz brechen müsse.

Während sie betete, hatte der Kranke auf dem
Lager langsam die Augen geöffnet und erstaunt auf=
gesehen. Jetzt schloß er sie wieder; die Betende lag
aber noch lange neben dem Bett zusammengebrochen
und erhob sich erst, als sie draußen Schritte hörte.
Es war der Vater, der in's Zimmer kam, um nach
seinem Sohn zu sehen.

Nur einen Blick warf er nach dem Kranken, seufzte
tief auf und wandte sich dann gegen das Mädchen,
dem noch die hellen Thränen über die Wangen liefen.

„Arme Katharine," sagte er herzlich, umfaßte
sie und küßte ihre Stirn, „thut Dir's denn auch so

weh, daß wir den Jungen verlieren sollen? Aber
härme Dich nicht so ab, Kind, Du wirst uns ja sonst
selber krank. Wir stehen Alle in Gottes Hand, Herz.
Er hat ihn uns gegeben; will er ihn wieder nehmen
— sein Name sei gelobt."

Katharine legte sich jetzt an die Brust des Alten,
und ihr Schmerz löste sich allmählich in lindernde
Thränen auf.

„Geh' jetzt, Schatz," sagte der Vater leise und
richtete sie auf, „die Mutter hat nach Dir verlangt.
Ich bleibe bei dem Jungen. Der Chirurg muß auch
bald wieder kommen. Sowie er da ist, schick' ihn mir
augenblicklich herauf, hörst Du?"

„Ja, Vater," sagte Katharine, die sich gewaltsam
zusammennahm, „ich geh' schon, nur frische Umschläge
möcht' ich ihm noch geben, daß es ihm die Wunden
wieder ein Bischen kühlt."

Der Vater nickte still und langsam vor sich hin,
und setzte sich dann auf den Stuhl, zu Füßen des
Bettes, während Katharine mit vorsichtiger Hand die
kalten Umschläge erneuerte und dann leise, als ob sie
einen Schlafenden zu stören fürchte, das Zimmer
verließ.

Der Vater saß, nachdem die Katharine schon lange
hinausgegangen, noch immer so, den Blick auf das

bleiche, kalte Antlitz des Sohnes geheftet. Endlich stützte er auf dem Lehnstuhl den Kopf in die rechte Hand und schaute stier und lautlos viele, viele Minuten lang vor sich nieder.

„Vater," sagte da eine leise Stimme, und wie von einem Schuß getroffen, sprang der alte Mann empor.

„Vater!" Hans sah ihn aus den eingefallenen Augenhöhlen groß an, er lebte. Der Verwundete war zum Bewußtsein zurückgekehrt.

„Junge, Junge!" rief der Alte, und was der Schmerz und Jammer um den Todtgeglaubten nicht vermocht, das erzwang die Freude. Am Bette stürzte er nieder und des Sohnes Hand mit Küssen bedeckend, weinte er wie ein Kind.

Aber nicht lange konnte der starke Mann von solchem Gefühl bewältigt werden, und mit dem Bewußtsein — der Arzt hatte ihn besonders davor gewarnt — den Erwachten nicht zu sehr aufregen zu dürfen, sagte er, mit vor innerer Bewegung fast erstickter Stimme, indem er die Hand des Kranken drückte und streichelte: „Hans, lebst Du wieder, o, das ist brav! das ist brav! Aber lieg' still, mein Junge, rühre und rege Dich nicht. Der Doctor wird gleich da sein, und ich muß jetzt hinunter und es der

Mutter sagen — und der Katharine — ich bin gleich wieder da, lieg' nur noch einen Augenblick still, mein Hans, nur einen Augenblick."

Der alte Mann wußte selber kaum was er that. Die Glieder flogen ihm wie in Fieberfrost, und vor Freude bebend — er fand kaum die Thürklinke, eilte hinaus, um der Mutter die Botschaft zu bringen — „Dein Sohn lebt!"

Wie wär' es möglich den Jubel zu beschreiben, der jetzt das Haus erfüllte, denn der Chirurg hatte ihnen schon gesagt, wenn Hans wieder zum Bewußtsein käme, dann brauchten sie für sein Leben nicht mehr zu fürch- ten; nur ruhig müßten sie ihn halten. Das wollten sie auch, aber sehen mußten sie ihn erst einmal, nur einen einzigen kleinen Augenblick, und leise, selbst auf den Zehen, schlichen die Mutter und Katharine in die Kammer hinein. Als sie aber dem Blick des Sohnes und Bruders begegneten, der ihnen freundlich zulächelte, da konnten sie sich nicht mehr halten und thaten wie der Vater. Sie stürzten an sein Bett, und bedeckten seine Hand mit Küssen und Thränen. Aber der Alte stand jetzt Wacht.

„Hinaus mit Euch!" rief er in gutmüthigem Zorn, „wollt Ihr den Jungen rebellisch machen, daß er mir wieder ohnmächtig wird? Fort und hinunter, bis der

Doctor kommt, ich bleibe so lange bei ihm auf Pesten." Und Mutter und Katharine die wohl wußten, daß der Vater Recht hatte, rissen sich von dem Wiedergeschenkten los, nickten ihm noch in seliger Freude zu und verließen jetzt das Zimmer, um sich unten in ihrer Stube recht von Herzen auszuweinen — doch es waren Freudenthränen.

„Aber Vater," sagte Hans mit wohl noch sehr matter, indeß vollkommen deutlicher Stimme, „weshalb treibst Du die Mutter und die — die Kathrine hinaus? es fehlt mir ja Nichts mehr, und — ist denn die Kathrine heute nicht zur Kirmeß gegangen?"

„Fehlt Dir Nichts mehr? — so?" sagte der Vater, indem er ihn kopfschüttelnd betrachtete, „und heute zur Kirmeß? Weißt Du denn, welchen Tag wir heute schreiben, und wie lange Du dagelegen hast?"

„Nun? ist's nicht Sonntag? aber wie bin ich denn eigentlich hier in's Bett gekommen? was ist denn vorgefallen?"

„Heute Sonntag? Mittwoch ist heute und noch dazu Mittwoch Abend und der vierte Tag, daß Du hier liegst und keinen Bissen Essen, keinen Tropfen Wasser über die Lippen gebracht hast!"

„Mittwoch? aber wie ist das möglich?"

„Bist Du am Sonntag nicht mit dem Pferde ge-

stürzt? Der Braune hatte ja doch die Spuren am
Körper."

„Mit dem Pferd gestürzt? — ja!" sagte Hans
da plötzlich, und sein Antlitz, das sich beim Reden
etwas gefärbt hatte, wurde wieder leichenblaß, „als
ich von Wetzlau herüberkam. Der Braune stolperte
auf dem schlechten Weg — ich glaube, er stürzte auch
— aber weiter weiß ich mich auf Nichts zu besinnen."

„Ja, weil sie Dich nachher für todt hier in's Haus
trugen. Und was für Sorge haben wir um Dich ge=
habt, die Mutter und die Kathrine und Deine Braut!"

„Meine Braut?" sagte der Hans leise.

„Nun gewiß," sagte der Alte. „Wir mußten ihr
doch natürlich gleich die Botschaft hinüberschicken, und
als sie am Montag selber mit dem Traubenwirth oben
war und Dich hier auf dem Bett wie todt liegen sah,
hat sie geweint, als ob ihr das Herz brechen müßte.
Jetzt ist sie selber krank und liegt im Bett, aber alle
Tage hat sie herübergeschickt, um fragen zu lassen, wie
es Dir geht; manchmal zwei Mal an einem Tag.
Es soll mir auch gleich ein Bote nach Wetzlau, daß
sie sich mit uns freuen können."

Hans sank wieder auf sein Kopfkissen zurück und
schloß die Augen. Der Kopf that ihm noch weh und
das Besinnen that ihm auch weh, und doch hätte er

in dem Augenblick Gott weiß was darum gegeben, wenn er gewußt hätte, was jetzt wirklich geschehen sei und was er nur geträumt habe. Wie ihm das Alles so wild und toll in seiner Erinnerung durcheinander schwamm — er konnte die einzelnen, verworrenen Bilder gar nicht von einander trennen.

„Hans,“ rief der Vater ängstlich, „bist Du wieder krank?“

„Nein, Vater,“ sagte der junge Bursche leise, ohne aber die Augen noch zu öffnen, „der Kopf schwindelt mir nur. Laßt mich einmal einen Augenblick ausruhen; es wird gleich wieder besser werden.“

Hans hatte auch nicht zu viel versprochen. Eine solche Natur, wie er, kann wohl einmal geworfen werden, aber sie arbeitet sich auch wieder kräftig nach oben, und Träume und Phantasien können nie lange Gewalt über sie haben. Doch die Augen durfte er nicht dazu geschlossen halten; er mußte sehen, was um ihn her vorging, und wie er wieder in das ängstlich besorgte Gesicht des Vaters schaute, kam ihm die Erinnerung an das Vergangene an — das wirklich Geschehene, klar und deutlich zurück.

„Wo ist die Kathrine, Vater?“ sagte er leise.

„Die Kathrine? unten bei der Mutter. Laß die Frauen nur noch eine Weile gehen, denn die machen

Dich sonst nur noch unruhiger, als Du schon bist. Aber ich hab' Dir auch eine gute Kunde zu melden, Hans — eine recht gute Kunde."

„Eine gute Kunde?"

„Dein Heimathschein ist angekommen. Jetzt ist's auf einmal schnell gegangen. Aber nun mach' auch daß Du wieder auf die Füße kommst. Ich hab Dir das ganze Gut verschrieben, und da mußten sie ihn Dir wohl geben, denn Du bist ja jetzt Landeigenthümer geworden und kannst nun heirathen, wann Du willst. Aber nach Gotha werden wir doch noch müssen, denn die Herren Geistlichen sind zäh und wollen nicht nachgeben."

„Wo ist denn die Kathrine, Vater?"

„Aber was hast Du nur mit der Kathrine? unten, ich hab' Dir's ja schon vorher gesagt; bei der Mutter."

Wieder schloß Hans die Augen und schien jetzt wirklich müde geworden zu sein, denn als ihn der Vater wieder anredete, bewegte er nur leise die Hand und öffnete die Augen nicht. Da er aber ruhig und regelmäßig athmete, war der Alte vernünftig genug, ihn nicht weiterzu stören, und zwei volle Stunden blieb er so liegen, während die Frauen ein paar Mal leise das Zimmer betraten, aber immer wieder auf ben Zehen hinausschlichen, sobald sie den Schlaf des Kranken bemerkten.

Gegen Abend kam der Chirurg, und als Hans die fremde Stimme hörte, öffnete er die Augen. Er hatte wirklich geschlafen und fühlte sich dadurch merklich gestärkt.

Der Chirurg war außerordentlich zufrieden; der Puls ging ruhig, die Kopfwunden waren nur noch wenig entzündet. Wundfieber hatte er gar nicht gehabt, und mit einiger Ruhe hoffte jener ihn in ein paar Tagen wieder auf den Füßen zu haben.

„In ein paar Tagen?" lächelte Hans, „ich stehe morgen auf, Doctor, die Schrammen am Kopf heilen auch so."

„Und fallen mir nachher wieder um," sagte der Chirurg.

„Denke nicht daran," meinte Hans.

„Nur nicht zu früh," warnte der Doctor, als er das Haus verließ, „daß wir keinen Rückfall kriegen."

Mutter und Katharine durften jetzt bei ihm bleiben, und als das junge Mädchen wieder zu seinem Bett trat, nahm er ihre Hand, drückte sie leise und sah ihr so lange in die guten blauen Augen, bis sie den Blick vor ihm zu Boden schlug. Aber eine große Veränderung zum Besseren war mit ihm vorgegan=

gen. Er schien die anfängliche Schwäche schon fast abgeschüttelt zu haben, und die Mutter war ganz glücklich, daß er ihr so aufmerksam zuhörte, als sie ihm Alles erzählte, was indessen in Dreiberg vorgegangen, seit er dagelegen, wenn er auch Katharine immer dabei anschaute.

„Vater," fragte Hans, nachdem die Frauen zur Bereitung des Abendbrods hinuntergegangen waren und er eine Weile schweigend in seinem Bett gelegen, „habt Ihr nach Wetzlau hinübergeschickt?"

„Ei gewiß," lautete die Antwort, „der Bote ist auch schon zurück. Er hat aber die Liese nicht selber gesprochen, doch ist sie wieder auf und gesund. Sie lassen Dich Alle herzlich grüßen und Dir Glück wünschen."

„Vater, ich möchte jetzt nicht gern mehr viel Zeit verlieren, bis ich meinen eigenen Heerd gründe."

„Aber wohl und gesund mußt Du doch erst wieder sein."

„In vierzehn Tagen werden kaum noch die Narben zu sehen sein, und so lange braucht's ja doch zu dem Aufgebot," meinte Hans.

„Hm," sagte der Vater, „aber da kommt uns wieder die verwünschte Geschichte mit dem Consistorium dazwischen. So rasch geht die Sache nun auf keinen Fall."

„Ich hab' mir das Alles anders überlegt, Vater," sagte der Hans ruhig, „wir brauchen das Consistorium gar nicht — ich heirathe die Kathrine."

„Hans!" rief der Vater und fuhr erschreckt von seinem Stuhl in die Höhe, denn er glaubte im ersten Augenblick, sein Hans sei durch den Sturz im Kopf verwirrt geworden, „um Gottes willen, Junge, was hast Du? was ist mit Dir? Du solltest noch nicht so viel nachdenken, Du solltest hübsch still liegen und Dich ruhig halten."

Hans, der wohl ahnen mochte was sein Vater fürchtete, lächelte still vor sich hin; endlich sagte er: „Die Kathrine hat mich lieb, ich weiß es. Vorhin hab' ich's gehört, als sie noch glaubte, ich könnte sie nicht hören, und ich bin ihr auch von Herzen gut, und sie paßt besser für mich, für uns Alle, als das Lieschen."

„Aber der Traubenwirth hat mein Wort, das Lieschen hat Deins. Das geht im Leben nicht und brächte Schand' auf uns Alle," rief jetzt der Alte, denn der Hans sprach zu vernünftig, als daß er nun nicht hätte merken können, es sei ihm Ernst.

„Wär' Euch die Kathrine zur Schwiegertochter recht, Vater?"

„Was hilft das Fragen, Hans? zerquäl' Dir den

Kopf nicht mit derlei Dingen," mahnte der Vater ab, doch noch immer nicht so ganz beruhigt. Wie kam der Junge jetzt nur auf die Kathrine?

„Bitte, beantwortet mir nur die eine Frage," bat Hans, „wär' Euch die Kathrine zur Schwiegertochter recht?"

„Wenn Du sie früher gewählt hättest, ich wollt nichts dagegen sagen," setzte er zögernd hinzu, „aber so —"

„Vater, wollt Ihr mich einen Augenblick ruhig anhören?"

„Du darfst nicht so viel sprechen."

„Nur ein paar Worte, ich muß es vom Herzen haben, und Ihr müßt morgen ganz früh nach Wetzlau reiten und mit dem Traubenwirth sprechen."

„Und was ist's?"

Hans lag noch eine Weile still, dann erzählte er dem Vater mit kurzen, einfachen Worten die ganzen Erlebnisse, erst von dem letzten Kirmeßabend, dann von jenem Sonntag-Morgen, was er gehört und was er selber gesehen und der Vater saß dabei und schüttelte nur unablässig mit dem Kopfe. Und dann erzählte Hans weiter, wie er wieder zur Besinnung gekommen sei und wie Katharine an seinem Bett gelegen und gebetet und was sie dabei gesagt habe. Und jetzt nickte der Alte und sagte leise: „Ob ich's mir nicht gedacht — ob ich's mir nicht gedacht!"

„Und soll ich das Lieschen jetzt noch heirathen, Vater? könnt' ich's nach dem, was vorgefallen ist, je wieder recht von Herzen lieb haben? und hat's mir nicht damit selbst mein Wort zurückgegeben?"

Der Alte antwortete nichts, er war aufgestanden, kraute sich den Kopf und ging eine ganze Weile im Zimmer auf und ab. Endlich rief er: „Morgen früh reit' ich zum Traubenwirth hinüber. Gern thu' ich's nicht, aber Recht hast Du. Wenn die Sache denn einmal so steht, mag sich das Lieschen den Stadt= menschen nehmen. In die Stadt paßt es auch besser mit den weiten Röcken, als zu uns in die engen Stuben — und die Kathrine?"

„Sagt ihr noch nichts, Vater," bat Hans, „ich möchte sie selber darum fragen; auch der Mutter nicht; heute Abend bin ich doch zu schwach Das viele Reden hat mich angestrengt, vielleicht auch der Hunger; aber da kommt die Mutter mit der Suppe, die wird mir gut thun. Mir ist ordentlich zu Muthe, als ob ich in einem ganzen Jahre nichts gegessen hätte."

Elftes Capitel.
Was die Katharine dazu sagte.

Hans hatte Recht gehabt. Die vier Tage Fasten paßten nicht zu seinem Körper, und als er einen gro=ßen Teller kräftige Fleischbrühe aufgegessen, fühlte er sich besser, legte sich auf die andere Seite und schlief sanft und ruhig bis zum andern Morgen.

Nach Sonnenaufgang lugte der Vater in's Zim=mer herein und fand den Sohn schon munter und wohl in seinem Bett aufsitzen.

„Bleibt's beim Alten?" frug er nur; Hans nickte, und der alte Barthold ging hinunter, setzte sich auf den Braunen und ritt hinüber nach Wetzlau. Hans aber, durch den herrlichen Schlaf neu gestärkt, ließ sich von der Mutter seine Kleider geben, die Sonn=tagskleider, mit denen er zuletzt drüben in der Traube gewesen war, dann setzte er sich in den Lehnstuhl. Das Ankleiden hatte ihn doch ein Bischen mitgenom=men, und er sah wieder etwas blaß aus und sagte, als die Mutter bald darauf in's Zimmer schaute und frug, ob er noch 'was brauche:

„Mutter, ich möcht' gern einmal die Kathrine sprechen."

„Kann ich's nicht auch besorgen, Hans?"

„Nein, Mutter, Ihr nicht. Die Kathrine kann

wohl einmal heraufkommen; die hat noch junge Beine — sie hat mir so noch nicht guten Morgen gesagt — und kann mir auch gleich den Kaffee mit heraufbringen."

Die Mutter schüttelte mit dem Kopf, that aber des Sohnes Willen, und eine kleine Weile später kam Katharine mit dem Verlangten, setzte das kleine Kaffeebret auf den Tisch, ging dann zu Hans, reichte ihm die Hand und sagte: „Guten Morgen, Hans; Gott sei ewig gedankt, daß Du wieder aufsitzen kannst und so gut und wohl dabei aussiehst."

„Guten Morgen, Kathrin'," erwiderte Hans, ließ aber die Hand noch nicht sogleich wieder los, die sie ihm geboten, „freut's Dich wirklich, daß ich wieder gesund bin?"

„Aber Hans, wie kannst Du nur so was fragen? Glaubst Du's nicht?"

„Doch, Kathrine," sagte Hans, „gewiß glaub' ich's und gern noch obendrein."

„Und das Lieschen wird erst eine Freud' haben. Der Vater ist heute Morgen hinüber und bringt's vielleicht gleich mit. Die ist gar krank geworden vor lauter Sorge, die arme Maid."

„Meinst, Kathrine, daß sie wegen meiner krank geworden ist?"

„Aber was Du nur heut für sonderbare Fragen thust, Hans! Wegen wessen benn sonst?“

„Ja, ich weiß nicht,“ sagte Hans und schaute still und sinnend vor sich hin, er wußte aber doch, wegen wessen. Kathrine hatte indessen ihre Hand wieder frei gemacht, schenkte ihm den Kaffee ein und rückte ihm dann den kleinen Tisch zu dem Lehnstuhl, damit er die Tasse leicht erreichen konnte. Sie hätte es ihm gern noch bequemer gemacht, wenn es nur mög‑ lich gewesen wäre.

„Der Kaffee wird kalt, Hans, wenn Du nicht trinkst,“ sagte sie, „er ist ohnehin ein Bischen bünn, aber die Mutter wollte nicht, daß ich ihn Dir stark kochen sollte, weil er Dir sonst schaden könnte, wie sie meinte. Trink ihn nur wenigstens, so lang er noch heiß ist.“

„Hans hörte gar nicht, was sie ihm von dem Kaffee erzählte, denn ihm gingen andere Dinge im Kopf herum.

„Heut’ in drei Wochen soll die Hochzeit sein, Ka‑ thrine,“ meinte er endlich, und sah das Mädchen fest und forschend dabei an.

„Ja, ich weiß schon,“ sagte Katharine, aber viel leiser, als sie vorher gesprochen, „das Papier ist end‑ lich gekommen.“

„Haſt Du nichts dagegen, Kathrine?"

„Ich? Aber Hans, wie Du nur heut' biſt? Was
kann denn ich dagegen haben? und weshalb?" ſetzte
ſie noch viel leiſer hinzu.

„Ja, Du wärſt aber doch eigentlich die Haupt-
perſon," meinte Hans; „die Braut hat doch das
Meiſte dabei zu ſagen."

„Hans, das iſt ſchlecht von Dir, daß Du einen
ſolchen Scherz mit mir machſt," ſagte Katharine.
Sie war leichenblaß dabei geworden und es war, als
ob die blauen Augen ein paar Glasdeckel bekommen
hätten, ſo lagen ihr zwei große ſchwere Thränen darin
und füllten ſie bis zum Rande aus.

„Und wenn's nun kein Scherz wäre, Kathrine?"
ſagte Hans und ſtreckte die Hand nach ihr aus, „wenn
nun das Lieschen falſch gegen mich geweſen und der
Vater heute hinübergeritten wäre, um dem Traubenwirth die Heirath aufzuſagen? Wenn ich Dir nun
von Herzen gut wäre, Kathrine, und geſtern auch gehört hätte, was Du an meinem Bett gebetet, und
keine Andere weiter auf der Welt möcht', als Dich,
und Dich von Herzen bäte, daß Du das Kind im
Hauſe bleiben und nur dazu noch mein Weib, mein
liebes Weib werden wollteſt, Kathrine?"

„Hans!"

„'s ist mein Ernst, Kathrine," sagte Hans treuherzig, indem er ihr nochmals die Hand entgegenstreckte. „Das Lieschen hält's mit dem Stadtherrn. Ich hab's selber gehört, wenn sie auch nicht wußte daß ich dabei stand, daß sie ihn von Herzen lieb hat. Sie hat's ihm selber gesagt und ist ihm dabei auch um den Hals gefallen. Da war's aus mit uns Beiden, und blind und taub bin ich gewesen, daß ich nicht schon lange eingesehen habe, daß wir Zwei hier doch am besten zusammen passen. Wenn Du mich haben willst, schlag ein, Kathrine, und ich will Dir gut sein mein ganzes Leben lang."

Und Katharine sagte gar nichts dazu, aber neben dem kranken Hans kniete sie nieder und lachte und weinte und war so glücklich, daß ihr das Herz hätte zerspringen mögen in der Brust.

Und wie der Kaffee dabei eisig kalt wurde, kam die Mutter herein und blieb vor Erstaunen auf der Schwelle stehen und schlug die Hände zusammen. Als sie aber hörte, was hier vorgefallen und wie es des Traubenwirths Tochter drüben getrieben und wie falsch sie gewesen und wie gut Hans der Katharine sei und Katharine dem Hans, da setzte sie sich mit hin und weinte und lachte, gerade wie Katharine. Und jetzt kam's auch heraus, daß das ihr heißester Seelen-

wunsch gewesen und sie sich vor der Zeit eigentlich
gefürchtet hätte, wo Lieschen als Schwiegertochter in
das Haus gezogen wäre, eben weil sie immer so vor=
nehm und gar nicht wie ein Bauermädchen war. Aber
sie hatte trotzdem nichts sagen mögen, weil man bei
solchen Dingen — worüber aber die Meinungen ver=
schieden sind — eigentlich keinem andern Menschen
zureden müsse.

Gegen Mittag kam der Vater zurück. Drüben
in Wetzlau war's heiß hergegangen. Der Trauben=
wirth hatte noch von nichts gewußt, und Lieschen war
vor ihm auf die Kniee gefallen und hatte ihm gestan=
den, daß sie den fremden Herrn liebe und daß er sie
heirathen wolle. Und der Traubenwirth war außer
sich gewesen und hatte seine Tochter von sich gestoßen
und sie allerhand schreckliche Namen genannt, und
das hatte der alte Barthold endlich nicht länger mehr
mit anhören können und war wieder fortgeritten nach
Dreiberg.

Und an dem Mittwoch über drei Wochen war
wirklich Hochzeit und der katholische Pfarrer dazu aus
der Stadt herausgekommen. Wie aber die beiden
jungen Leute eingesegnet waren und Hans sein glück=
liches freudeglühendes Weibchen im Arme hielt, da
meinte der alte Barthold: „Hans, erinnerst Du Dich

wohl noch dran, was Du damals sagtest, als uns der Heimathschein ausblieb und Du Dich für den unglücklichsten Menschen in der Welt hieltest, weil Du das Lieschen nicht gleich Knall und Fall heirathen konntest? Ich glaube, es war: »ich wollte, ich wär' todt und begraben« und »kein Mensch in der ganzen Welt hat mehr Unglück, als ich.« War's nicht so?"

Hans ließ beschämt den Kopf hängen.

„Siehst Du nun," fuhr der Vater fort, „wie wohl und weise es der allgütige Gott da oben einrichtet, wenn wir armen Sterblichen hier unten auch manchmal nicht gleich einsehen können, wozu das oder das wohl gut sein könnte? Am Ende führt er doch immer Alles zum Besten hinaus, und wir Alle arbeiten nur in seinem Dienst und dienen nur zu seinen Werkzeugen — selbst die langsamen Behörden da drinnen in der Stadt," setzte er lächelnd hinzu. „Aber jetzt mag das Vergangene vergessen sein, und nun segne Euch Beide Gott und seid glücklich miteinander."

Und Hans und Katharine waren glücklich, und die Eltern sollten nie im Leben bereuen, daß sie die kleine Waise damals an Kindesstatt angenommen und sich ein wirklich Kind daraus erzogen hatten.

An dem nämlichen Abend aber, an dem Hans und Katharine mitsammen Hochzeit machten, lief des

Traubenwirths Tochter mit ihrem Schatz heimlich
davon, und man hat nie wieder von ihnen gehört,
denn sie gingen miteinander nach Amerika. Der
Traubenwirth aber überlebte die Schande nicht lange,
die ihm sein Kind angethan. Er kränkelte von da an,
und wie das Jahr um war, trugen sie ihn still hinaus
in sein letztes Kämmerlein.

Auf der Eisenbahn.

Wie ganz anders reisen wir jetzt, als früher; was
für ein Drängen und Treiben ist das, in dieser vollkommen neuen Welt des Dampfes und der Elektro-
graphen. Wie schnell fliegen w i r, wie schnell fliegt
die Zeit — und wie langsam gehen doch noch so viele
Menschen in ihrem alten, ausgetretenen Gleis n e b e n
der Eisenbahn her, ja hielten uns wohl gern noch auf,
um mit ihnen in Einem Tempo zu bleiben, denn jeder
rasche Fortschritt ist ihnen zuwider.   Aber eben so
machtlos griffen sie in die Speichen der Zeit, wie in
die Dampfräder des Fortschritts, und wir fliegen keck
und freudig an ihnen vorbei, und lassen sie nachkeuchen.

Die Fahrt mit dem Dampfwagen ist freilich nicht
mehr so gemüthlich, wie die frühere alte Postfahrt.
In unserer praktischen Zeit hat die Gemüthlichkeit
überhaupt erstaunlich abgenommen. Jetzt regiert der
Eigennutz in der Welt, und wer einen Eckplatz im
Coupé bekommen kann, lehnt sich behaglich hinein,

streckt die Beine vor sich hin, und kümmert sich nicht um den Nachbar.

Das ganze Reisen ist auch ein anderes geworden. Früher gehörte ein Entschluß dazu, den alten Wohnsitz zu verlassen, um irgend einen entfernten Ort zu erreichen. Vor allen Dingen mußte man sich einen Paß mit genauer Personalbeschreibung verschaffen — Tagelang vorher eingeschrieben sein, um nicht in einem lästerlichen Beiwagen befördert zu werden — und dann die Abschiedsvisiten. — Jetzt dagegen trägt man die Paßkarte fix und fertig in der Tasche — oder braucht sie auch nicht einmal, und ist aus irgend einem entfernten Theil Deutschlands zurückgekehrt, ehe nur irgend ein Mensch eine Ahnung hatte, daß man überhaupt fortgewesen.

Die Reisenden selber verband früher auch schon der gemeinsame Entschluß — die lange Fahrt mit einander. Wo zum ersten Mal Mittag gemacht wurde, saßen die „Passagiere" von den „Gästen" des Orts getrennt, im „Passagierzimmer" allein und abgeschieden, oder im Gastzimmer an einem besonderen Theil des Tisches. Abends kehrten sie zusammen ein; Morgens tranken sie gemeinschaftlich Kaffee, und hatten im Postwagen wieder ein gemeinsames Leiden zu besprechen, das sie enger verband: die Klage über das letzte Nachtquartier.

Wie hat sich das in unserer Zeit geändert. Jetzt werden wir mit einer Anzahl von Personen zusammengeworfen, die uns nicht interessiren können, da sie vielleicht schon auf der nächsten Station aussteigen — selbst das wohin bleibt sich gleich, da sie uns wahrscheinlich nie im Leben mehr begegnen. „Reisegefährten“ — das Wort existirt gar nicht mehr; man grüßt sich höchstens, wechselt vielleicht ein paar Worte mitsammen, und kennt sich nicht mehr, sobald man aussteigt, trotzdem man vielleicht eine Strecke gemeinschaftlich zurückgelegt hat, die unter frühern Verhältnissen eine feste und dauernde Freundschaft begründet hätte.

Das macht der Dampf: die Concentration der Zeit, wie man es nennen könnte, mit der wir in ein Coupé erst zusammengepreßt, und dann wieder gewaltsam auseinander geschnellt werden. Wer kann sich dabei gemüthlich fühlen? Wo ist die beschauliche Ruhe beim Reisen geblieben, mit welcher der „Schwager“ vor der Abfahrt ein paar Stücke auf seinem Horn blies und das durch Verspätung eingetretene Zurücklassen eines Passagiers ein Ereigniß gewesen wäre, von dem man auf der Strecke noch Monate lang gesprochen hätte. — Jetzt dagegen ein rasches Läuten, ein Pfiff, und fort geht der Zug, ein unglückseliges Menschenkind aber, das in diesem Augenblick noch vielleicht verzwei-

felnb aus dem Wartesaal stürzte, kann nur mit bestürz=
tem Gesicht hinter dem Davonbrausenden drein sehen,
wird noch dazu ausgelacht, und ist von seinen früheren
Mitpassagieren im nächsten Augenblick vergessen.

Und wie oft geschieht das. Der alte faule Schlen=
drian steckt da noch in einer Menge von Menschen,
und kommen sie einmal hinaus in's Leben, treten sie
aus ihrer Studirstube oder Werkstatt in's Freie, so
hält es ungemein schwer ihnen begreiflich zu machen,
daß die übrige Welt nicht auf sie wartet oder ihret=
wegen da ist — aber der Dampfwagen bringt's fertig.

Und was für wunderliche Leute führt er zusammen.

Es war im August vorigen Jahres, daß ich mit
dem Schnellzug von Leipzig nach Coburg über Eisenach
fuhr, und zwar die ersten Stationen mit einem Frem=
den allein im Coupé, der sich trotz der warmen Wit=
terung in einen ziemlich dicken Mantel gehüllt, und
seine Reisemütze fast bis über die Ohren gezogen hatte.
Vom Gesicht war dabei nur sehr wenig frei, und das
Wenige selbst ununterbrochen in eine dichte Wolke von
Cigarrendampf gehüllt.

Da ich selber unterwegs nur höchst ungern spreche
und nie selber eine Unterhaltung anknüpfe, mein zeitwei=
liger Reisegefährte aber die nämliche Neigung zu stiller
Selbstbeschauung zu haben schien, so nahmen wir in

verschiedenen, und zwar gerade den entgegengesetzten Ecken des Coupés Platz und qualmten um die Wette.

In Naumburg bekamen wir einen Mitgenossen, der aber, während er sich dem Dicken gegenübersetzte, ganz das Gegentheil von diesem zu sein schien.

Es war ein dünnes, kleines Männchen, nicht älter vielleicht als dreißig Jahr, aber seinem Gegenüber ordentlich wie zum Trotz ganz in Nanking gekleidet, ja er hatte noch dazu seine Weste aufgeknöpft, und ging dadurch auch sogleich zu Feindseligkeiten über, daß er das bis jetzt fest verschlossene Fenster, ehe es der Dicke verhindern konnte, herunter ließ.

„Bitte, es zieht," sagte dieser — es war das erste Wort, was er bis jetzt gesprochen hatte — und beiläufig gesagt auch das letzte, das ich von ihm hörte, aber selbst das nutzlos.

„Nichts geht über frische Luft" — sagte der Kleine in Nanking — „Sie haben ja hier einen Qualm, daß man ersticken möchte."

Er suchte jetzt auch, wie sich der Zug kaum wieder in Bewegung setzte, ein Gespräch mit Einem von uns Beiden anzuknüpfen, aber es mißlang ihm gänzlich. Eine nicht wegzuleugnende meteorologische Beobachtung über „schönes Wetter" wurde todt geschwiegen — eine Frage wohin die Reise gehe, an den Dicken, fand keine Antwort; ich selber that als ob ich schliefe, und so rasselten wir selbander an Kösen, Sulza und Apolda vorüber nach Weimar.

Der kleine Mann war dabei völlig rastlos; unaufhörlich sah er bald nach seiner Uhr, bald nach dem Fahrplan, den er schon ganz zerknittert hatte; bald holte er ein Buch heraus zum Lesen, steckte es aber augenblicklich wieder ein. Jetzt nahm er eine Prise — die er auch dem Dicken anbot, der aber nur mit dem Kopf schüttelte, jetzt zog er sich den Schuh aus und ließ einen kleinen Stein heraus; kurz er saß keinen Augenblick still. Wo auch der Zug hielt, ließ er sich öffnen, und schoß eine Weile auf dem Perron herum.

Er suchte Jemand, aber nicht etwa einen Bekannten, sondern nur ein menschliches Wesen, mit dem er sich unterhalten konnte, ja in letzter Verzweiflung griff er sich sogar den Schaffner auf, der aber nur so lange bei ihm aushielt, als er Zeit gebrauchte seine Dose zu öffnen und ihm eine Prise anzubieten.

Endlich in Weimar fand er das Gesuchte. Dort stieg ein etwas sehr ausgetrockneter Herr mit einer Brille auf, in jeder Hand einen Reisesack tragend und von seiner Frau, einer kleinen lebendigen Brünette gefolgt, in das Coupé. Ein Dienstmädchen das sie begleitet hatte, reichte noch einen großen Tragkorb voll

Hutschachteln, Sitzkissen, Vorrathskörben und Regen=
schirmen, wobei sie die Dame Frau Professorin nannte,
in den Wagen, wünschte glückliche Reise und zog sich
dann in die Arme eines mittelstaatlichen Infanteristen
zurück, der diesen Moment mit großem Takt in der
Entfernung abgewartet hatte.

Der Professor suchte indessen, wie der Zug abpiff
— der Kleine in Nanking hatte eben noch Zeit gehabt,
wieder in das Coupé zu springen — seine Brille, und
als er diese gefunden hatte, seine Cigarrentasche, die
sich endlich in dem Arbeitsbeutel seiner Gemahlin fand.
Hiernach vermißte er aber plötzlich seinen Secretair=
schlüssel — der mußte daheim auf dem Tisch liegen
geblieben sein, und er schien einen Moment nicht übel
Lust zu haben, dem Zug ein H a l t zuzurufen. — Seine
Cigarrenspitze hatte er ebenfalls „in der Eile“ zu
Haus liegen lassen, kurz, im Laufe der Unterhaltung,
an welcher der Kleine in Nanking jetzt den lebendigsten
Antheil nahm, stellte sich heraus, daß noch eine ganze
Menge von Dingen vergessen zu besorgen oder zurück=
gelassen waren und es bedurfte einiger Zeit, bis sich
die beiden Ehegatten soweit beruhigten, das Unver=
meidliche eben zu ertragen. Es war einmal geschehen
und nicht mehr zu ändern.

Wir erfuhren jetzt auch in unglaublicher Geschwin=

digkeit, daß der kleine Mann in Nanking bis nach Fröttstedt wollte, wo ihn seine Braut mit ihren Eltern, die aus Eisenach gekommen waren, schon erwarteten, um von da an die Pferdebahn nach Waltershausen zu benutzen und dann zu Fuß nach Reinhardsbrunn und dem Inselberg zu gehen. Er war ein Angestellter aus Naumburg, hatte aber auf zwei Tage Urlaub bekommen und gedachte diese kurze Zeit mit einer Parforcetour durch den Thüringer Wald an der Seite der Geliebten auszufüllen.

Der Professor mit seiner Frau dagegen — denn auch das wurde uns nicht vorenthalten — gedachten nur diesen einen Tag von zu Haus wegzubleiben, da die Kinder und dringende Arbeiten und Geschäfte eine längere Erholungsreise nicht gestatteten. Das Ehepaar wollte nur nach Eisenach, dort die Wartburg besuchen, in irgend einer romantischen Schlucht ihr Mittagsmahl verzehren, und dann mit dem Abendzug wieder nach Weimar zurückkehren.

Der Mensch denkt und Gott lenkt.

In der Unterhaltung hatte uns die Frau Professorin ebenfalls damit bekannt gemacht, daß sie eine Schwester in Erfurt habe, die sich ihnen möglicher Weise auf ihrem Vergnügungsausflug anschließen wolle — jedenfalls würde sie am Bahnhof sein, um sie zu begrüßen. In diesem Augenblick hielt der Zug in Erfurt. Der Schaffner öffnete die Thür.

Erfurt — vier Minuten Aufenthalt!

Der Kleine schoß wie der Blitz zur Thür hinaus; es war eine ordentlich peinliche Unruhe in dem Menschen — und die Frau Professorin sah sich indessen nach ihrer Schwester um; in dem Gedränge am Zug konnte sie dieselbe aber nirgend erkennen, und da sie entfernter — wie sie ihrem Gatten zurief — einen blauen Hut zu entdecken glaubte, trat sie hinaus, um die Ersehnte zu finden.

Der Professor zeigte dabei nur geringe Theilnahme an dem Familienglied, sondern suchte wieder seine Brille, die er sich, wie er uns mittheilte, genau erinnerte beim Einsteigen gehabt zu haben, und die jetzt wie in den Boden hinein verschwunden schien. Er kniete nieder und suchte — in der verzweiflungsvollen Möglichkeit, daß sie unter die Füße gekommen sei — unter den Sitzen, griff hinter in die Polster, öffnete die Arbeitstasche seiner Frau und schien untröstlich über den Verlust. Er hörte dabei gar nicht wie es läutete, und kam erst wieder mit der Außenwelt in Berührung, als er die vermißte endlich in der Cigarrentasche entdeckte, in die er sie in Gedanken, wie in ein Futteral, hineingeschoben hatte. Zu gleicher Zeit fuhr aber

auch der Kleine in Nanking in das Coupé, das un=
mittelbar hinter ihm geschlossen wurde und draußen
pfiff es.

„Wo ist denn Ihre Frau Gemahlin?" sagte der
Naumburger erstaunt.

„Herr Gott, meine Frau!" rief der Professor,
und stürzte an diesem vorbei nach dem Fenster, das
der Dicke schon hartnäckig wieder aufgezogen hatte. —
Der Zug setzte sich langsam in Bewegung, in zittern=
der Hast ließ der unglückliche Gatte das Fenster
nieder und fuhr mit dem Kopfe hinaus.

Draußen war noch eine Thür geöffnet, der Schaff=
ner stand dort und neben ihm die Frau Professorin in
athemloser Hast.

„Das ist nicht mein Coupé!" rief sie.

„Steigen Sie nur hier ein," drängte der Schaffner.

„Elise!" rief in dem Augenblick der Gatte, und
„dahinein gehör' ich!" antwortete jubelnd die Frau
und flog auf dem Perron herunter, uns entgegen. —
Aber hier war keine Thür mehr geöffnet und der Zug
im Gang. Der Schaffner konnte nichts weiter thun,
und „machen Sie auf! machen Sie auf!" schrie die
Frau draußen und griff krampfhaft nach dem Schloß.
Die Thür öffnete sich aber natürlich nicht, da sie nach
unten von dem eisernen Vorleger gehalten wurde,

und vorstehende Bahnbeamte sprangen außerdem gleich dazwischen, denn die geängstigte Frau hätte sonst verunglücken können. An Einsteigen war gar kein Gedanke mehr.

„Da drinnen sitzt mein Mann! Ich muß mit!" Das war das letzte, was wir von der Frau Professorin hörten, und der Professor, der den Kopf aus dem Wagen steckte und seine Frau mit den Augen suchte, bis der Zug unter den Festungstunnel schoß und er erschreckt zurückprallte, sank jetzt auf den Sitz am Fenster zurück und jammerte —

„Ja Du mein Gott, was soll jetzt werden!"

Der Kleine in Nanking tröstete ihn. Von der nächsten Station aus konnte er zurücktelegraphiren, daß ihm seine Frau mit dem bald nachkommenden Güterzug folge. Um fünf oder halb sechs waren sie dann immer wieder in Eisenach beisammen und es blieb ihnen an dem langen Sommerabend noch übrig Zeit zu einer recht hübschen Partie nach der Wartburg.

Der Professor griff dabei wie unwillkürlich an seine Westentasche und sagte:

„Wenn sie nur nachkommt — sie hat die Kasse."

Es ließ sich aber vor der Hand wirklich nichts Anderes thun, und in Dietendorf hielt der Zug kaum,

als der Professor schon nach dem Schaffner schrie,
um die Thür geöffnet zu bekommen.

„Machen Sie rasch, es geht gleich wieder fort!"
rief ihm dieser nach, aber der Professor hörte schon
nicht mehr und sprang in flüchtigen Sätzen in das
Telegraphenbüreau.

Hier stieg, während der Kleine in Nauking auf
dem Perron lustwandelte, ein anderer Passagier ein,
der sich dem Dicken gegenübersetzte und den Bahnzug
nur als Droschke zu benutzen schien. Er war nicht
allein sehr anständig, sondern auch sehr sorgfältig gekleidet, in schwarzem Frack und eben solchen Bein-
kleidern, seidener Weste und tadellos geknotetem
weißen Halstuch. Ueberhaupt hatte er in seinem ganzen Wesen etwas Aengstliches und peinlich Ordentliches, das nirgends weniger hinpaßt, als in ein
Eisenbahncoupé.

Als er einstieg und schüchtern grüßte, nahm er
seinen zu einem Spiegel geglätteten Hut ab und setzte
ihn vorsichtig neben sich hin, nahm ihn aber augenblicklich wieder in die Höhe, strich mit einer kleinen
Taschenbürste die etwa verschobenen Haare sauber
glatt, und setzte ihn wieder auf. Er schien sogar die
entschiedene Absicht zu haben, ein paar fleckenlos neue
weiße Glacéhandschuh anzuziehen, besann sich aber

doch noch bei Zeiten eines Besseren, wickelte sie wie=
der zusammen und schob sie in die Tasche zurück.

Einen blaucirenen Regenschirm, obgleich keine
Wolke am Himmel stand, hatte er neben sich auf den
Sitz gelegt. Da schlug die Glocke wieder scharf drei=
mal an, und mit dem letzten Schlag saß der in Nan=
king im Coupé und auf dem blauen Regenschirm, von
dem er aber, sich entschuldigend, wieder in die Höhe
schnellte. Die Thür war geschlossen.

„Herr Jesus! ist denn der Professor noch nicht
da?" rief er. „Heh Schaffner! es fehlt noch eine
Person."

Ein Pfiff antwortete ihm und fort rollte der
Zug. Wir hörten noch etwas rufen, sahen wie
die weiter vorwärts am Perron stehenden Leute lach=
ten — und nichts mehr. Der Professor hatte sich
subtrahirt.

„Na das ist göttlich!" rief der Kleine in Nanking
— jetzt will der gute Herr eine Vergnügungstour mit
seiner Frau machen, und hat in der ersten Stunde
sich, seine Gattin und sein Gepäck auf drei verschie=
benen Stationen. Na wie d i e sich wieder zusammen
finden wollen, ist mir auch ein Räthsel."

„Hat Jemand den Zug versäumt?" frug der Herr
im schwarzen Frack, indem er seinen etwas zerdrückten

Regenschirm vornahm, wieder halb öffnete, schloß, glättete und dann hinter sich legte.

„Nun natürlich," lautete die Antwort — ein Professor aus Weimar — was fangen wir jetzt mit den Sachen an?"

„Wir kommen um halb drei Uhr nach Gotha," sagte der Ordentliche im schwarzen Frack — „und um drei Viertel auf drei Uhr trifft der Schnellzug von Eisenach in Gotha ein. Wenn Sie die Sachen nach Dietendorf zurückschickten, hätte sie der Herr in einer Stunde wieder.

„Hm, ja — das ginge — aber er will ja eigent= lich nach Eisenach, und wenn sie sich nachher wieder versäumen — oder gar nicht wissen, das daß Gepäck zurückkommt."

„Man könnte ja von Gotha aus telegraphiren," meinte der Ordentliche.

„Hm — ja wohin gehen Sie?"

„Nach Gotha —"

„Wollten Sie dann die Güte haben und das Ge= päck da irgend einem Bahnbeamten übergeben?"

„Ich werde sehr bedauern müssen keine Zeit zu haben," sagte der Ordentliche verlegen — „ich bin zu einer — ich muß sehr pünktlich sein, denn ich bin bis halb drei Uhr hinbestellt, und wir haben uns schon von Dietendorf aus um" — er sah nach seiner Uhr — „um sieben Minuten verspätet —"

„Gut, dann thu' ich's," sagte der kleine gutmüthige Mann entschieden. So viel Zeit bleibt in Gotha, und ich versäume den Zug nicht."

Dabei zog er seine Brieftasche heraus und formulirte — so gut es das Schaukeln des Eisenbahnwagens erlaubte — das Telegramm, um in Gotha nicht zu viel Zeit zu brauchen.

Das Gespräch war damit abgebrochen, und mich interessirte dabei besonders der Dicke, der bei den bisherigen Zwischenfällen auch noch durch keinen Blick die geringste Theilnahme verrathen, sondern immer nur still aber heftig vor sich hingequalmt hatte.

Jetzt stierte er durch den Rauch sein Gegenüber, den Ordentlichen an, der sich aber nicht wohl unter dem Blick zu fühlen schien und wie verlegen allerlei kleine Beschäftigungen vornahm.

Er holte eine kleine, mit einem Miniaturspiegel versehene Haarbürste heraus, suchte vorher mit Hülfe des Spiegels einen Blick auf seinen Cravattenknoten zu gewinnen — was aber vollständig erfolglos blieb, und ging dann zu den etwas widerspenstigen Haaren über, die sich aber, trotz allem Bürsten, auf dem Wirbel wie zu einer Art von Scalp-Locke emporsträuben wollten, mochte er sich noch so viel Mühe damit geben. Danach ging er wieder daran sich abzustäuben — vom Rockkragen nieder bis zu den glanzledernen Stiefeln. Sonderbarer Weise hatte gerade ihm, vor allen Anderen, ein tückisches Schicksal — oder vielleicht eine Schwalbe — den Rockkragen verunreinigt, aber trotz allem Bürsten berührte er nie den Fleck, während der ihm gegenübersitzende Dicke seinen Blick — ohne jedoch eine Sylbe zu äußern — immer hartnäckig auf den Punkt gerichtet hielt.

Der im Pelz rauchte dabei ununterbrochen fort, und da er seine Cigarre nie abstrich, fiel die Asche ein paar Mal ab, rollte an seinem Mantel nieder und auf die Knie des Ordentlichen, den er dadurch, ohne sich je zu entschuldigen, in steter Beschäftigung und Aufregung hielt. Es hatte dem unglücklichen Menschen nämlich nicht entgehen können, daß ihm der so unheimlich Eingehüllte stets auf den Rockkragen stierte, und mit der Ahnung, daß dort etwas nicht in Ordnung sei, besaß er doch zu viel Schüchternheit, um sich danach zu erkundigen.

Der Mann war offenbar zu einer Audienz befohlen oder machte eine Visite, um irgend eine Anstellung zu bekommen — jedenfalls hatte er Angst vor der nächsten Stunde.

Jetzt pfiff die Locomotive wieder.

„Gotha," sagte der Ordentliche, als er aus dem rechten Fenster sah und dabei in einem halben Seufzer stecken blieb. Der schreckliche Mensch ihm gegenüber sah ihm noch immer unverwandt auf den Rockkragen, und er hätte gern noch einen letzten Versuch mit dem Spiegel gemacht, aber — es war zu spät. Eben rollte der Zug vor das Stationsgebäude — hilf Himmel! die Uhr zeigte auf acht Minuten über halb drei — und mit einem raschen „Empfehle mich Ihnen ergebenst!" flog der Unglückliche zum Wagen hinaus und seinem Schicksal entgegen.

Der in Nanking verrichtete indessen sein Liebeswerk. Einen der Beamten, von denen mehrere auf dem Perron standen, übergab er rasch die zahlreichen, dem unglücklichen Professorpaare zugehörenden Gegenstände, und glitt dann wie eine Eidechse in das Telegraphenbureau hinein, um die Depesche nach Dietendorf aufzugeben. —

Und wenig genug Zeit wurde ihm dazu gelassen, denn gleich darauf läutete es schon wieder zur Abfahrt. Der Zug hatte acht Minuten versäumt und die mußten wohl oder übel wieder eingebracht werden.

Sollte sich auch der Mann in Nanking auf diesem verhängnißvollen Zug — nein — da kam er herausgeschossen und setzte sich rasch auf den von dem Ordentlichen geräumten Platz, dem Dicken gegenüber. Kaum saß er, als der Schaffner die Thür, an der das Fenster wieder heruntergelassen, zuschlug, dann auf den eisernen Gangweg stieg und, während sich der Zug in Bewegung setzte, sagte:

„Billets nach Fröttstedt, meine Herren."

Es war noch ein junger Mensch mit einem kleinen Tornister eingestiegen, der eben dorthin und wahrscheinlich auch eine Vergnügungstour in den Thüringer Wald machen wollte. Die Beiden lieferten ihre Billete ab, der Schaffner verschwand draußen, um sich in sein eigenes Coupé an den Eisenstangen hinzufühlen, und der kleine Mann in Nanking sagte:

„Alle Wetter, das ging geschwind — die konnten mir da drin nicht so schnell herausgeben, und beinah hätt' ich auch einen dummen Streich gemacht und den Zug versäumt. Na, das wär' eine schöne Geschichte gewesen — Jemine, und die Schwiegereltern in Fröttstedt."

Die einzige Antwort, die er von dem Dicken bekam, war eine ausgestoßene Dampfwolke, die einem jungen Schornstein Ehre gemacht hätte. Der kleine lebendige Mann aber mußte sich, mit dem ersehnten Ziel dicht voraus, irgend Jemanden mittheilen, und da er keine andere fühlende Brust im Coupé fand, so wandte er sich an den Gymnasiasten, dem er, ebenso wie vorher der Frau Professorin, erzählte, wer ihn in Fröttstedt erwartete, und was für eine fidele Partie sie nachher machen wollten. In Reinhardsbrunn im Gasthof war auch schon das Essen genau auf die Stunde bestellt, ebenso ein Führer und Gepäckträger, kurz Alles auf das Genaueste und Pünktlichste geordnet. Es gereichte ihm dabei zu großer Befriedigung, als er von dem Gymnasiasten erfuhr, daß die Pferde= bahn auch direkt abgehen würde, denn der von Eise= nach kommende Schnellzug treffe unmittelbar nach ihnen in Fröttstedt ein.

In dem Augenblick pfiff es wieder. Der Kleine horchte auf und sah aus seinem Fenster an der rech= ten Seite, konnte aber dahinaus Nichts erkennen.

Jetzt bremste der Zug ein.

„Halten wir denn noch einmal zwischen Gotha und Fröttstedt?“

„O bewahre, sagte der Gymnasiast — das ist Fröttstedt.“

„Station Fröttstedt!“ rief in dem Moment der Schaffner und riß die Thür auf — „rasch, wer hier aussteigt, es geht gleich weiter.“

„Herr Gott, mein Rock ist eingeklemmt!“ stöhnte der kleine Mann, während der leichtfüßige Gymna=

fast aus der Thür sprang und riß dabei an seinem
Nanking-Röckchen, das allerdings ganz fest und sicher
von der Thür neben der er bis jetzt gesessen, gefaßt
war, so daß er vergebens suchte den gehaltenen Zipfel
mit Gewalt herauszuziehen.

„Ab!" commandirte draußen der Oberschaffner.

„Schaffner! Herr Schaffner!" schrie der Kleine
in Todesangst, machen Sie einmal hier die Thür auf."

„Aber Donnerwetter, hier steigen Sie ja aus!
Machen Sie doch, daß Sie herauskommen."

„Ich kann ja nicht! ich sitze ja fest — machen Sie
doch diese Thür auf."

„Ja das kann ich nicht!" rief der Unerbittliche
und schlug die Thür zu — wieder der ominöse Pfiff
und die Wagen thaten einen Ruck.

„Ich muß hinaus!" schrie aber der Kleine und
suchte in der Tasche nach seinem Messer — in drei
Taschen fand er es nicht — in der vierten stak es —
der Zug kam in Bewegung — mit zitternder Hand
hatte er es geöffnet — ritsch — ratsch schnitt er er-
barmungslos den Nanking durch, um lieber mit dem
verunstalteten Kleidungsstück als gar nicht vor seiner
Braut zu erscheinen — und stürzte nach der Thür.

Zu spät! Unglückseliges Wort.

„Julie — Herr Oberbaurath!" schrie er ver-
zweiflungsvoll aus dem Wagen hinaus.

„Aber Herr Assessor, wo wollen Sie denn hin?"
Unten auf dem Perron stand die ganze Gesellschaft
im Festanzug und sah dem unglücklichen Bräutigam
nach, den ihnen ein höhnisches Geschick kaum gezeigt,
wieder entführte.

„Halt! ich muß hinaus!" schrie in einem letzten
Akt der Verzweiflung der unglückselige Assessor in
Nanking. — Armer Mann, weshalb machtest Du
eine Vergnügungstour in einem Schnellzug, der
weder Zögern noch Erbarmen, sondern nur Stunden
und Minuten kennt. — — Acht Minuten versäumt
— wie könnte die ein brechendes Assessorenherz auf-
wiegen. Vorwärts brauste der Zug — ein starker
schriller Pfiff — draußen vorbei fliegt mit betäuben-
dem Rasseln der andere Schnellzug, der, von Eisenach
kommend, in wenigen Minuten fast in Fröttstedt hält
— was hilft es ihm — er kann nicht hinüber —
vorbei — und weiter, wie auf Sturmesfittigen getragen, und hier von der bedeutenden Senkung
noch begünstigt, donnerte der schnaubende Koloß
thalab.

Der kleine Mann sank wie vernichtet auf den Sitz
mir gegenüber, und ich suchte ihn jetzt damit zu

trösten, daß auch er ja mit dem nächsten Güterzug nach Fröttstedt zurück könne.

„Ach du lieber Gott," klagte er aber — „der kommt ja erst 5 Uhr 45 Minuten und erst Abends spät geht die Pferdebahn wieder nach Waltershausen."

Es war nichts dabei zu machen, und bis Eisenach wurde kein Wort weiter zwischen uns gewechselt. Wenn es aber einen Superlativ im Schweigen geben könnte, so leistete den der Dicke, der während der ganzen vorbeschriebenen Scene nicht einmal den Kopf dahingedreht, ja mit keiner Wimper gezuckt hatte. Wie aus Stein gehauen saß er da, und nur der Dampf verrieth, daß noch innere Wärme in ihm lebte.

In Eisenach, wo ich ebenfalls ausstieg um die Werrabahn zu benutzen, hatte der Kleine noch einige Schwierigkeiten, bis er sein eingeklemmtes Stück Nanking aus der gegenüber befindlichen Thür bekommen konnte, und er mußte einem der Wagen= schmierer ein gut Wort geben, daß er die Thüre von der andern Seite öffnete. Als ich ihn zuletzt sah, stand er wehmüthig auf dem Perron, hielt das heim= tückische Stück Zeug in der Hand und sah nach der Uhr hinauf, die funfzehn Minuten nach drei zeigte.

Leipzig,
Druck von Giesecke & Devrient.